U0450508

不埋没一本好书，不错过一个爱书人

七楼书店

川端康成经典辑丛

伊豆舞女

［日］川端康成 著
Kawabata Yasunari

高慧勤 魏大海 主编
李德纯 林少华 侯为 等 译

金城出版社
GOLD WALL PRESS
·北京·

图书在版编目（CIP）数据

伊豆舞女/(日)川端康成著;李德纯等译.—北京:金城出版社有限公司,2023.3
(川端康成经典辑丛/高慧勤,魏大海主编)
ISBN 978-7-5155-2379-8

Ⅰ.①伊… Ⅱ.①川… ②李… Ⅲ.①短篇小说—小说集—日本—现代 Ⅳ.①I313.45

中国版本图书馆CIP数据核字(2022)第210516号

川端康成经典辑丛：伊豆舞女

作　　者	[日]川端康成
主　　编	高慧勤　魏大海
译　　者	李德纯　林少华　侯为　等
责任编辑	杨　超
责任校对	彭洪清
责任印制	李仕杰
文字编辑	刘利贞
开　　本	880毫米×1230毫米　1/32
印　　张	7
字　　数	194千字
版　　次	2023年3月第1版
印　　次	2023年3月第1次印刷
印　　刷	天津丰富彩艺印刷有限公司
书　　号	ISBN 978-7-5155-2379-8
定　　价	48.00元

出版发行	金城出版社有限公司　北京市朝阳区利泽东二路3号　邮政编码：100102
发 行 部	（010）84254364
编 辑 部	（010）64214534
总 编 室	（010）64228516
网　　址	http://www.jccb.com.cn
电子邮箱	jinchengchuban@163.com
法律顾问	北京市安理律师事务所　（电话)18911105819

目录

伊豆舞女__001

十六岁的日记__023

拣骨记__047

少年__051

石榴__131

水月__134

水晶幻想__144

重逢__166

富士初雪__183

离合__198

弓浦市__213

伊豆舞女

一

道路变得曲曲弯弯。正当我在心中估量就要到达天城的那一刹那，雨水把杉木的丛林染成白蒙蒙一片，并以电光石火之势从山麓那边向我追来。

那年，我二十岁，戴顶高等学校[1]的学生帽，在蓝底白点布褂下面系条裙子，肩挎书包，只身一人在伊豆旅行，到那天已经是第四天了。我在修善寺温泉住了一夜，在汤岛温泉住了两宿。然后，我足登高齿木屐，攀临天城。纵然那层峦叠嶂、原始莽林和苍石巉岩的秋色是那样令人赏心悦目，但我还是为另一个期待而心头乱跳，两腿加快了速度。这时，豆大的雨点迎面扑来。我向蜿蜒曲折的陡峭山坡健步疾行，终于到达山顶北口的一家茶馆，舒了一口气。江湖艺人一行已端坐在那儿小憩，我因心中的期待过于出乎意料地得到实现，伫立在门口发起呆来。

舞女发现我伫立在门口，忙不迭把自己坐着的坐垫抽掉，翻个个儿放在一旁。

"噢……"我嗫嚅着不知说什么好，就坐到坐垫上去。由于翻山爬坡累得上气不接下气，加上对舞女这一举止的惊诧，"谢谢"这句话竟卡在嗓子眼儿，没有说出来。因为和舞女面对面坐得很近，心中慌乱，便从衣袖里摸出香烟来。于是，舞女又把她同伴的烟灰缸向我这边移了移，我

---

1 战前的高等学校不同于战后的高校，相当于大学预科，一般称为旧制高校。——译注（全书注释如无特殊说明均为译者注）

依然默不作声。

这舞女大约十七岁的模样,梳着我全然不知的奇异古式发型。尽管这发髻使她那张矜持的圆脸庞显得很小,却也和谐协调,那楚楚动人的样子仿佛一幅把浓密黑发夸张地画成为稗史般的仕女画。舞女的同伴,除了一位四十岁妇女和两位妙龄女郎,还有一位二十五六岁的男子,这男子穿件衣领和后背印有长冈温泉旅馆商号的罩褂。

截至目前,我已经同舞女们打过两次照面了。最初一次是在去汤岛的途中。在汤川桥附近,她们正在去修善寺的路上。当时有三位年轻女子,舞女手里拎着鼓。我回过头向她们瞥了一眼,游子感觉顿袭心上。第二次是我住到汤岛的第二天夜里,她们走街串巷到旅馆卖艺。我坐在楼梯当中,全神贯注地瞧着舞女在前厅地板上翩翩起舞。如果说她们昨天还在修善寺,今晚在汤岛,那么,明天大概要翻越天城南侧,去汤野温泉了。估计在天城南侧七里[1]的山路上,我一定会追上她们。我在心中这么盘算着,匆匆赶路,却在茶馆不期而遇,一时不知所措。

须臾,茶馆老太婆把我领到一处房间。这房间好像从未有人居住,也没有门窗。俯瞰山下,是美丽的绝壑深涧。我浑身起了鸡皮疙瘩,牙齿打战,浑身瑟瑟发抖。我向端茶走来的老太婆表示太冷,她说:

"哎呀,少爷,您不是浑身都湿透了吗?请到那边去烤下衣服吧。"她像是牵着我的手,把我领到她的居室。

这房间生着火,打开纸格门,一团热气迎面扑来。我站在门口迟疑了半刻。一个老人,仿佛是个水怪,全身青肿,盘腿坐在炉旁。这老人两眼浑浊,黄眼珠好似腐烂了一般,惶惑地翻了一下眼皮觑了我一眼。身旁旧信纸和旧纸袋堆案盈几,说他埋身在废纸堆中亦无不可。无论如何也不能说他是个活人,毋宁说是个怪物。我疾愣愣地端详着他,目瞪口呆地站在那儿。

---

[1] 日本的长度单位,1里约等于4000米。

"让您看见他这副丢人的模样……可，他是我家的老头子，您放心好咧。样子很脏，动弹不了啦，您就包涵点吧。"

老太婆先这么打了个招呼。据她说，老人中风多年，全身不遂。堆积如山的纸头，是各地寄来的医治中风的信件和从各地邮购来的药袋。老人或者打听过往旅客，或者根据报纸上的广告，无一遗漏地向全国各地寻求中风疗法和药物，并把这些回信和药袋完整地保存在身旁，望着这些东西打发日子。日久天长，这些废纸就堆起一座小山来。

听老太婆说完，我无言以对，欠身走近炕炉，坐了下来。爬山越岭的汽车震动着屋宇。我心中暗忖，现在还是秋天，山上就已这么冷，不久大雪就要封山，这老人为什么不下山去呢？我的衣服散发出水蒸气，炉火正旺，把人烤得头昏脑涨。老太婆向店堂蹀去，同江湖女艺人攀谈起来：

"原来是这样啊。上次带来的小丫头，现在已经长得这般模样啦。闺女出息了，您也熬出头啦。出落得这么水灵灵的，还是女孩子长得快嗷。"

将近一小时后，传来江湖艺人整装待发的动静。尽管这已经不是我应当沉住气的时候，但我也只能干着急，鼓不起站起来的勇气。虽然说她们对旅行已经习以为常，但毕竟是妇女，即使落在她们身后十町[1]或二十町，只要跑上一会儿，肯定会追上的。我在心里这么合计着，在炕炉旁如坐针毡。正因为舞女们不在我身旁，我的思绪反而松弛下来，沉浸于浮想遐思中去。老太婆送走她们回屋来，我便问她：

"今天晚上，那些艺人住在哪儿呢？"

"像她们那种人，天晓得会住到什么地方。少爷，只要有客人，管他什么地方都得住。今天晚上哪有什么准地方。"

老太婆对她们的鄙夷之情溢于言表，甚至挑得我在脑中闪过这样的念头：真是这样，今晚干脆让舞女住到我房里来算了。

雨变小了，峰峦清晰可辨。等了十分钟，雨霁天晴，尽管老太婆苦

---

[1] 面积单位，1町约合9917平方米。

苦挽留，我却怎么也坐不住了。

"老人家，多多保重，天要变冷的。"我由衷地说着，站了起来。老人吃力地翻滚着混浊的黄眼珠，微微颔首。

"少爷，少爷。"老太婆边喊边追了上来，"赏了这么多钱，实在不敢当，太对不起您啦。"

她把我的书包抱在怀里，并不打算递给我，我推辞再三，她总说再送一程，执意不肯回去。她步履蹒跚地跟着我走了一町多路，反复絮叨着：

"不敢当啊，怠慢了。我把您的模样记得一清二楚，下次来一定好好谢谢您，下次一定来啊，我不会忘记您的。"

我不过给她留下五角银币，她就如此受宠若惊，泪光已在眼里旋转，我急着要追赶舞女，就觉得老太婆那蹒跚的步履反而拖累了我。终于到达山顶隧道旁。

"非常感谢。留下老人家一个人在家不好，就请留步吧。"经我这么一说，老太婆才好不容易撒开了书包。

我走进黝黯的隧道，冰凉的水珠滴滴答答流了下来。通往南伊豆的隘口，前方是那样的窄小，却很明亮。

二

走出隧道，山坡路旁一侧竖立着白栅栏，山道有如闪电般迤逦而下。在此眺望，山下景物有如模型，影影绰绰可以看到山麓那方艺人们的身影。我还没走完六町，就追上了她们，但又不好突然放慢脚步，只好板着面孔赶到她们前面去。在十间[1]前单独走着的汉子，望见了我就停下脚步搭话，说：

"走得好快呀……看样子，天晴了。"

1　日本长度单位，一间合1.1818米。

我放心大胆地同这男子并排走去，他问长问短。女人们看见我们两个搭了腔，也从后面吧嗒吧嗒跑过来。

那男子肩扛大柳条包，四十岁的妇女怀里抱条小狗。年纪最大的女孩手里拎着包袱，年纪中间的女孩提着柳条包，她们都携带着大件行李。舞女背着鼓和鼓架。四十岁的妇女同我有一句没一句地搭起话来。

"是高等学校的学生哩。"最大的女孩同舞女喁喁私语。我回眸睇视，她边笑边说："对吧？这点事，我还是晓得的，因为学生也到岛上来哩。"

她们是大岛波浮港人。据说，她们从春天就离开了岛子，一直漂泊在外，因为天冷起来，未曾作过冬的准备，计划在下田待十几天后，从伊东温泉回岛上去。大岛这地名落到我心里，涌起一阵难以诉说的诗意，于是，又向舞女那瑰丽的发髻瞥了一眼，问她许多有关大岛的事。

"好多学生到岛上游泳哩。"舞女对她的女伴说道。

"是夏天吧？"我转过头来问她，舞女嗫嚅着说："冬天也……"

"冬天也游？"我又问了一句，舞女照旧顾盼她的女伴，嫣然一笑。

"冬天也游泳吗？"我重复了一遍，舞女两颊泛起红润，一本正经地轻轻颔首。

"傻着哩，这丫头。"四十岁的妇女嗔笑道。

到汤野，要沿河津川的溪谷，向下步行三里多地。翻过山顶，山峦和天空的颜色，甚至宛若南方。我同那男子家长里短滔滔不绝，异常亲热。穿过荻乘、梨本等村庄，在望得见山麓下汤野的茅草屋顶时，我对男子表示，想同他们搭伴旅行到下田，他喜溢眉宇。

当四十岁的妇女在汤野小客栈前，脸上透出就此分手的神情时，那男子说：

"这位先生说，他想和我们搭伴哩。"

"这敢情好啦，这敢情好啦。出门要结伴，处世靠人缘嘛。我们虽然是些下等人，但也可以帮您解解闷。您先上楼歇会儿吧。"她打着一串哈哈。姑娘们不约而同把目光射向我，在淡漠的神色中，又好像有些羞涩腼腆，闷声不响地望着我。

我跟着她们上了旅店二楼，把手里的行李撂到地下。此地的铺席和纸格门又旧又脏。舞女从楼下端来茶水，跪在我跟前，红晕浮上双颊，双手颤抖，茶碗险些从托盘中掉出来，她用力使茶碗保持平稳，慌忙放到席上，然而茶水还是溅了出来。她的脸庞赧然一红，我也窘得呆痴了。

"哎呀，真讨厌！这丫头在男人面前也知道害羞了，嗳，嗳……"四十岁的妇女好像有点慌了手脚，蹙起眉头，把毛巾掷了过去，舞女拾起来拘谨地擦拭铺席。

四十岁的妇女这意外的一席话使我猛然反躬自省，被山顶老太婆挑逗起的邪念冰消雪融。

蓦地，四十岁的妇女说：

"这位学生，您这件蓝底白点布裥太漂亮啦。"她不住地端详我的布裥，"这位先生的白点，和民次那件是一个花纹，喔，是吧，不是一样吗？"

她一再叮问身旁的女孩，然后对我说：

"我把正在上学的孩子留在家里了，这会儿想起了他。您这件白点和他的一模一样。这阵子，蓝底白点布可真贵，日子不好过啊。"

"他念的什么学校？"

"小学五年级。"

"什么，才小学五年级……"

"他在甲府上学。我们在大岛虽然住了很久，但老家却是甲斐的甲府。"

大约休息了一小时，然后，那男子把我送到另一家旅馆。我一直以为，我和这些艺人都住在这家小客栈。我们穿过大街，走过小河边一家澡堂旁的桥，桥那边就是温泉旅馆的院子。

我进入旅馆的内部浴池，那男子也跟着进来。他告诉我说，他今年二十四岁，老婆怀过两次孕，因为流产和早产，一个也没有活成。他穿件印着长冈温泉商号的罩褂，我一直以为他是长冈人。从他斯文的仪表和谈吐来看，估计他可能出于好奇或迷上了卖艺的姑娘，才替她们提行李，跟着一道来的。

洗完澡，我立刻去吃午饭。我是清晨八点离开汤岛的，这时已快三点了。

这男子临走，在院子里仰脸同我告辞。

"用这点钱买些柿子吃吧。我就不下楼了，请原谅。"

话音刚落，我把钱用纸包好扔了过去。那男子本想不理睬这包钱，因为掉在地上，刚走两步又踅回，拾起钱说："不要这样。"又把钱扔了过来，落在茅草屋顶。我又扔了回去，他拾起就走开了。

从傍晚起，大雨滂沱。已无从辨认山峦的远近了，莽莽苍苍，眼前那条小河顷刻间浑黄似染，流水的声响也变大了。雨这么大，舞女们哪里还会到这儿来卖艺，我这么想着，陡地坐立不安起来，几次三番到澡堂洗澡。室内昏暗。在通往邻室的纸格门开了个四方形窟窿，从门楣上吊了一盏灯，两个房间共用。

咚，咚，咚，风声雨雾里，远处传来轻轻的鼓声。我拼着几乎把遮雨板碰烂的劲头，推开遮雨板，探出身去。鼓声好像近了些，风雨兜头袭来。我闭上两眼，屏息静听，想搞清那鼓声到底是从哪个方向、怎样传过来的。不久，三弦的声浪由远及近飘然而来，中间夹杂着女人冗长的喊叫和喧笑，我终于搞清楚了，原来是艺人们被叫到小客栈对过的饭馆出局。从声音中可以分辨出，有两三个妇女和三四个男子。估计她们在席终人散后，可能兜到这儿卖艺，于是，静候她们光临。然而，那边的酒席已经不是什么热闹，而变成哄笑打闹了。女人尖啸刺耳的喊声，闪电似的不时尖锐地划过黑夜传来。我神经质般地久久敞着门，纹丝不动地坐在那里。每听到鼓声，烦虑尽涤，心想：唔，舞女还待在酒席上，坐在那儿击鼓哩。

鼓声一停，我就心神不宁，心儿沉向雨声的深处去。

静会儿，不晓得他们是在捉迷藏，还是团团围起翩翩起舞，参差不齐的脚步声延续了好久，突然戛然而止，一片岑寂。我把眼睛瞪得溜圆，想透过这黑压压的一片,弄清这静谧到底是怎么回事。我为舞女今晚是否被玷污而捏了一把汗。

关好遮雨板躺下,依然心绪烦乱,于是起来洗澡,烦躁地搅和着水。暴雨初霁,新月当空。经过雨水浇洒的秋夜,凄凉萧瑟。此刻,即使光着脚悄悄溜出浴室,也任什么都干不成了。已经过了两点。

三

翌晨,过了九点,那男子来旅馆看我。我刚刚起床,约他同我一起洗澡。这是一个晴空如洗的南伊豆小春天气,小河因大雨涨了水,横卧在浴室下面,洒满了阳光。我因为昨夜的烦恼,恍如做了一场梦,便问那男子:

"昨夜搞得很晚,挺热闹吧?"
"哪里!听见啦?"
"听见啦。"
"都是些当地人。当地人只晓得吵吵嚷嚷,一点也没有意思。"

他淡淡一笑而过,我也就不再言声了。

"那帮家伙在那边洗澡哩……喏,他们好像看见了我,在笑呢。"

我顺着他指的方向,朝河那边的公共浴池投去一瞥。蒸汽迷蒙中,七八个赤身露体的人,神情木然地浸泡在水里。

我忽地看到一个一丝不挂的女人,从昏暗的浴池犄角跳了出来。说时迟那时快,她好像打算从脱衣处凸出的地方,向河岸纵身跳去,然而却没有跳,一动不动站在那儿,用力高举双手,口中念念有词。无遮无掩,连条毛巾也没围,她就是那舞女。看到她那手脚发育得有如小梧桐树般的白嫩裸体,我的心仿佛是一泓清泉,猛地深深吐了一口气,嘴角露出微微的笑意。她还是个孩子哩。她看见了我们,竟高兴得光着身子直奔阳光之下,踮起脚尖,用尽全身的力气挺直腰肢,稚态可掬。我因为亢奋,脸上久久泛着一丝微笑。我的头脑异常清醒，就这么长久地微笑不止。

舞女的头发非常浓密，看起来就像十七八岁，而且，打扮得像个窈窕女郎，我的猜测完全错了。

我同那男子一起回到我的房间，少顷，年长女孩来到旅馆院内的花圃观赏菊花。舞女已走到桥的中间。四十岁的妇女离开公共浴池，向她们两人瞥去。舞女一边耸了耸肩，一边笑意盈盈，摆副不走就要挨说的神情，慌忙转身离去。四十岁的妇女来到桥旁对我说：

"请过来玩啊！"

"请过来玩啊！"年长的女孩也跟着说。女人们回去了，那男子一直坐到暮色垂落。

夜里，我正同到各地批发纸张的行商下围棋，鼓声霍地在旅馆院子里响了起来。我正打算站起，说道：

"跑码头卖艺的来啦。"

"唔，没有意思，那玩意儿。喂，喂，该你走了。我在这里摆了个子儿。"纸商戳着棋盘，全副精力都贯注在输赢上。我正心不在焉，艺人们好像要走，那男子在院子里打招呼说："晚安。"

我去走廊同她们招手。艺人们在院里窃窃私语一会儿，拐向正门。这个女孩也在那男子之后道声"晚安"，像艺伎那样跪在走廊，手扶铺席行了个日式礼。棋盘上迅速反映出我处于败局的迹象来。

"这盘棋没有什么好下的了，我认输。"

"哪里，我才糟哩，不管怎么说，咱们是势均力敌，旗鼓相当。"

纸商对艺人流露出不屑一顾的神态，一丝不苟地数着棋子，更加用心下起棋来。女人们在屋角放好鼓和三弦，她们开始在棋盘上玩起五子棋。本来是我赢的这盘棋，不久却输了。纸商软磨硬泡：

"怎么样？再杀一盘，再杀一盘吧。"

然而，我只是漠然一笑，纸商也死了心，站起走掉了。

女孩们向我们的棋盘走过来，我问道：

"今天晚上还上哪儿转悠吗?"

"倒是应当转悠的。"那男子望着女孩们说,"怎么办?今天晚上就不演出了,就在这儿玩玩吧。"

"太好啦!太好啦!"

"不会挨说吧?"

"不会。就是出去转悠,也不会有客人。"

于是,她们下起五子棋来,一直玩到十二点多。

舞女走后,我毫无睡意,心神为之一振,于是,走到走廊试着喊道:

"卖纸的!卖纸的!"

"来了……"年近花甲的老汉从他房间快步跨出,斗志昂扬地说,"今晚搞个通宵,杀到天亮!"

我也变得杀气腾腾了。

四

我们相约在翌日清晨八点从汤野出发。我戴上在澡堂附近买的鸭舌帽,把高等学校的学生帽塞到书包的紧里层,向沿着街道盖起的小客栈走去。二楼的门窗四敞着,我从从容容地上了楼,艺人们还在睡梦之中。我很尴尬,站在走廊那儿。

舞女就睡在我脚前,羞得脸红到耳根,霍地双手捂脸。她同那位年纪中等的女孩睡一个被窝。昨夜的浓妆尚未消退,胭脂渗在嘴唇和眼角。这情趣盎然的睡态撩动了我的心弦。她睡眼惺忪,双手掩面,一骨碌爬出被窝,坐到走廊上,仪态方正地行了个日式礼说:

"昨天晚上,谢谢您啦。"

我站在那儿,手足失措。

那男子同年长的女孩交颈而息。在看到这幅情景前,我压根儿就不晓得他们两人敢情还是夫妻哩。

"真是太对不住您啦。本来打算今天动身,但今晚还有演出,所以,决定推迟一天。如果您今天非走不可,咱们就在下田再见了。我们已在甲州屋客店订了房间,一问就知道。"四十岁的妇女在被窝里撑起半个身子说道。一种类似被她们遗弃了的感觉涌上心头。

"妈一定要晚走一天。您不能明天走吗?路上有个伴好些哩。明天一块走吧。"男子的话音刚落,四十岁的妇女又补充说:

"就这么着吧。承蒙您同我们搭伴,我说这么任性的话是失礼的……明天就是下刀子也走。后天是我们跑码头时生下的婴儿死去的第四十九天,老早就打算在七七到下田表下心意。为了在那天赶到下田,才这么急着赶路的。说这些是失礼的,但我们总算是有缘,后天也请您替我们的孩子祈祷一下吧。"

于是,我决定推迟动身,下了楼。我一边等着她们起床,一边坐在脏乱的账房里同店里人闲侃神聊。半响,那男子约我去散步。大街南面不远的地方,有座美丽的桥。我们倚在桥栏杆上,他又谈起身世来。他曾经短期在东京搭过新派戏班,至今还经常在大岛码头献艺。他们的包袱皮行李露出一把刀鞘,有时还在筵席上比画几下演戏的动作给客人看。柳条包里装着行头和锅碗瓢盆等家什。

"我因为误入歧途,闹得身败名裂,幸而哥哥在甲府继承家业。所以,家里倒不指望我。"

"我一直以为你是长冈温泉的人哩。"

"哦。那年纪大的姑娘是我内人,比您小一岁,十九。旅途中生的第二个孩子早产啦,活了一周咽的气,内人的身子还虚着呢。那位老大妈是内人的亲娘,舞女是我亲妹子。"

"呃,你说你有个十四岁的妹妹,原来就是……"

"就是那丫头。我实在不想让妹妹干这一行,可由于种种原因,不干不行啊。"

然后告诉我,他叫荣吉,妻子叫千代子,妹妹的名字是薰。另外,那个叫百合子的十七岁姑娘,是大岛人,只有她是雇来的。荣吉望着河的浅滩,忧伤得直想哭。

我们踱回客店,洗掉脸上白粉的舞女蹲在路旁抚摸小狗的脑袋。我想回自己的住处,便说:

"来玩啊。"

"唔,可一个人……"

"和你哥哥一起来吧。"

"马上就去。"

稍刻,荣吉来到我的旅馆。我问他:

"她们呢?"

"姑娘们不来了,我妈管得严。"

可是,我同他才下了一会儿五子棋,妇女们却渡过了桥,噔噔走上楼来。和平时一样,她们恭恭敬敬行过礼后,跪在那儿,犹疑不决,然后千代子首先站了起来。我对她们说:

"这是我的房间,不要客气,请进吧。"

玩了一小时,艺人们要到旅馆的内部浴池去洗澡,她们一再约我一起去。因为有三位女子,我就扯谎说随后就去。少顷,舞女一个人洗完澡回来,带来了千代子的口信:

"嫂子说她替您搓背,请您过去。"

我没去洗澡,同舞女下起五子棋来。出乎意料,她棋艺高超。玩起淘汰赛时,荣吉和其他女孩都被她不费吹灰之力就杀得一败涂地。下五子棋,一般人都是我的手下败将,同她对垒,我却使出了浑身解数。我不必故意让她,这使我感到轻松。只有我们两个在下棋,刚开始她还从远处伸出胳膊挪动棋子,渐渐忘记了自己,竟趴在棋盘上潜心下棋。她那绚丽繁密的黑发,几乎碰到我的胸脯上。倏地,她的脸唰的一下红了,说:"对不起,我要挨骂的。"推开棋子急匆匆跑去。大妈出现在公共浴池前。千代子和百合子神情慌张地爬出浴池,也没有上楼,便一路小跑溜去。

这天，荣吉一如往常，从早到晚在我住的旅馆玩耍。淳朴而热情的旅馆老板娘，忠告我请那种人吃饭纯属浪费。

夜阑人静。我去小客栈，舞女正跟着大妈学三弦。看见我，琴声戛然而止。她听从大妈的吩咐，又把三弦托了起来。每当歌声略高些，大妈就说："不是跟你说过，别提高嗓门儿吗？"

从这个房间可以望得见荣吉被叫到对过饭馆，正在二楼侍候客人，唱着什么。

"他唱的什么？"我问。

"那是谣[1]。"大妈回答说。

"谣？不大像啊。"

"他是个万金油，门门通门门松。天晓得他在唱什么！"

这时，在这家小客栈租间房子卖鸟的四十左右的男子，拉开纸格门，喊女孩到他屋中去吃饭。舞女和百合子拿着筷子走向隔壁房间，狼吞虎咽地吃起鸟贩吃剩的火锅。鸟贩在送她们回屋的途中，轻轻拍了一下舞女的肩头。大妈正颜厉色地说：

"喂，别动手动脚的！她还是个黄花闺女呢。"

舞女口口声声喊着叔叔，央告鸟贩读《水户黄门漫游记》给她听。然而，鸟贩只读了片刻就起身离开。她不好意思直接求我替她接着读下去，不住地同大妈唠叨这件事，言外之意是让大妈来求我。我拿起那本书在期待着，果然，舞女很快就凑了过来。我开始念起来，她把脸几乎贴到我的肩上，一本正经的样子，一双闪着晶莹美丽的眼睛盯视着我的天灵盖，一眨也不眨，这好像是她求人替她念书的一种习惯动作。刚才，同那鸟贩也几乎是脸贴着脸。她那双晶莹靓丽的大眼睛，是她全身最动人的地方。双眼皮的褶纹有说不出的俊逸清秀，笑起来仿佛花儿舒展一般。对她来说，花一般的笑意这句话是再恰当不过了。

---

1 日本能乐的歌词。

片刻,饭馆女侍来接舞女。舞女换衣服时对我说:

"去去就来,请等着我回来,你再接着念下去。"她走到走廊,又跪下行了个日式礼说,"我走啦。"

"可千万别唱啊。"大妈叮嘱道,舞女提起鼓,轻轻点头。大妈转身对我说:"现在正是换嗓子的时候……"

舞女正襟危坐在饭馆二楼敲鼓。看起来就好像在隔壁房间那么一清二楚。那鼓声使我的心在快活地跳动着。

"筵席上有鼓,气氛就活跃起来了。"大妈也向那边瞟一眼。

千代子和百合子也到那边出局去了。

一小时后,她们四人一起回来。

"就这么几个大钱……"舞女把攥在手心的五角银币哗啦一声塞给大妈。我替她继续念了会儿《水户黄门漫游记》。她们又谈起旅途中死去的婴儿。那孩子好像生得水灵灵的,尽管连哭的力气都没有了,还活了一星期。

我既不是出于什么好奇,也不含有轻蔑之意,好像把她们跑码头卖艺这件事忘诸脑后,我的和蔼真诚似乎深深打动了她们的心。我在不知不觉中,答应到她们大岛的家中去做客。

"要是到爷爷的家就好啦。那儿宽敞,只要把爷爷赶走就很安静,住多久都行,还能够读书哩。"她们互相商量着,然后对我说,"我们有两处小小的家,山那边的家闲着。"

此外,我们还商定,由我资助,她们在波浮的港口演场戏。

她们浪迹江湖的心情并不像我当初想象的那样艰辛、酸楚,我了解到她们不仅还没有失去野性,而且是无忧无虑的。她们是母女姐妹,使人感到骨肉情深。只有那位雇来的百合子生性羞怯,在我面前总把脸绷得紧紧的。

我在深更半夜才离开小客栈,姑娘们出来送我。舞女替我摆好木屐。她把头探出门外,仰望澄澈湛蓝的浩渺太空说:

"啊,月亮……明天就到下田了,太叫人高兴啦。明天给孩子烧七七,让妈给我买把梳子,然后还有许多活动。带我去看电影吧。"

下田港口,对于在伊豆、相模一带跑码头的艺人来说,是客旅中的故乡,洋溢着亲切感的一个小镇。

五

艺人拎起翻越天城时各自手中的行李。小狗把前爪搭在大妈的臂弯上,一副习惯于跋山涉水的神态。走出汤野,又进了山。海上晨曦初露,烘暖着山脊。我们向一轮红日举目望去,河津的海滨展现在河津川的前方。

"那儿就是大岛!"

"你看,真大啊,来玩吧。"舞女说。

秋天的苍穹万里无云,大海依偎着太阳,就像春天那样,笼罩在柔曼的轻纱中。从这儿走到下田是五里的路程。在这段并不算太长的时间内,大海时隐时现。千代子逍遥自在地引吭高歌。

途中,有段路有些险峻。她们征求我的意见:是抄那条需要穿山越岭的二十町多的近路,还是走平坦的干线大道。我当然选了近路。

那是洒满落叶、坡陡路滑的林间小道。因为爬山坡累得气喘吁吁,我就用手支撑着膝盖,加快脚步。眼看着她们就落在后面,只能从树枝中间听到她们说话的声音。那舞女孑然一身,高高撩起下摆,迈着大步尾随在我身后。不前不后,始终拉开一定距离。我转身同她讲话,她惶惑地抿嘴一笑,略停脚步回答我。舞女同我说话时,我为了让她赶上来,站着等她。她照旧收住脚步,在我迈步前,站在原地不动。山路七弯八拐,越来越难走了,我便进一步加快步伐,舞女依旧保持一定的距离,跟在我后面奋力攀登。山中幽静。其他人落在后面好远了,已听不到她们的声音了。

舞女问我:

"您家住在东京哪儿？"

"不，我住在学校的宿舍。"

"我也去过东京，在樱花节去跳过舞……那时太小，一点儿印象也没有。"

接着，舞女断断续续问我诸如"有父亲吗？""到过甲府吗？"等问题。她说，到了下田就去看电影，还讲了死去的婴儿。

登临峰巅，舞女坐到枯草丛的木椅上，放下鼓，用手帕揩汗。她本来准备抖落脚上的尘土，却突然匍匐在我脚前，拍打我的裙裾。我急忙缩回身子，她趔趄一下，跪倒在地上了。她就蹲着将我浑身掸了一圈，还把撩起的裙摆替我放下来。我对站在那儿喘着粗气的舞女说："请坐！"

一群小鸟飞落椅旁。幽静得只听见小鸟飞到枝丫，碰撞枯叶的响声。

"您为什么走得那么快呢？"

看样子，舞女很热。我用手指咚咚弹了几下鼓，鸟儿展翅飞去。

"啊，真想喝水。"

"我去找找看。"

俄顷，舞女从枯黄的树林中空手而回。我问她：

"你们在大岛净做些什么？"

于是，舞女突然举出两三个女人的名字，让人摸不着头脑。好像不是大岛，而是甲府的事。又好像是关于她只读过两年的小学同学的事。前言不搭后语。

十多分钟后，三个年轻人才到达峰顶。大妈在他们到的十分钟后到达。

下山时，我和荣吉故意晚走一会儿，我们悠闲自在地边说话边上路。我们走了两町左右，舞女从山下跑过来说：

"这下面有泉水。快去，我们没敢喝，等着您呢。"

听说有水，我三步并作两步跑去。树荫下的岩缝里，一泓清泉滚涌。妇女们团团围着清泉。大妈说：

"请您先喝。手伸进去水要浑的。我们想,女人先喝,会把水弄脏。"

我用手舀着清洌甘醇的泉水喝起来。妇女们不忍遽然离去,拧着毛巾擦汗。

下山进入下田大街,几处炭窑烟雾缭绕。我们坐在木堆上歇憩。舞女蹲在路边,用粉红的梳子替小狗梳理长毛。

"要把梳齿弄断的。"大妈阴着脸没有好气地说。

"没关系,反正到下田要买新的。"

打从汤野起,我就想把她插在头顶的这把梳子讨来,觉得她不该替小狗梳毛。

看到堆放在马路那边的许多捆毛竹,我和荣吉就说用它做拐杖最好,便踱过去,舞女也追上去,挑了根比她身子还高的粗竹。荣吉问她:

"拿它做什么?"舞女愣了一下,然后把那根毛竹递给我,说:

"送您一根拐杖,我挑了根最粗的。"

"不行,粗竹子一眼就看出来是偷的,让人发现了不好,给我送回去!"荣吉说。

舞女走向竹堆,又跑了回来。这回,她拿了根中指般粗细的竹子递给我。然后,匍匐在田塍上,气喘吁吁地等待其他的妇女赶上来。

我和荣吉始终同她保持六七米间的距离,走在前面。

"他只要把牙拔掉,镶上金牙不就得了吗?"

耳朵里蓦地飘进了舞女的只言片语,我转身回视,她同千代子并肩而行,妈妈和百合子稍落后面。她们好像并没有觉察到我引颈回首顾盼。千代子说:

"倒也是,你把这话告诉他如何?"

她们好像在议论我,很可能是千代子提起我的牙齿不整齐,舞女才说起金牙的。她们好像在对我评头论足,对此我既不感到难堪,也没打算侧耳偷听,相反却感到亲切。她们继续轻声细语,舞女忽然说:

"是位好人呢。"

"倒也是,像是个好人。"

"真是位好人,好人有多好啊。"

她们的语气单纯而又坦率,就像孩子袒露情怀那样纯真。我自以为是个好人。我怡然向阳光灿烂的山峦纵目远眺。眼睑微微作痛。二十岁的我,反复认真反省我那因孤儿的孤僻而变得古怪的性格,因为忍受不住这忧悒的折磨,才来伊豆旅行的。她们出于世故人情,把我视为好人,令人心暖动容。到达下田海边,山峦晴朗。我抡起刚才拿到的竹杖,向秋天的草尖砍去。

半路上,进村的路口到处竖着告示,上面写着:

禁止乞丐与江湖艺人进村。

六

走进下田北口,眼前就是甲州屋小客栈。我跟在艺人后面,走进二楼的阁楼。这儿没有天花板,坐在临街的窗旁,头就碰到了顶棚。

"肩膀不疼吗?"大妈三番五次问舞女,还模仿舞女击鼓时的动人姿势说,"手不疼吗?"

"不疼,还能拿,还能打呢。"

"太好啦。"

我提起鼓说:"喔,好重。"

"比您想象的要重,比您的书包重哩。"

艺人们同客店的旅客热热闹闹地打着招呼。这些人几乎全是些艺人和跑单帮的客商。下田港口仿佛是这些"候鸟"的老窝。客店的孩子们摇摇晃晃地走进来,舞女赏给他们一些铜板。在我准备离开甲州屋时,舞女抢先跑向门口,一边替我摆好木屐,一边说:"带我看电影去啊。"像是自言自语地喃喃低声说。

一个市井无赖模样的男子,领着我们走了一段路,我和荣吉来到前任町长开的一家旅馆，洗了个澡，并吃了顿有鲜鱼的午饭。

"明天做道场，请用这几个钱替我买把花吧。"

我把身边仅有的一点钱包成纸包塞给荣吉。我必须搭明早的船回东京，因为已经囊中羞涩了。我借口学校有事，艺人们也无法把我留下。

吃完午饭还不到三小时，又吃起晚饭。饭后，我独自一人向下田北面走去，过了桥，爬上下田的富士山，眺望港湾。回来的路上，弯向甲州屋，艺人们正在吃鸡肉火锅。

"哪怕您只尝那么一口也行；女人用筷子碰过虽然有点脏，但还可当个笑料呢。"大妈说着，就从行李里取出一副碗筷，叫百合子去洗一下。

虽然她们以明天是孩子的七七为由，劝我哪怕推迟一天动身也好，但我还是拿学校做借口，没有同意。于是，大妈一再说：

"那么，寒假来吧。我们都到码头去接您。请事先通知一声哪天到，我们盼着那一天呢。千万不要先去旅馆，我们到码头去接您。"

当房间里只剩下千代子和百合子时，我约她们去看电影，千代子捂着肚子说：

"身子不舒服，走那么远，吃不消哩。"她脸色苍白，浑身无力。百合子拘谨地低垂着头。舞女正在楼梯那儿和客店的孩子们嬉戏。她看见了我，缠着大妈答应让她去看电影，最后，愁眉不展走向我身旁，替我摆好木屐。

"怎么啦？就让他带你一个人去看算啦。"荣吉从旁插嘴说，好像大妈不同意。为什么不准她一个人去？令我大惑不解。我行将离开大门时，舞女在抚摸小狗的头，闷闷不乐，使我连一声招呼都不敢同她打，她似乎失去了抬头看我一眼的力气了。

我一个人去看的电影。那位女解说员，凑在小洋灯前读解说词，我的脚刚迈进影院就缩了回来。回到旅馆，我肘抵窗槛，双手托腮，经久不息地眺望街头夜景。幽暗的街巷。我好像听到从那遥远的地方传来的轻柔鼓声。泪水不知不觉地从脸颊滑落。

七

　　我动身那天清晨七点用餐时，荣吉还没进屋就在半路上扯着喉咙喊我。他身穿印着黑徽纹的罩褂，好像是特地为我送行而穿的礼服。不见女人们的踪影，寂寥之感油然涌向心头。荣吉进屋后对我说：

　　"本来大家很想送您，但昨晚睡得太迟，现在还没起床，请您原谅。她们要我转达，希望您冬天一定到大岛来。"

　　清晨的街头，寒风砭人肌骨。荣吉在半路上买了四盒敷岛牌香烟[1]、柿子和卡奥露[2]牌口服清凉液送我。

　　"因为妹妹的名字叫薰。"他笑嘻嘻地说，"坐船吃橘子不合适，吃柿子没关系，可以防止晕船。"

　　"把这个送给你吧。"

　　我摘下鸭舌帽，把它戴到荣吉头上。然后从书包里取出学生帽，一边揉搓褶皱，两人一边笑着。

　　走近码头，舞女蹲在海边的身影映入眼帘。直到我们走近她身旁，她纹丝不动，默不作声地朝我们点点头。昨夜的妆还没有卸，更加使我感伤不已。眼角的胭脂，衬托着一脸愠色，增添了幼稚的矜持。荣吉问她：

　　"她们来了吗？"

　　舞女摇了摇头。

　　"她们还在睡着呢？"

　　舞女点了点头。

　　在荣吉去买船票和渡船票的当儿，无论我同她说什么，她都只是双目直盯着那伸向大海的江堤，缄默不语。几次，我的话还没有讲完，她就连连点头。

1　战前一种廉价纸烟。

2　此处用的是日语假名，即薰的仿拟。

020

这时,一个泥瓦匠打扮的人走近我身旁,粗声粗气地喊道:

"大娘,我看这位最合适不过了!"然后对我说,"这位学生,是去东京的吧?我相信您才拜托的,能不能把这位老大娘带到东京去?这位大娘实在太可怜啦。她儿子在莲台寺银矿打工,这次,得了流感那玩意儿,儿子和媳妇全死啦,留下才这么大的三个孙子,一点办法也没有。我们大家商量了一下,让她老人家回老家去。她的老家是水户。大娘什么也不懂,到了灵岸岛,劳驾您送她坐去上野的电车。给您添麻烦了,我们在这儿给您作揖,拜托啦。您看她这副样子,也会觉得可怜吧。"

呆若木鸡般站在那儿的老大娘,身背一个吃奶的孩子,双手还各牵着一个女孩儿,小的三岁,大的五岁。从外面就可以看到,腌臜的包袱里装着大块饭团和咸梅。五六名矿工在那儿安慰老太太。我爽快地应允照顾老太婆。

"拜托啦。"

"谢谢。本来应当由我们送她到水户,可是办不到哇。"矿工们一一向我致意。

渡船颠簸不定。舞女仍在咬着嘴唇盯望着一处。我伸手抓住软梯,回转身,本想说声再见,却强咽了回去,只点了点头。渡船驶去。荣吉不停地挥动我刚才送给他的那顶鸭舌帽。渡船驶向远方,舞女才摇起一件白东西。

渡轮驶离下田海面,我凭栏凝望海面那边的大岛,直到伊豆半岛南端消失在身后。同舞女分手,仿佛觉得是遥远的往事了。我向船舱内的老大娘扫视了一眼。人们好像已经团团围坐在她身旁,讲着各种安慰的话语。我放下心来,向隔壁的船舱踱去。相模滩浪涛汹涌。就是坐着,身子也不住前倾后倒。船员走来走去,把小铜盆[1]分送给旅客。我头枕书包躺了下来,头脑空空荡荡,失去了时间的概念。眼泪扑簌簌流到书包上。面

---

1 以备晕船呕吐用。

颊觉得冰凉,甚至想把书包翻个个儿。我身旁躺着一名少年。他是河津一家工厂老板的儿子,去东京准备升学,看见我戴顶一高[1]的学生帽,肃然起敬。我们聊了一会儿,他问我:

"出事啦?"

"没有,刚同人离别。"

我直言不讳。即使让人看见我在哭,也毫不在意。什么也不去想,只觉清如水,心满意足,仿佛在宁静地安睡着。

也不晓得海上是几时天黑的,网代和热海已经灯火阑珊。我感到又冷又饿。少年剥开竹叶。我似乎忘记了那是别人的东西,咀嚼着他的紫菜饭团,并钻进少年的斗篷中去。我对任何热忱抚慰都能泰然接受,沉浸在如此美丽的怅然若失之中。明晨很早还得陪老大娘去上野车站,替她买张去水户的车票,这是理所当然的事。我觉得一切都融为一体了。

舱内的洋灯熄了,船上的生鱼和船外潮水的腥味变得浓烈起来。黑暗中,我被少年的体温所温暖,任凭两行泪水模糊了双眼。头脑变得有如一泓清泉,滴滴答答,渺无踪迹,涌起了无比甜美的快意。

(1926年)

李德纯 译

---

[1] 即旧制第一高等学校,旧制高校中的佼佼者。

十六岁的日记

作者曰：括号中乃二十七岁时所加说明。

五月四日

从中学回到家约莫五点半。为避访客，大门紧闭。家中唯祖父一人病卧，无法待客。（祖父患白内障，彼时已失明。）

"我回来了。"

我喊了一声，无人回答，屋内静悄悄的。我徒增悲寂之感。走到祖父枕边不足两米处，又说：

"我回来了。"

靠至一米开外，又喊了一声。

"我回来啦！"

再在祖父耳边五寸处。

"我已经回来了啊。"

"哦，是么？早起忘了让你扶我尿尿，只好拼命忍着。一直朝西躺着不能翻身，干哼哼。我是朝西躺着吧？嗨！来吧……"

"用把力，身子往上提……"

"啊，这样好了，盖上被子吧。"

"还没熨帖，再来一下。"

"哎呀（后七个字不清晰）……"

"哎，还不舒服，再挪一下吧。来……"

"啊，舒服了。翻得好。水开了吗？还得扶我去撒尿。"

"嗨，等一下。哪能一下子顾上……"

"嗯。知道啊。我得先说啊……"

过了一会儿，祖父又说：

"啊呀，丰正，我憋不住了……"

祖父有气无力，像是死人嘴里发出的声音。

"快点，我要撒尿，帮我去撒尿吧……"

祖父在床上一动不动，就这样呻吟着。我有点儿不知所措。

"咋办呀？"

"去拿尿壶来，把这个塞进去。"

没法子，我只好掀起他的衣服，老大不情愿地照办。

"进去了吗？好了吗？快啊。不碍事的。"

难道祖父自己的身体自己都没有感觉？

"啊，啊，疼，疼呀！疼呀！啊，啊，啊——"

祖父喊着，小便疼痛窒息。同时，尿壶底部传来山谷清溪的水声。

"啊，疼死我了！"

凄惨的声音不堪入耳，我眼泪盈眶。

水开了，让祖父喝茶。喝的是粗茶。我服侍祖父慢慢地饮用。祖父的脸瘦骨嶙峋，白发头大抵秃了，哆哆嗦嗦的手皮包骨头。咕嘟咕嘟，细长脖上的喉结一饮一动，连饮了三杯。

"啊，好喝，好喝啊！"他咂着嘴，"靠它补元气呢。你给我买的是好茶。可是听说，喝多了有害呢。还是粗茶好。"

稍隔片刻，祖父又说：

"津之江（祖父妹妹的村子）的明信片寄出了吗？"

"嗯，今早寄了。"

"啊，是吗？"

唉，祖父莫非已意识到了"什么"？一种预感。（祖父让我给他很少通信的妹妹发明信片，请她来一趟。我恐惧，难道祖父已预感到自己的死期？）——我凝视着祖父苍白的脸，直到自己的眼前一片朦胧。

我在看书，似有来人。

"美代吗？"

"嗳。"

"怎么了？"

我心中突然感觉到巨大的不安，从桌边转过身来。（当时我的客厅放了一张大桌子。美代是五十岁上下的农妇，每天一早一晚从自己家里来帮我烧菜煮饭，做些杂事。）

"今天去见了，说七十五岁高龄，一直卧床已有三十天，吃饭还可以，大便却不通畅。我说前来讨教。对方说是——年龄大了，但不会有突发状况。算是老年病吧。"

两人长长叹了口气，美代继续说道：

"我告诉他——吃得下、便不出，像是被腹中的怪兽吃了。又说——比过去进食快得多，吃得快吞咽快。还说——怪兽好酒。我问怎么办。他说——让病人讨取妙见菩萨的画卷，用线香熏屋。——他说虽有怪兽附体，只要调整好时间就不会有什么大碍。话说回来，原来连一片干松鱼都咽不下，近来寿司啦饭团啦什么的却一口吞下。每吃一口，喉结就动一下，还发出咕咚咕咚的声音，真是瘆人啊。狐仙降在巫女身上那会儿，一出现，喉结也咕咚咕咚的下咽状。再说上次喝了不少酒。今天算的卦，不知准不准。"

"怎么说呢……"

我没有勇气当面断言她这是迷信，我受到一种说不出的不安的袭击，全然不知所措。

"回来后，我说（去）五日市（村名）看了大夫，他就问，（他没说我会死吗？）我告诉他，大夫说了，不会有突发急病，只是上了年纪的老年病。那也是灾祸呀。说到大便三十日不顺，大夫建议带他去诊治一下。

"还有，我回来就点了线香。他竟说咱家的先人气正，不会有那种

（怪兽），平白无故来害人。要茶要饭，说话便是。让它滚吧，快滚！我是想顺理成章地驱邪。明天戌亥时辰要在屋子的角落里供上茶饭，还说要拿出一柄仓刀，磨快刀刃藏于卧室。明天再去狐仙处求个签。"

"真是不可思议，真的吗？"

"嗨，信就灵吧……"

我靠近祖父的枕边说。

"爷爷，小野原（村名）一个叫狩野的来信，你借过他的钱吗？"

"啊？借过……"

"什么时候？"

"七八年前。"

"是吗？"

又是意外欠债。（祖父四处借钱，当时统统算在了我头上。）

"这怎么还得了啊。"美代说。（我找美代商量过还钱的事。）

晚饭时，祖父吃的是紫菜卷寿司。啊，我的天！那不是怪兽在吃吗？你瞧，他的喉结在动。食物进入人的嘴中，岂有此理！可深深镌入我脑子里的，却是"怪兽在吃"这句话。我从仓库里取出一把利刀，在寝床的上方挥舞，又将它插在了棉被铺下。事后我自己都觉着好笑。可美代却一本正经，她看着我在屋子里砍杀空气，从一旁鼓劲儿说：

"对，就这样！"

旁人看见，肯定会忍俊不禁，把我当疯子。

不一会儿，天黑了。

"美代，美代！"

夜幕中不时传来颤巍巍细弱的呼叫声。我正在读书，不时听见美代服侍祖父的脚步声。又过了一会儿，美代像是回家了。我便去帮祖父饮茶。

"嗯，这样好。好，好！大口喝。嗯，大口喝！"

祖父的喉结在咕咚咕咚响动。这是怪兽在喝吗？笨蛋！荒唐！会有这种怪事？我已是中学三年级的学生。

"啊，好喝。好茶！淡泊。好喝的不行。啊，好喝！烟呢？"

我将油灯贴近祖父的脸，他的眼睛微睁。

"怎么啦？"他说。

喔，我以为祖父不再睁眼了呢，他却睁开了眼。我很高兴，仿佛一道光明射入了黑暗的世界。（我并没觉得祖父的失明可以治愈。其时祖父一直紧闭着眼，我担心他就这样死去。）

——我写了这么多，也想了很多。方才的舞剑让我几度发笑，像个傻瓜。但是"肚子里怪兽在吃"这句话，却深深地镌入我的身体。此刻约莫九时。脑中如洗。渐渐产生了明确的意识——哪里有什么"怪兽附体"？

十点十分前后，美代来扶着祖父撒尿。

"想翻身哪。这是朝着哪边呀？哦，对了，东边吧？"

美代说：

"来吧，用点劲儿！"

"嗯……"

"再来一下。"美代又说。

"嗯……"痛苦的声音，"这是朝西了吧？"

"你也休息一下。我也该回去了。没事了吧？"

过了一会儿，美代打道回府。

五月五日

早晨，麻雀开始鸣叫，美代来了。

"是么？两次？十二点和三点？尿了？你个学生娃，真可怜。你一定觉得是孝敬祖父吧？——生了孩子就不在我这儿住，阿菊呢，也是知道生不知道养。"（阿菊是美代的儿媳，当时刚生了第一个孩子。）

报恩祖父——这话让我感到异常满足。

我去上学。学校是我的乐园。学校是我的乐园——这句话最贴切地反映了我当时的家庭状况。

傍晚六时前后，美代又来了。

"嗨，我去过了，还是同样的说法。真奇怪。据说未必是怪兽呢，是'惹祸后邪魔附体'。不是不通事理之人。'可吵闹是难以避免的。'而且，又说是老年病。（不会有突然的发作，但身体会渐渐地虚弱。）"

渐渐地虚弱？

——这话在心中几度徘徊。

"是吗？"我叹息。

"还有，狐仙的话说中了。（近来好了一些，不再乱喝乱吃。）少爷今天也看到了不是？今天挺老实的呢。"

我却感觉奇怪，狐仙居然能说准病人的状态？我又开始迷惑，莫非真是灾祸（邪魔附体）？

家中仅有的钱买来的线香烟雾缭绕枕边，煌煌[1]秋水[2]横亘床上。

美代说：

"到夏天更加难办……"

"为什么？"

"农田里活儿忙，我也就没法过来了。看这模样，不知道还有没有机会坐在火盆边……"

啊，在我写完一百页稿纸或在写完之前，祖父的身体，不幸的祖父身体会变成怎样呢？（我准备了一百页稿纸，打算这样的日记续写百页。我担心在写完百页之前，祖父会死去。而写满了百页，祖父就会得救。我一直怀揣着这种心情。此外，正因为担心祖父会死，我才想着至少用这种日记的形式把他的音容记录下来。）

病人说话暂时变得清晰。然而，"邪魔附体祸害"究竟是迷信呢，还是并非迷信的真实？

1　闪耀寒光。

2　利刀或利剑。

五月六日

"孙儿上学去了？"祖父问美代。

"不，现在是晚上六点……"

"喔，是嘛。哈哈哈哈……"孤寂的笑声。

晚饭是两条细细的紫菜卷，放到嘴里囫囵吞下。

"吃得太多了吧？"

今天他这样问道。真是破天荒。可我在浴室里听得真切。过了不大会儿，祖父又说：

"时间还早吧？肚子饿。不等孙儿了，吃晚饭吧。"

"不是刚给您吃过了吗？"

"是吗？"

再没听他说什么，又传来一阵笑声。我寂寞地泡在浴池中。

——夜，家里只有挂钟和汽灯的声响。

漆黑一片的里屋，断续传来呻吟声——"难受，难受，啊，难受啊！"仿佛朝天倾诉。俄顷，声音停了，一片静寂。继而又传来短促、痛苦的声音：

"呜嗯，啊，难受啊！"

我睡着之前，呻吟声断断续续。

听着祖父的呻吟，我心中反刍着那句话。

——"没有突发状况，只是必然日渐虚弱……"

祖父的意识略有恢复，少了些反常的言语，无节制进食也得到控制。

然而，身体却在一天天地……

五月七日

"昨夜起夜三次，一次小便、两次是翻身啦喝茶什么的。爷爷还骂我。（快点扶我起来，叫了半天，累的要断气了。）我睡着都十二点了，好瞌睡……"

早晨，我等美代来，向她倾诉。

"好可怜。要是头疼好了，我会在府上待到十二点。他说，白天别说两个小时，一个小时没人都哭得不行。"

昨夜睡眼惺忪地被叫起来，病人还莫名其妙地说难听话，气得我想骂人。可平静下来一想，祖父也是不幸之人。随即流下了悲伤的眼泪。

——我要去中学的时候，祖父说：

"不知道什么时候才能好啊？"

话语中流露出九分绝望，仅有一分希望。

"天气稳定时，就会好的吧。"

"让你太受累，真对不起。"

他的轻声细语含有乞求怜悯的意味。

"我梦见大神宫的神佛齐聚我家……"

"信仰大神宫神佛是最好的。"

"我听到神佛的声音，这不是值得庆幸的事情吗？神与佛没有抛弃我，真叫人感激不尽。"祖父的声音十分满足。

——从学校回来，家门开着，家中一片静寂。

"我回来了。"我说了三遍。

"喔，孙儿啊，待会儿帮我撒尿吧。"

"好的。"

我最讨厌的就是这个活儿。吃完饭，掀开病人的被子，用尿壶接尿。十分钟过去都尿不出来。可见腹部的肌力几近丧失。在等尿的时间，我发点儿牢骚，没了耐心，也是自然地流露。随后一个劲儿地跟祖父道歉。而且，看着祖父一天天消瘦下去，看着他那苍白而现出死亡阴影的脸，我更加知耻自责。

不一会儿，又是细弱凄厉的呻吟声。

——"啊，好疼，疼啊，呜嗯。"

听者也会心情凝重。随之，听到了淅沥淅沥的清流声。

——夜。我乱翻桌子的抽屉，翻出一本《构宅安危论》。这是祖父口述的笔记，记述者自乐（邻村人，祖父的易学和家居风水学弟子。那是一本家居风水学的书）。祖父努力想出版，与丰川（大阪的阔佬）也商量过，没有成功。藏在我桌子里的这部草稿已完全被人遗忘。嗨，祖父的一生中无一志向实现，所有的努力都失败了。他心里是何等的感受呢？唉，真难为他在这般逆境中活到了七十五岁，需要强大的心脏。（我一直认为，祖父之所以能忍受悲伤活得长寿是因为他的心大。）几位子孙都先赴黄泉，连个说话的人也没有，既看不见又听不到（眼瞎耳背），实乃彻底的孤独。所谓孤独的悲哀——就是祖父。他的口头禅所谓"泪染一生"，正是祖父的真实写照。

　　（祖父的八卦和屋居风水看得准，小有名气，竟有人大老远跑来请他看相。所以祖父才想《构宅安危论》出版的话，世上不幸的灾祸就能幸免。当时我对祖父的易学和屋居风水将信将疑，记得是一种含糊不清的心情。尽管如此，到底是在乡下，十六岁便上了中学三年级的学生，祖父便秘三十天不去请医生，却去请狐仙算卦，认为家中有"邪魔作祟附体"。如今想来，真是哭笑不得。

　　此外，祖父结识阔佬丰川起于寺庙。我们村有个尼姑庵，早年多半是我家祖先所建，庙的建筑和山林田地均为我家名义，尼姑也入了我家户籍。该寺是黄檗宗以虚空藏菩萨为本尊。每年"十三拜"之日热闹异常，近乡满十三岁的孩子集聚于此。本村北面四公里处一个有名的山寺，里面蛰居的圣僧决定移居到尼姑庵。祖父求之不得，便赶走尼姑，放弃了寺庵的财产名义。寺庙改了名，做了规整的增改建。兴工修建时，虚空藏和其他五六尊佛像寄存在我家客厅。托佛像的福，没钱铺席而用藤席将就的客厅有了青席[1]的气息。——笃信这新来圣僧建寺且使我家客厅铺上新席的，便是阔佬丰川。）

1　新席。

祖父善良的心地时时有所表现。今天早晨，美代说：

"我预备了生子喜饼三十份，有些人家没想到也来祝贺，喜饼不够了，得设法凑齐……"

"是么？三十家还不够吗？这村子不满五十户，你们家那样……竟有那么多人来祝贺啊？"

祖父竟喜极而泣，伴着哭声流下了眼泪。（像美代家这样贫穷的雇农，竟有那么多人家来贺喜，祖父为她高兴。）

美代看我一直服侍祖父可怜，晚上八点回家前问祖父：

"尿过了吗？"

"啊。"

"那我待会儿再来一次。"

"我在家，你来也好……"

我的话讲了一半。

五月八日

早晨，美代一来，祖父就絮絮叨叨抱怨我昨夜生硬的态度。我是有点儿缺乏耐心。但是一晚上叫起来好几趟，真让人恼火。而且，帮祖父小便真受不了。美代对我说：

"是啊。是受不了。都是怨言，光想着自己，完全不体谅照料他的人。也不想想，你们这样的关系才照料的呀……"

今天早晨我甚至想，扔下一切什么都不管了。每天上学前，我总要问问祖父有什么事。今天我一声不吭出了家门。可放学回家时，我又起了怜悯之心，不忍对祖父那样。

美代说：

"今天，我告诉祖父（算命）的事。他说去得好，那时我只迷迷糊糊地记得他什么东西都吃上两口，还记得他喝了不少饮料。"

听到这话，我又想起肚子里怪兽饮食的说法。

晚饭后，祖父说：

"说点儿心里话就放心了。"

"放心了"真是可笑。

"如此困境，放什么心啊？"

美代笑着说。祖父冷不丁又说：

"差不多……又该给我吃饭了吧？"

"你不是刚刚吃过吗？"

"是吗？不知道。忘了。"

我惊异、悲哀。祖父说话的声音越来越小，没有精神，难以听清。同一句话会反复说上十几遍。

我坐在桌前，摊开稿纸。美代坐着，准备听取祖父所谓亲密的话。

（我打算把祖父的话原封不动地记录下来。）

"我说，孙儿的银行印章知道吗？对了，我有生之年还不能用。（不知道为什么。）——啊，我做什么都不成功，败光了代代先祖的财产。不过，毕竟一生还是奋斗了，也曾去东京会见大隈先生（大隈重信侯）。闲居家中，竟然变得衰弱不堪。——唉，松尾还有十七町田地，我一心想在自己的有生之年，将那些田地统统变成孙儿的财产，却未能兑现。（祖父年轻的时候有过诸多努力，如栽培茶树、制造寒天[1]等，但悉数失败了。又想测房屋风水，把房子盖了拆、拆了又重建。于是，一次次把田地和山地三文两文地贱卖。丢失的财产，一部分落在叫松尾的滩酒制造商手中。祖父时常在想，至少把这部分财产赎买回来。）孙儿若有十二三町田地，那还怕什么？大学毕业后也不必那么辛苦地忙个不停。现在靠岛木（伯父家）和池田（伯母家）照料，孙儿可怜呀！那些田地若是孙儿的，我就是死了也……我得与御前师傅（前文述及来到新寺庙的圣僧）谈妥，这个家由孙儿一人守护。要是像鸿池（有钱人的代用语）一样

---

1 果冻类纤维食品。

有钱,就不当小职员了。为实现我的想法,本打算去东京的,遗憾没有去成。诸事无望,却心有不甘。必须尽快让孙儿成为坚实的一家之主,他不能一辈子仰人鼻息。要是眼睛看得见,去见见大隈先生也不算难事。嗨,我横竖都得去一趟东京,去和慈光师傅、瑞圆师傅(新寺庙中圣僧的弟子)以及西方寺(村里的檀家寺)商量啊。"

"你这么做,会被人家说成是东村的疯子。"

〔祖父想去东京见大隈重信有其自身的目的。他略通汉法药术(中药),加上我的父亲是毕业于东京医科学校的医生,因此祖父又跟父亲学会了几分西洋医术,跟自己的汉法药术融合为一。在很长一段时间,祖父为乡邻们诊病施药。祖父对自己的药术有强烈自信。使其自信更加强烈的是那次村中的赤痢流行,也就是前面述及的尼姑庵改建、庙中佛像存于我家客厅的那年夏天。只有五十户的村中患者泛滥,可以说平均每家有一人罹患赤痢,怕引起混乱就新建了两处临时收容病院。连田里都是消毒剂的气味。村里人都说这是移动了尼姑庵中古佛像的报应。但祖父的用药却有效地治愈了一些赤痢患者。他把患者隐藏起来,悄悄地服用自己的药。患者因此得救。在临时收容病院里,有的患者扔掉医院的药,服用祖父的药。医院放弃的病人靠祖父的药得到救治。祖父的药究竟有多大的医学价值不得而知。药效神奇却是事实。祖父想要推广这种药,他让自乐(前面出现过的人)写了申请书,从内务省获得三四种药物的销售许可。但只是印刷了五六千张"东村山龙堂"店号的包装纸,并没有进入制药环节。这些药物祖父至死不忘。他似乎还有一种孩子般的确信——只要去东京拜见自己尊敬的人物大隈重信,就可以得到帮助。除了药物,他也筹划《构宅安危论》的出版等。〕

"这个家自北条泰时起,已维续了七百年。今后还会香火不断,顺利恢复往昔的盛大繁荣。"

"您说大话哪。口气就像快要实现了。"美代笑了。

"我活着就不要岛木和池田家照顾。唉,想不到家会变成这样啊。

想起来，真是悲伤啊美代。你听我说，我这样考虑自己的念想……"

美代觉得好笑，刚才就一直笑个不停。我仍在记录祖父的述说。

"一息尚存。我已经极度虚弱。两三千元还可以想想办法，十二三万元哪里去找？唉，求的是难为之事。我不去，大隈先生能来多好。可笑吗？别么笑话我，别看不起人。我就是要让不可能变为可能。对不对？美代呀，真做不到，七百年的家也就气数尽了。"

"您这么说是安慰孙儿吧。别这样焦虑不安，说这种上天摘星星的话，对您的健康无益啊。"

"我是傻瓜吗？"祖父严厉叱责，"只要活着，啊，哪怕今生只有一次，我都想去见那位老人（大隈先生）。不能总是退缩。哎，即使成佛，也想保留小小的心愿。在你眼里我是傻瓜……我想尿尿。这也不行，那什么时候掉湖里淹死算了，不足为惜。唉！"

我的心很平静，很悲伤，我笑不出来，板着脸一字一句地写着。美代也止住了笑，手撑着脸颊倾听。

"一想到去东京，身体竟变成这样，真是麻烦。南无阿弥陀佛，南无阿弥陀佛。这个愿望不能实现，不如掉湖里淹死，真是无用之人哪！南无阿弥陀佛，南无阿弥陀佛。唉，我决意干点儿什么就遭人笑话。唉，这样的社会我厌倦了！南无阿弥陀佛，南无阿弥陀佛。"

我觉得油灯光暗淡了。

"呜嗯，呜嗯。"

痛苦的呻吟愈发声高。

"不是说活在世上窝里窝囊长寿就行。唉，五十年间只有一个念想，那就是活着去见总理大臣。（当时大隈侯是总理大臣）唉，遗憾、遗憾啊！废了。"

美代安慰祖父说：

"都是运气。不过孙儿出息了，也很好啊。"

"出息？怎么可能呢……"

祖父大声说，突然盯着我看。——唉，这个老耄。

"话是这么说，有钱的阔佬也未必值得羡慕。您看松尾，还有片山！自己的本性才是最重要的……"（名叫松尾的造酒商和名叫片山的我家亲戚，彼时家业已衰败。）

"南无阿弥陀佛。"

油灯下，祖父的长胡子发出寂然的银光。

"这世界我已全无留恋，比起此世，彼世更加重要。可是畏葸怯懦，同样无法抵达极乐世界。"

"上次祖父很生气呢。有事跟西方寺的和尚商量，让我去请。可是和尚总说有事不在……"美代等祖父停顿时，告诉我祖父生气的原因。我听了也生气，同情祖父，和尚干吗要骗人呢？

"在这人世间，你只是个没毕业的中学生呀。唉！"

今天的祖父格外小瞧我。

过了一会儿，祖父翻过身去背向我。我打开翌日要考试的英语教科书，我的世界像被推入一个一寸见方的狭窄空间。今晚祖父说话的声音，已不像是此世的声音。我不时心想，等美代回家后，我要把自己将来的希望告知祖父，以示安慰。夜深了，祖父突然说：

"人的一生，很难预定方针的呀。"

发自肺腑的话语，语重心长。

"是啊，很难啊。"我应道。

五月十日

早晨发生的事。

"和尚还没来吗？"

"嗯。"

"最近，自乐先生一次都没来过啊。他不是每天都来的吗？我想请自乐先生相一面啊。"

"相面和上次不会有什么变化的，不会那么快的。"

"再请他相一次面，见和尚商量，得实现我的愿望啊……"

坚定的语调表现出祖父的决心。

"我想与自乐先生见上一面。"

"自乐那种人有什么用呢？"

我自言自语地嘀咕。

五月十四日

"美代，美代，美代！"

祖父的叫声吵醒了我。

"什么事呀？"

"美代来了吗？"

"还没有。现在是夜里两点。"

"是吗？"

直到凌晨，祖父不到五分钟就喊一次美代。我似睡非睡听着他的叫喊。凌晨五点前后，美代来了。

——放学回家后，美代告诉我：

"今天真是太难了。一刻也不能离开，一会儿尿尿，一会儿翻身，一会儿要茶，一会儿要烟，从早上到现在，一次都没回去呢。"

"该叫医生来看看吧……"

我早就想请医生，但好医生要花钱。再说也是担心，祖父眼中没有像样的医生，医生诊治他就发火，弄不好当着医生的面骂咧咧。今天早晨他还说：

"医生嘛，不就是指甲刀嘛。"

——夜间。

"美代，美代，美代！"

我故意不搭理他，轻轻走到他耳边问：

"什么事呀？"

"美代辞了算啦。早饭也不让吃。"

"您不是刚吃过晚饭吗？一个小时不到啊。"

祖父的表情异常迟钝，不知他听懂了没有。

"帮您翻身吗？"

祖父咕哝了些什么，完全听不懂。再问也不答，真叫人不放心。

"您喝茶吧？"

"哎呀。这茶温乎。这茶凉了。什么啊……"

祖父的声音令人讨厌。

"随您的便吧。"

我默默地离开他的枕边。

过了一会儿，祖父又叫起来：

"美代，美代！"

他绝不会叫我的名字。

"什么事呀？"

"今天去池田（伯母家，离我家二十多公里的镇上）见了荣吉伯父吗？"

"没有去过池田呀？"

"是吗？那你上哪儿去了？"

"哪儿都没去。"

"那真奇怪。"

祖父哪来的这些话呢？我觉得太奇怪了。

我做作文作业的时候，祖父又不停地叫了起来：

"美代，美代，美代！"

他提高了声调，上不来气。

"什么事呀？"

"帮我尿尿吧？"

"嗯。美代回去了，夜里十点多了啊。"

"让我吃过饭了吗？"

我愕然。

祖父的脚上和头上布满了粗大皱纹，宛若穿旧的尽是褶皱的丝绸单衣。将他的皮肤捏起来放开，竟至无法复原。我异常忧虑。今日的祖父，只要有借口就说些让我上火的话。渐渐地，每当此时，祖父的脸就变得凶险起来。我入睡之前，祖父断断续续的呻吟使我的脑中充满抑郁。

五月十五日

从今日起，美代有事，换了阿常婆（常来往人家的阿婆）来，我从学校一回家就问阿常婆。

"阿常婆，祖父没说难为你的话吧？"

"没啊，什么都没说。我去问他有事吗，他说想撒尿，很听话啊。"

祖父的这种客气让我无限心痛。

今天的祖父看着十分痛苦。我想方设法安慰他。

"呜嗯，呜嗯。"

他不停地哼哼着，分不清是应答还是喘息。断断续续的痛苦呻吟在我的脑海深处回荡。我不堪忍受，仿佛自己的生命被一寸寸切下来扔掉。

"噢，噢。美代，美代，美代，美代，美代，噢，啊，啊……"

"什么事呀？"

"尿出来了，快，快接。"

"好了，在接哪……"

我拿着尿壶等候了五分钟，祖父又说：

"快接尿。"

他的感觉麻痹了。我感觉悲哀，祖父好可怜……

祖父今天发烧。一种令人厌恶的臭味儿飘溢。我面对书桌读书。拖了长调儿的厉声呻吟。这是一个五月的雨夜。

五月十六日

傍晚五时许，四郎兵卫（分户老人。说是分户，只是名义上的，原本无任何血缘关系。祖父与之并无亲密交往）来探望，给了祖父许多安慰。

"呜嗯，呜嗯。"

呻吟声便是祖父的应答。

四郎兵卫给了我诸多提醒。

"你还年轻，真是够受的。拜托你了。"

说罢，便回去了。过了七点，我说：

"我出去玩一会儿。"随后跑出家门。十点左右回到家门口，听见祖父"阿常、阿常"的喊声，令人不忍聆听。急忙问：

"什么事呀？"

"阿常呢？"

"回家了。十点钟了。"

"阿常是不是没给我吃饭？"

"吃过了呀。"

"肚子饿了，给我吃一点吧。"

"没有饭了。"

"是么？要老命啊。"

这样完整的对话从未有过，总是没完没了地重复套话式的无聊话语。我说什么就是耳旁风，立刻忘了又是旧话重提。真是脑子一锅酱子。

后记

日记就此结束。写下这些日记的十年之后，我在岛木伯父家的库房里找到的就是这些日记——中学的三十页作文纸。大概只有这些吧，没有后续。祖父是五月二十四日夜里去世的，日记的最后一天是五月十六日，祖父去世八天前。十六日以后，祖父的病情进一步恶化，家中陷入混乱，顾不上再记日记。

我发现这些日记时，最令我不可思议的是，这里记录的每一天的生活我已完全没有记忆。若是没有记忆，那么这些日常跑到哪里去了呢？消失在何处了呢？我苦思冥想，莫非人会消失在往昔之中？

说到底这些日子的生活，寄存于伯父家库房一隅的皮包中。我的记忆得以复苏。这个皮包是当医生的父亲出诊时用的。伯父近来因投资失败破产，连房产都赔了。仓库交割前，我去找了找，看有没有自己的物品，于是发现这个上了锁的皮包。我用旁边的一把旧刀割开了皮包，里面装满了我少年时代的日记，夹杂着跟祖父相关的日记。面对的是我业已忘却的过去的诚实心境。然而，日记里的祖父比我记忆中的祖父形象丑陋。十年间，我的记忆不断清洗着祖父的姿影。

记忆中抹去了日记中的诸般日常，却仍旧记得医生的第一次来家和祖父临终当天的景象。祖父历来对医生怀有极端的轻蔑和疑虑，可见到医生反而骤变似的信赖，流着眼泪致谢。毋宁说，我却有一种遭到祖父彻底背叛的心情。祖父真是可怜，令人心痛。祖父是昭宪皇太后大葬之日夜里去世的。我犹疑不定，不知道是否要出席中学的遥拜仪式。中学在南镇，距我们村子约莫六公里。不知什么缘故，我心血来潮地很想参列遥拜仪式，却又担心我不在的时候祖父会死去。美代帮我去问了祖父。

"这是日本国民的义务，你去吧。"

"您能活到我回来吗？"

"活着的，去吧！"

八点的遥拜仪式要迟到了，我匆忙赶路，木屐的带子都断了。（当时我们中学穿和服。）我垂头丧气地回到家，意外的是美代的鼓励，说那是迷信。我换了木屐又赶往学校。

遥拜仪式结束，我突然感到不安。记得镇上家家户户点着追悼的灯笼，应该是黑夜。我脱了木屐，光着脚一口气跑了六公里回家。当天夜里时过十二点，祖父还活着。

祖父去世那年八月，我离家到了伯父家。想到祖父对家恋恋不舍，离家当时及后来卖掉老宅时，我都有些于心不忍。以后辗转于亲戚家、学寮和外借公寓之间，老宅和家庭的观念渐渐淡出了我的意识，我总是梦见自己在流浪。祖父曾觉得，让亲戚看到自家的家谱令人不安，于是一直珍藏在他最信赖的美代家，如今依然锁在美代家佛坛的抽屉中。我却从未有过要看家谱的想法。我并不觉得对祖父有什么愧疚。我懵懂地信赖死者的睿智与慈爱。

（1914年记，发表于《文艺春秋》1925年8、9月号）

后记之二

《十六岁的日记》发表于大正十四年（1925）我二十七岁时，那是大正三年（1914）我十六岁那年五月的日记，在我发表的作品中执笔最早，因而放在这套全集的卷首。（"十六岁"是虚岁，实足十四岁。）

作品发表时写有"后记"，有关日记的一些想法都在那篇"后记"中。不过"后记"的写作是小说形式，与事实略有出入。有一句写道"最近，伯父因投资失败破产，连房产也赔了"，其实卖掉房产的是堂兄。我想那是在伯父死后的事。伯父是个谨小慎微的老实人。此外，我说少年时代的日记装满了父亲出诊时的皮包也有些夸张。我中学时代的日记大都保存至今，并没有那么多。

我说记得是父亲出诊时用的皮包。但当时的医生出诊，所持并非平时上班族用的那种，而是旅行时用的、底部很宽且牢固的皮包。至于"用中学的作文纸写了三十页"，其实准确的页数现在已记不清楚。二十七岁抄写的时候，已将十六岁时写下的原文撕碎丢弃了。

然而在编辑这套全集时，我又找出了那些旧的日记类，新发现两页"十六岁的日记"即二十一和二十二页。二十七岁抄写的时候，这两页日记不知损失在何处而漏抄，所以没有撕掉。一看便知是已发表日记之后的部分。如此，日记并没有三十页之多。不过原稿亦非按格一字一字地书写，实际的字数要比二十行二十一格多得多。三十页也许只是一个概算。

总之，这遗漏的两页原本应并入"十六岁的日记"，没有日期，但肯定是接着前面的日记。因此补抄于此。这样，这两页稿纸也可以撕掉丢弃了。

"身体情况不好，唉，可以不死的人要死了。"
极小的话音，勉强可以听见。
"谁要死了？"
"……（不明）……"
"是祖父吗？"
"世上的人都会死的。"
"是吗？"
常人说这话，没有什么稀罕，可如今祖父所言，我不能充耳不闻，产生了各种联想。某种不安袭来。（五字不明）
祖父的呻吟短促微弱，时断时续，呼吸短促，像是只吐气。病情急剧恶化。
"美代吧？我怎么啦？早上也罢，晚上也罢，午饭也罢，晚饭也罢，都感觉晕乎。唉，只管吃饭的护理令人讨厌……上次听了神佛的话，真是放心不下啊。我已被神佛抛弃了吧？"
"哪有的事。神佛说我在做有意义的事。"美代说。
祖父仿佛由一个空洞的底部发出咕哝声。
"啊，白用一年（借钱没付利息）。唉，也就十两小钱，担惊受怕的……"
这话他重复了十几遍。重复中，呼吸渐渐困难起来——
"请个医生看看吧？"
美代提议，我也只能同意，便对祖父说：
"爷爷，请个医生看看吧。有个三长两短，也对不住亲戚们呀。"
（祖父怎样回答，没有记录。记得……以为祖父会拒绝，没料想他竟怯生生地答应了，反使我感受到苦寂。）

请阿常婆跑去请宿川原的医生。

她走后，美代说：

"老爷子，三番（伯父的村子）的钱我也要回来了，小畑的那份在津之江（祖父妹妹的村子）借了，放心吧付过了……"

"是嘛，很高兴。"

对祖父来说，这是真正的苦中之乐。

"您说放心，就得念佛啊。"

"南无阿弥陀佛，南无阿弥陀佛。"

唉，祖父的生命不会长久。这稿子写不到最后的。（写这份日记的稿纸准备了一百张。）美代不在的几天，祖父眼看着衰弱下去，现已看到了死亡戳印。

放下写日记的笔，我呆呆地想着祖父过世以后的事情。唉，不幸的我将天地间孑然一身。

祖父念佛过后说：

"听念佛声，肚子软了啊，一直胀鼓鼓的……"

阿常婆回来，说医生不在家。

"明天从大阪回来，等不及，就请找别的医生。"

"怎么办呢？"美代说。

"嗨，不会那么急吧。"阿常婆说。

"是啊，不会那么急的吧。"

嘴上这么说，但一听医生不在还是焦虑。

祖父开始打鼾，像是入睡了的样子。他张着嘴，眼睛也没完全闭上，一副呆滞空幻的表情。

枕边的行灯火影黯淡。两个女人默默地手撑着脸。

"嗳，孙儿，咋办呀？都这样了，还老是论理……"

"怎么办才好哇？"我要哭了——

044

原文是一页半又三行，会话部分换行抄写，变成了四页四行。仅有一点可以肯定，这是二十七岁时发表部分的后续。《十六岁的日记》曾因故中断记录。五月十五日美代有事回家，阿常婆来替她，因此翌日的记录缺失。这部分是之后美代又来我家那天的记事。

因此《十六岁的日记》"后记"中的"日记到此结束"与事实不符。其实《十六岁的日记》发表之时，只有五月十六日之前的日记。五月十六日当天的和这里抄写的部分，好像还应有几天的日记，也许已经遗失了吧。

祖父是五月二十四日去世，十六日距去世还有八天，这里抄录的是与祖父死期更加接近的数日之内的事情。

祖父的死，使十六岁的我失去了所有的亲人，家也不复存在。

在《十六岁的日记》的"后记"中我写过："当我发现这些日记的时候，最不可思议的感觉却是这里记录的每一天的生活，我已完全没有了记忆。若是我已忘记，那这些日子的生活跑到哪里去了？消失在了何处？我百思不得其解，人怎么会消失在过去之中？"那是自己经验的过去，怎么会没有记忆了呢？奇怪。如今我已年过半百，匪夷所思。对我而言，这是我《十六岁的日记》面对的首要问题。

说是失去记忆，又不能简单地认定"消隐"或"消失"在了过去。此外，作品也并非旨在解释记忆或忘却的意义，也不是为了触及时间与生命的意义。可是对我而言，这部作品确实构成了一个线索或证据。

我的记忆力不好，我无法确信记忆。有时竟感觉忘却是一种恩宠。

第二个问题，我为何要写那样的日记？自然是意识到祖父死期将近，我想记录下祖父的生前形象。但后来想起，好生奇怪，十六岁的自己守着临近死亡的病人，竟留下了那些写生式的日记。

五月八日的文中写道："我坐在桌前，摊开稿纸。美代坐着，准备听取祖父所谓亲密的话。（我打算把祖父的话原封不动地笔录下来。）"虽有桌子，但我记得"是用梯凳（踏台）代替桌子，梯凳边上立着蜡烛，我在梯凳上边写出《十六岁的日记》"。祖父几近失明,不会发现我是在写生。

当然做梦也没有想到,十年之后这些日记成为发表的作品。好歹具有的可读性,想必源自写生而非早熟的文才。我只想以笔记的形式速记祖父的话语,无暇顾及文章的修饰。字迹潦草,一味码字,日后有些地方自己也看不明白。

祖父七十五岁逝世。

(1948年7月执笔,引自新潮社版全集"后记")

魏大海 译

拣骨记

山谷里有两泓池水。

下面一个好像炼过银,熠熠地泛着银光;而上面一个,则山影沉沉,发出幽幽的死一般的绿。

我脸上黏糊糊的。回首望去,踩倒的草丛里、竹叶上滴着血,血滴仿佛要滚动似的。

鼻血又涌了出来,热乎乎的。

我急忙用腰带塞住鼻子,仰面躺下。

阳光虽未直射下来,但仰承阳光的绿叶,背面却明光耀眼。

堵在鼻孔里的血,直往嗓子眼里倒,怪恶心的。一吸气,便发痒。

山上一片蝉鸣。好似受到惊吓,突然齐声"呜——呜——"叫了起来。

七月,将近中午,哪怕落下一根针来,都好像什么东西塌下来似的。身子好似动弹不得。

汗涔涔地躺着,觉得蝉的聒噪、绿的压迫、土的温暖、心的跳动,一齐奔凑到脑海里。刚刚聚拢,忽又散去。

我恍如飘飘然,被吸上了天空。

"小爷子,小爷子,喂,小爷子!"

垄地那面传来喊声,我一骨碌站起来。

出殡的第二天上午,来拣祖父的遗骨,正在扒拉还温热的骨灰,鼻血滴滴答答流了下来。我趁人不注意,用腰带尖堵住鼻孔,从火化场跑上小山坡。

经人一喊,旋即又跑下山去。银光闪闪的池水,荡漾之间消失了,踩着去年的枯叶，一溜烟滑了下去。

"小爷子心真宽，跑哪儿去了？你爷爷已升天了，你瞧。"常来帮忙的阿婆说。

我走下山来，矮竹丛给踩得噼啪作响。

"是么？在哪儿？"

流了大量鼻血，我生怕脸色显得难看，还惦着那湿腻腻的腰带，走到了阿婆身旁。

像揉皱的皱纹纸的手掌上，摊着一张白纸，上面有块寸许大的石灰质，几个人的目光顿时猬集在上面。

像是喉结。倘若勉强去想的话，也不妨看作人形。

"方才好不容易才找到的。唉，你爷爷也成了这个样了，放进骨灰盒里吧。"

实在没意思——我真希望是爷爷，听见我回家进门，那双失明的眼里露出高兴的神色迎接我。然而，却是一个穿着黑绉绸的女人，我未见过面的姨妈站在那里。好不奇怪。

旁边的坛子里，乱七八糟装了些骨殖，不知是脚还是手，抑或是脖子。

火化场只是一个挖出的长坑，没有一点遮拦。

灰烬的热气还很炙人。

"走吧，到坟上去吧。这儿难闻得很，太阳光都是黄的。"

我头晕目眩，又像要流鼻血了，有些担心，便这么说。

回头一望，常来帮工的汉子捧着骨灰罐跟在后面。火化场上的灰烬，吊客昨日烧完香坐过的席子，依然留在那儿。糊着银纸的竹竿，也依然竖在那儿。

昨晚守夜，有人说，祖父终不免也变成一团蓝色的鬼火，冲出神社的屋顶，飘过传染病院的病房，在村子上空弥漫着难闻的臭气，飞散以尽。去坟地的路上，我想起这些风言风语。

我家的祖坟和村里的墓场不在一处。火化场在村子墓场的一角。

终于到了石塔林立的祖坟。

我觉得反正一切都无所谓，真想一骨碌躺下去，在蔚蓝的晴空下尽量多呼吸几口。

阿婆从山涧打了水来，把大铜壶往地下一放，说：

"老爷子有遗嘱，说是要葬在祖上最早的石塔下面。"

说是遗嘱，未免也太一本正经了。

阿婆的两个儿子便抢在常来我家的农夫前头，扳倒最上头一座旧石塔，在塔基处挖了起来。

墓穴似乎相当深。骨灰罐扑通落了下去。

虽说死后将那样一块石灰质放进先祖的遗茔里，但死了，也就什么都不复存在了。渐渐被忘却的生。

石塔又照原样竖了起来。

"来吧，小爷子，告别吧。"

阿婆往小石塔上哗哗地浇水。

线香点着，但在强烈的阳光下，看不出袅袅的青烟。花已经蔫了。

众人合掌瞑目。

那一张张黄面孔，我挨个看过去，脑袋又一阵眩晕。

祖父的生与死。

我像上紧的发条似的，使劲摇动右手。骨头咔啦咔啦地响。手里拿着小骨灰罐。

老爷子是个可怜的人。一心为了家。村里忘不了他。回去的路上尽提祖父的事。真希望他们住嘴。伤心的恐怕只有我一人而已。

留在家里的那些人也替我担心，爷爷死了，只剩下我一人，这往后怎么办呢？同情之中掺杂着好奇。

吧嗒一声，落下一只桃子，滚到了脚边。从坟场回来的路，是绕着桃山脚下走的。

这是我虚岁十六岁那年的事，系十八岁（大正五年[1]）时所记。现在一边抄录，一边略加修改。十八岁写的东西，五十一岁时重抄，也饶有兴味。想我竟然还苟活人间，仅此一端……

祖父是五月二十四日死的。《拣骨记》里写成七月的事。这种改易，似乎也是有的。

我曾在新潮社出版的《文章日记》里提到过，原稿丢了一张。日记本上"灰烬的热气还很炙人"同"走吧，到坟上去吧……"中间，缺了两页。存其缺略，照抄不误。

《拣骨记》之前，还写过《致故乡》一文。和祖父一起生活过的村子，我称作"你"，用寄自中学集体宿舍的书信体写的，不过是种幼稚的感伤而已。

兹从《致故乡》中，摘出与《拣骨记》有关的一小段：

……我曾那样地向你发过誓，可是，前天在舅父家，终于答应卖掉祖房。

最近，想必你也看到了，仓房里的衣箱、衣橱，都转到商贾手里了。

听说自从离开你之后，我家便成了一个穷帮工的住处。他妻子患风湿病死后，又用作邻居家关疯子的地方。

仓房里的东西不知不觉地给偷光了；坟山四周的树，一棵一棵给砍掉了，变成近邻桃山的领地。虽然快到祖父三周年的忌辰，佛龛里的牌位，恐怕早已倒在老鼠屎上了吧。

（1946年作，1949年发表）

高慧勤 译

1　即1916年。

少年

一

我今年五十岁，决定出版作品全集也是想留个纪念。像四十岁、五十岁这样以十年为界限给人生分段，既是一种权宜之策也会产生感伤之情，可能多半源自人的迟怠癖性，因而我不愿视其为精神的真实。但是，倘若我未曾濡染这种传习潮波，估计很难下决心在生前出版自己的作品全集。

五十岁这个年龄的实质和实感会是怎样的呢？恐怕任何人都无法准确地把握吧？但是这种实质和实感无疑存在，而且五十岁的人，全都具有这种实质和实感。虽然因人而异，不可能完全一样，但若从时代潮流来看，亦可认为五十岁的人应该全都相同。

认为应该全都相同，本身似乎就是一种救赎。

无论怎样讲，我对自己的年龄未曾做过认真深刻的思考。这是由于未能从自身找出思考的必然性吗？是因为自己尚未产生思考的动机吗？是因为自己缺乏思考的智力吗？

莫如说似乎是少儿时代在思考。在我的少年悲哀中，有对早逝的畏怯。父母的早逝在我的少年时代萦缠不去。现年五十岁的我已比父母多活十年，虽然我记不清父母去世时多大年纪……

我居然能活到五十岁。我在娘胎里不到七个月出生，爷爷和奶奶用丝绵包着把我喂养大。我这个异常的体弱儿能活五十年，仅此亦须看作毋望之福吧？

年届五十的我深刻地感受到，自己的周围已死尸累累。文学方面的知己陆续逝去，他们生前都比我筋强骨健。面对太多的死亡，也使我增强了此生有命即见蓬莱的意念。幸遇不易，永别难免，但命长犹可邂逅生者。

另外，我二十三岁初发作品至今，已经历二十五年以上作家生涯。在转变尤为激烈无常的现代，年届五十出版全集，不能不说是奇特的幸运。

我还记得，上小学时祖父讲过狩野元信的故事，还说我可以当个画家。我也有过那样的打算，但在初中二三年级时，我却主动对祖父说想当小说家。祖父说那也行。因此，仅从贯彻初衷、未生二念这一点也可以说，无论自己还是人生皆不曾贻误。虽然我心中存疑——不知自己是否生于最能发挥个人天赋的得天独厚的时代……

这也是年龄的缘故吗？也许是因为经历了那样的战争，最近我养成了根据其生涯流变观察人的心癖。为了计测现今，我往往拿出包含过去和未来漫长时光的标尺。

我说，反正发生在人身上没什么了不起。有年轻女子惊讶，我也对其表示惊讶。以稍稍长远的眼光审视人生、看待历史，更何况经历了那样的战争，对于人类不幸和悲惨命运的思考也必然改变。我由衷地感到，生逢何种时代也是命运的一大部分。

我作为小说家安身立命。论及小说，可由《源氏物语》跳到井原西鹤。生于镰仓时代和室町时代则无可奈何。但镰仓和室町时代的人，未必在人格和天分上不及紫式部和井原西鹤。而与紫式部同时代宫廷里撰写汉文的男官，见识才能上也未必低于紫式部。更不可轻率地断定与井原西鹤相近时代的作家们，缺乏西鹤那样的文学才华。

战争中，到空袭越来越猛烈的时候，在灯火管制的暗夜中和横须贺线的列车上，我在姿容惨不忍睹的乘客中阅读《源氏物语湖月抄》。这是因为，和纸木版印刷的大号柔润假名字体，特别适合于那时的灯光和心境。我常常一边阅读一边遐想，当年流落在外乡的吉野朝贤士和室町战乱中的人们曾深读《源氏物语》。夜里听到警报外出巡视，只见或秋或冬的月光冷冽地洒满不漏半点灯光的小山谷。刚刚看过的《源氏物语》浮现于心，我被身处惨境依然捧读《源氏物语》的古人再次深深打动，领悟到必须与流注于自身的传统共续生命。

"承久之乱"中的顺德天皇甚至赞叹《源氏物语》"不可说未曾有""诸艺诸道皆凝缩于此一篇"。"河内本（版）"中的源光行在"承久之乱"时作为朝臣，险些被问死罪。比源光行大一岁、"青表纸本（版）"中的藤原定家料定也受到了此次战乱的波及。

吉野朝的后醍醐天皇、后村上天皇、御生母新待贤门院等的《源氏物语》研究以及长庆天皇的《仙源抄》、败逃流离的南朝[1]品读《源氏物语》的吉野一带山川，在我眼里竟如明月一般绚丽。

"应仁之乱"中的饭尾宗祇和该宗派的"连歌师"旅行时，《源氏物语》也伴在身旁。在我的头脑中，还描绘出三条西实隆誊抄的《源氏物语》远下东海道和山阳道的情景。我本想将三条西实隆所抄《源氏物语》的旅行写成小说，却未能实现。或许是在战败期间，我对象征东山时代美少年的足利义尚将军产生了特别的爱怜之情。我还曾沉迷于一些记录文学的阅读，如室町后半期被悲惨命运捉弄的将军们。

我生于明治三十二年（1899），昭和二十三年（1948）五十岁。我先从《源氏物语》跳转到井原西鹤，再从井原西鹤跳转到何人呢？那个人与我生存于同样的时代吗？我尚不知晓。

二

这是我在世时出版的作品全集，所以由作者自己编辑。我将这二十五年间的旧稿全部看了一遍。以前从无机会浏览自己的全部作品。除非迫不得已，根本不会重读自己的作品。我不会在自己的作品变成刊物上

---

[1] 南朝就是日本的南北朝时代大觉寺统的吉野朝廷。

的文字时即时阅读，必须经过半年到一年时间的弱化或朦胧化，否则在阅读的过程中，就会重新品尝写作过程中的痛苦记忆。

但以漫长的时间标尺重读旧稿的现在，仍会涌出意料之外的感怀。我记性不好，缺乏追忆力，但不时会有记忆的复苏或追忆的延展。这是十分稀少的经验。

除成为作家之后的作品，还重新梳理了之前的习作。主要是初中时代的日记类，中学时代的小说多为仿作。最早的习作是大正二年（1913）、三年十五岁到十六岁春天在中学二年级作文本上抄录的两篇明治四十五年（1912）十四岁时小学六年级的文章。

在"箕面山"和"秋虫"的标题上方有"获甲上"字样。这是四十年前乡下小学校的作文，平庸、稚拙的文言体当然毫无可取之处。虽说如此，能保存到现在连我自己都深感意外。

我还发现了为盲人祖父和文盲老保姆代写的书信底稿。

祖父在贺年卡上说："老拙即将七十五岁，勉强维持生命。"

由此可见，这是在我十六岁的时候。那年的一月八日，还有如下寄给伯父的书信：

记

一笔四十六元　一月二月部分

另一笔一百三十元

然此为至八月结账前之未付部分

以上确已收到。　　祖父署名

收信人伯父姓名

敬启者

日前即已致信，望将未支款项交付。生活拮据，度日艰难。因所收金额明显减少，故失去生活依托。且八月结账后仍每月生活窘迫，购物时不得不赊账。此类缺额连续增加显而易见。目前每月生活费二十三元，买米需十元，仍有薪炭及其他杂项费用若干，保姆费三元，将此类佣金等扣除后缺额愈大。万望悯恤并施予救济。此困苦之状从未离开老拙之心。老拙俭省度日自不必说，每日仅靠清汤下饭。此外再无可食之物。康成亦每日只能以腌梅就饭，如此恐难保全身体，故只在晚饭进食菜类。让您见笑。书不尽言。

一月八日　祖父署名

收信人伯父及经理人

又及。老拙今日前往拜见，承蒙多方亲切商谈，以后自可安心踏实度日。老拙在此恳请今后仍多关照。

亡母的钱款交存于伯父二人，其后我与祖父依靠每月寄来的生活费度日。由此信可知，大正三年的月额为二十三元。祖父说"仅靠清汤下饭"和我"仅靠腌梅就饭"，多少含有为多要生活费而夸张的意味。祖父和我商量好，故意在信中写了类似乞怜的话语。不过，这并非编造的毫无事实依据的假话。

祖父在寄出这封信那年的五月二十四日晚上去世。

《十六岁的日记》描述祖父临终前的日子，是我出版全集时的日记选粹。关于《十六岁的日记》的由来，我曾这样描述：

"这段日子我都活在伯父仓房角落的皮包里，记忆复苏。这只皮包是当医生的父亲出诊时携带的物品。而伯父近时投资失败破产，连房产都赔了进去。在仓房转让之前，我去寻找有没有自己的物品。于是找到这只上了锁的皮包。我用旁边的旧刀割破了皮包，只见里面装满了我少年时代的日记，也混杂着前述十六岁的日记。"

此处所说伯父并非前述书信中的伯父。信中的伯父住在淀川之南，皮包所在是淀川之北的伯父家。

另外，卖掉房产的不是伯父，而是伯父死后由堂兄卖掉的。可能因为是小说就写成伯父了吧？所谓"皮包里装满了日记"，也有些许夸张吧？我想并没有那么多。所谓"也混杂着……"，好像是因为稿纸上有"十六岁的日记"的字样，与其他日记本不同。

《十六岁的日记》原文，在誊抄后作为作品发表时，已经烧毁丢弃了。此次找出的废纸般的日记，我以前从未重读过，也没查找过。我想，或许还有机会再读而多少有些不舍，便将那些废纸保存了三十多年。全集的出版既带来烧毁它们的机会，也成了再度浏览它们的机会。

例如，这次找到了《十六岁的日记》的第二十二页和第二十三页[1]，作为纪念抄录于全集的"后记"中，原文就撕碎扔掉了。而当时作为作品写作的《十六岁的日记》，却是无可忽视的内容。

虽说是第二十二页和第二十三页，其实并非在稿纸格子里逐字书写，而是随手走笔挥就，因而不可计算页数，但总归是写在稿纸上。

写在稿纸上的除了《十六岁的日记》还有四五种。《第一谷堂集》是大正二年和大正三年，即十五岁和十六岁时写的新体诗；《第二谷堂集》是与此相同两年的作文集；接下来则有大正五年九月十七日至大正六年一月二十一日的日记。我十八九岁，即大正六年初中毕业。此后有一篇作品题为"汤岛的回忆"，写在二十四岁那年夏天，二十八岁将前半部改写，还完成了小说《伊豆舞女》。后半部分，描述了对初中同寝室少年的爱的回忆。

我由此得到机会，将此类废纸全部焚毁。

三

我的父亲模仿"浪花"（大阪）的"易堂"，给自己取名为"谷堂"。我的《谷堂集》即来源于此。这是少年的感伤。父亲留下很多"谷

---

[1] 此处记述与前文有异，作者原文如此。——编注

堂"印章，我的《谷堂集》封面和封底还盖着别样印章。

《第一谷堂集》是六十页成册，其中有三十二篇新体诗。

以"读书"为题的"七五调"六行诗最早，是明治四十五年一月的作品。别人认为我大量买书是乱花钱，而我像孩子般发出强烈的抗议。这是因为我心中满怀希望和悲愁。当时的我十四岁。

最后有"吊诗"和"迎白骨"。《吊诗》为二十节的长诗。淀川北的那位堂姐嫁给了久留米师团的骑兵中尉，她的丈夫死于中国山东。《吊诗》是吊唁堂姐的，作于大正三年九月二十六日。从诗中看到，堂姐已怀上第二个孩子，二十三岁了。《迎白骨》是迎接在九州火葬的堂姐骨灰回娘家的诗，作于九月三十日。在我十六岁那年的五月，祖父因《十六岁的日记》中所述疾病亡故。由于我还是初中生，无法独自在一座宅院里生活，暑假时就被收养在伯父家，以后从堂姐骨灰回归的家中乘火车上学。

记得曾仰望这位堂姐的"下巴"，白皙丰满而圆润，我觉得她很美丽。如今想来，这位堂姐的兄弟都是下颌骨较宽。或许死去的堂姐也是这样，但我感觉那柔白的下巴仿佛娇艳地浮在空中，宛若古代天女像般丰腴，好像还有一道圈纹。我几乎从未见过这位堂姐，所以只留下了这点记忆。

但我的《吊诗》并未述咏这下巴，只是罗列概念性的感伤语句。在此抄录一两首《第一谷堂集》中的诗，为着些许讨喜的纪念却又为虚荣心所不容。我为什么会保存这种废纸长达三十五年呢？或许还有很多这样漫不经心无谓保存的毫无意义的过去……

《谷堂集》中的诗大都是"藤村调"（岛崎藤村），说到可取之处也只是模仿得多少像那么回事。而"晚翠调"（土井晚翠）则很少，而且比"藤村调"逊色许多。

题为"藤村诗集"的作品，篇幅是四页稿纸。祖父去世的夜晚，我在他的枕边读了《藤村诗集》，在守灵夜也读了。因此可以说，《藤村诗集》已然铭刻于我的生涯之中。我寄食于亲属之身，朝夕捧读《藤村诗集》，创作稚拙的诗歌。我感谢《藤村诗集》，憧憬岛崎藤村的青春。

例如，《当诗人》一诗作于大正三年九月十四日书法课，《藤村诗集》一诗作于九月十七日国语课，《迎白骨》一诗则作于九月三十日几何课——日期旁附加科目名称，乃这部《谷堂集》最使我常忆常新之处。这些诗大部分作于上课时间。虽然还有图画课、英语作文课时的作品，但似乎还是国语课时的作品居多。

身为初中生的我，多数上课时间都会躲着老师的目光阅读文学书籍，也会创作那般新体诗。但它们毫无诗歌价值，无一句看得出我自身的诗魂。

四

《第二谷堂集》总共三十六页稿纸，将我的作文汇集成册。这是初中二年级时所写，好像都是提交给学校的作文草稿，所以更没意思。最先是暑假作业，题为"劝友人登山"的书信作文，最后是《桃山御陵参拜记》，其间夹着两页小学六年级作文的誊抄稿。

其中一篇题为"箕面山"。

箕面山在丰能郡箕面村，自往昔即为赏枫胜地，且以瀑布著称。近年可乘电铁从大阪前往，亦建有动物园，其名气愈渐高涨。

自箕面车站登高片刻可见一条溪流，沿此前行百余米可至瀑前。直下十数丈之绝壁如悬水晶帘，其壮观虽笔纸难以尽述。此处盛夏仍肌生凉意。山中多枫树，深秋时山谷红遍，重锦叠绣。溪谷左右峻峰峭壁，古树繁茂，仰望压顶般危岩天成奇观。溪流中亦多巨石，击碎清流玉珠飞溅，又跌深潭。动物园内有数百种珍奇动物及多座演艺场，令游兴倍增。攀至山顶俯瞰，远方山野村镇皆如自家庭院，宏阔之气自生。

因而四季游客络绎不绝，尤暑期及红叶期似人山人海。

就是这样的文章。明治四十五年，偏僻乡村的小学生写出这种作文，上初中后也没什么变化。在题为"大正二年和三年"的寒假作业作文中，关于自己的事情和话语，我连一句都没写。

大正元年十二月二十一日，取代西园寺内阁的桂内阁仅上台五十天即垮台，山本内阁成立。"拥护宪政打倒阀族"运动兴起，帝都发生了打砸焚烧暴乱。外务大臣因"排日"问题和中国风潮等遭到谴责。阿部局长被暗杀。木村、德田两名中尉成为航空界最初的牺牲者，接着是民间飞行家武石惨死。我也在博览会上观赏过武石的飞行表演，而惨剧就发生在几小时之后。但是，我国航空界的进步已在浓尾平原的大演习中得到证明。在明治天皇一周年忌辰临近的七月十日，有栖川宫大将殿下薨殁。在秋季，桂公死去。在十二月，德川第十五代将军庆喜公死去。大正二年天灾地难也特别多，还发生了巴尔干、中国、墨西哥等问题——我就是这样在作文中回顾了大正二年。然后，还写了大正三年是举行新帝即位大礼的年份。

但因四月昭宪皇太后驾崩，即位大礼被延期至翌年，即大正四年。

在皇太后大葬那天夜晚，我的祖父去世。

就在这个大正三年，前一次世界大战开始。东京车站也是在这一年建成。

艺术家则有儿玉果亭、盐井雨江、川端玉章、本居丰颖、幸堂得知、木村正辞、市川九女八、奥原晴湖、伊藤左千夫、竹本大隅太夫、中林梧竹、冈仓天心等，在大正二年死去。

在《谷堂集》作文中，难得有一篇《春夜访友》成为回忆昔日自己的线索。

"连日来忙于考试，其间未能访友。今宵定要尽情畅谈，出院门前往。整个天空被鱼鳞般的细碎白云遮罩，半月高悬。"文中又写到自家的白梅暗香四溢。走在村道上，只见"神社前的杉树耸立于夜空，犹如天神空降之栈桥"。朋友的家就在神社近旁，屋中那盏灯火令人眷恋。"兄弟二人都在屋里,哥哥面朝书桌,参照两三篇范文苦心推敲《都鄙学生优劣论》。我于其旁翻阅《青芦集》一小时余,他亦写成了作文,遂照例同其父母五人坐拥火盆聚晤。各种话题频频转换,有如走马灯,这家人从无改变的温情,令我深感欣慰。我既无父母亦无兄弟,相比万人之爱,祖父温厚的爱和这家人的爱时刻与我相伴。谈笑风生数小时后吾即告辞。月已朦胧。"邻村灯火点点,莹润于千里山之麓野间。"捶打稻秸之声忽远忽近、忽高忽低,似欲讲述黑暗万象之某事却沉默不语。"

日期标明为大正三年三月三日。

果真听到四方传来捶打稻秸的响声吗?或只不过是平庸的文饰而已呢?如今我已想不起来。文中写有"走出院门",但其实我家并无院门,只是围了一圈橡树枝篱笆,而朋友家既无排场的院门,亦无院墙。

在《故园》那篇作品中,也描述了夜晚去这位朋友家玩耍的情景。我已脱离了祖孙二人的苦寂,却煎熬于每夜渴望而不得相见的诱惑。高我一两个年级的兄长和低我一个年级的弟弟与我都关系亲密,但其中的感觉却像异性思慕。少年的爱情大都如此。我对兄弟俩的父母也都一样,养成了渴望相见的心癖。若不见面就会心神不定。

但是,此时并无同性恋那种事情。

五

在大正五年九月十七日到大正六年的一月二十一日的日记中,有篇关于同性恋的记述:

大正五年十二月十四日　星期四　阴转雨
在起床铃响稍早前,我去厕所小解。我冷得发抖,进了被窝就拿开清野温暖的手臂,然后抱住他的胸膛,搂住他的脖子。清野也半梦半醒地使劲搂住我的脖子,然后往自己脸上凑。我的脸颊重压在他的脸颊上，我干渴的嘴唇贴在他的额头和眼皮上。他好像对我冷透的身体于心不忍，不时地睁开天真的眼睛，搂住我的头。我仔细端详他闭上的眼皮，觉得他并不像有什么想法，就这样持续了半个小时。我只是到此为止，而清野也不像是有什么要求。

起床后不知为何感到晃眼。

昨晚已用功预习过英语课，今早再度进行过确认。因此，我还满怀自信地辅导了平田君。

我认真地听讲。

英语语法课上，老师说作文已经批改好了，可以去取。而且，这个年级因为写得特别多，所以他说，好像关口和细川的英文最好。可不管他提什么问题我都不举手，连续不断地写下去，一边冷笑一边听，并觉得非常卑劣。

午后，不仅下起湿漉漉的细雨，偏偏又降了温。

我给京都的铃村先生寄去《新潮》增刊《文坛新机运号》。

向百濑租书部返还《今户殉情》和《俳谐师》。为此我支付了一毛钱并买了一张邮票，因而变得身无分文。

那两本返还的小说，主要是在课间休息十分钟时阅读。

夜里雨停。阴天。

大正六年一月二十一日　星期天　阴　武术大会

在写日记方面，我也难以逃避易生厌腻的癖性。去年秋末，从《受难者》得到感悟成为直接契机，虽然仍很贫穷，但还是想忠实地描述年轻时代的轨迹，在认真下定决心后就开始写日记。可最近的懈怠是出于什么原因呢？从元旦到元月七日的记事都还没写，从七日至今也只能说就像强制的义务般极不情愿。其间并无特别想写的事情，为备考高中没有空闲——这些辩解在我心中受到责备。我想再下决心坚持写日记。

今天举行了武术大会。

我的室友小泉和杉山获胜。

宿舍食堂养的猪被宰杀了。大会结束，我去食堂后边的仓房看到，被剥离肉体的丑陋毛皮摊在土地上。猪血兑水装满大木桶，颜色令人作呕并泛着磷光。还有内脏，猪腿下垂。勤杂工忙着分割，准备卖给学校的教师们。即使这种猪死的情况，我也不愿粗略草率地看待。真的什么都不懂。什么都不懂。要回归谦逊的心态！要平心静气地追求！

小泉因头疼而"在褥"（进被窝）沉沉入睡，杉山也不在寝室。这时，清野就向我倾诉关于大口的事情。我尽量心平气和地进行各种询问，得知大口向清野提出大胆的要求，或者说想要提出要求。

在大口也来与室友吃过"间食[1]"的夜晚，我的室友都在事务室和阅览室学习到熄灯。我跟大口也说了那件事情。过了一阵，清野独自先回来钻进被窝。大口问"宫本吗？"并进了寝室。尽管他知道那不是我而是二年级的清野，仍钻进清野旁边我的被窝与他搭话。我为了摆弄清野的手臂，总是把被褥铺在紧挨他的位置。其后我也并不想问，但根据清野的只言片语也能做出无限的想象。最终清野并不搭理他，大口只能悻悻而去。

清野非常委屈地讲述，还唾骂大口不是人。可见大口觊觎清野的被窝，欲行卑鄙之事——请给予我这样描述的权利——意欲行卑鄙之事。这是确切无疑的事情。我听到清野的讲述，无法抑制心潮激荡。而且，我忍不住想抱住他，感谢他在讲述中自然流露的对我的信赖和爱慕。

我练习打坐时继续浮想联翩，思绪万千。最先想到的是对大口的憎恨和对清野的爱恋，并连续不断地向两个极端背道而驰。对于

1　三餐之间的零食。

大口的憎恨，使我越来越想与他断交。然而，自己果真具备了憎恨大口的纯洁之心吗？如果自己的妄念一个个变为某种形态出现，究竟能保持脸不变色多长时间呢？自己在凝视美少年美少女时，哪次未曾有过对其肉体的妄念呢？甚至有时看到高木、富永、西川……自己的眼睛向心中传导了些什么呢？而且，我如何说得出自己对清野并未隐藏暧昧之心呢？我如何说得出自己从未发展到只剩一层窗纸？不过，这些反省都对缓释我的愤怒毫无作用。我只是比大口更爱清野，尤其与之不同的是，我得到了清野的深挚爱慕。清野将一切都托许给了我，完全委身于我。我将此辩解作为唯一的盟友。

那么，当我意识到小泉独自在寝室里睡觉，大口也同样在邻屋进了被窝，就突然心神不定，无法保持静坐。于是，打坐刚完我就跑回宿舍，打开电灯窥探小泉的睡脸。

为了与清野执手相握，今晚提早熄灯并立刻就寝。

我感受到自己对大口的优胜者地位，紧紧抱住清野的臂膀入眠。

这段日记就到一月二十一日为止，并在我决意"重振精神继续写作"这一天中断。

大正六年，我十九岁，初中五年级。

此前一年，十八岁的中条百合子的处女作《贫穷的人群》，由坪内逍遥推荐发表在《中央公论》上。当年十九岁的岛田清次郎的长篇小说《地上》，在生田长江的推荐下由新潮社出版。同年这两人的出现，令作为乡下初中生的我有些惊讶。可读过自己十八九岁的日记中那露骨的描述，在三十多年后五十岁之际，仍令我略感惊讶。

而且，我与那位清野少年的交往，在《汤岛的回忆》中也写了长长的六七十页稿纸。

写作《汤岛的回忆》时的我，已是二十四岁的大学生。另外，我还曾将高中时期写给清野少年的书信充当作文提交。我记得，在经过老师评分之后，我将此作为正式的书信寄给了清野。但是连他都不想让看的部分，我就留在手边了。这些都保存至今，篇幅有二十页到二十六页稿纸。像是一封三十页上下的长信，也是依托书信文体的回忆记述。

如此看来，我是在此事发生的初中时代、高中时代和大学时代记录了与清野少年之间的爱。

然后，在今年五十岁出版作品全集时重读这三段时期的日记，自己确实感慨颇深。尽管这些都是片段且不够成熟，但白白烧掉似乎太可惜了。

六

我想，充当作文提交的书信应该写于高中一年级——我十九岁那年九月到二十岁那年七月之间。当时的高中还是九月入学。

书信文的第二十页只有下半张，上半张被剪掉了。上半张寄给清野了吧？

我将保存的六页半内容誊抄于此：

  我想，只说这些你现在也能心领神会。作为宿舍里的高年级生和低年级生、室长和室友，我们的关系，第三者立刻就能推测到吧？

  新学年的春季，我们的寝室初开时，垣内和杉山就回避与我相邻就寝。我立刻就知道，杉山的理由是他有病，而垣内的理由现在我都不清楚。或许因为他早熟老成，非常了解高年级生和低年级生的内情。另外，垣内与你同为二年级（留级一年），或亦因此对你有所求。当然，垣内也无法忍受杉山的病体，所以想与你交换就寝位置。

  …………

  垣内退了学，小泉代替他成为我的室友。小泉和杉山一躺下就入梦，把亲密交谈的我俩撇在一边。特别是善于察言观色的杉山，为了熄灯后继续用功，常常很晚还要外出。

……或许你早已将此事完全忘记，但作为接受者的我却难有你那般纯真的心灵。

（如果我仍与你在一起，这些话并非含有暗示。但听说你在我离开之后，北见被指定为室长，与菊川和浅田同室。菊川和浅田从我在的时候起，作为全宿舍的美少年就成了高年级生瞩目的焦点。而且，北见并非坚实可靠的五年级生，而是弱不禁风的四年级生。他有保护室友的能力吗？我十分担心。而且，你也遭遇过高年级生的丑恶——虽然我没勇气写"丑恶"——丑恶要求吗？或是我认为看到菊川和浅田遭遇过就这样写。岛村在给我的信中说到新生中也有美少年，看样子相当乱呀！我觉得，在你的信中也有那种流露。）

…………

我深深自责，那或许只是我的怯懦将我勉强拦阻。

或因家中毫无女人气而曾有性病态特征，我从幼时起就游荡于妄念之中……

虽然如此记述令我痛苦难耐，而……毫发不动地留下后离去，我就能纯真地庆幸自己道德上的清洁吗？尚未满足的失落感会不会强烈地持续呢？

…………

新学年确定室友时，我就觉得你十分可爱。……当我在自己的寝室迎来了垣内，那种欣喜淡然而清晰。

垣内与你不同，对高年级生非常了解。对我也做出随时接纳的样子，我反倒惊慌失措了。

你还记得七月那晚的垣内吗？他遭到四、五年级生群殴，铁拳制裁，像死了一般倒在地上。我抱起他大汗淋漓的瘫软身体，背着他去凉水浴场。浇凉水时，他仍瘫软地靠在我膝头。他浑身是汗，无法穿睡衣，我对他束手无策，原因只能是自己的怯懦性格。或许垣内也在暗自嘲笑我的怯懦。

暑假前，曾经遭到那般惨痛打击的垣内与我因放假而分别，我的同情心和对官能的留恋更加强烈，于是写了好几封长信。我告诉他，希望九月份再作为我的室友回来，可垣内从那以后就休学了。我又给他写了信。我被校长叫去，他认为无论从家庭情况来说，还是从本人的性格来说，垣内此时都以退学为宜，别再用你的热情书信搞得他踌躇不决。我羞愧难当，浑身直冒冷汗。我力荐他复学只是出于自己感伤式的热情吗？

　……………

虽然对高年级生的要求并无了解，但在我即将回乡探亲的前夕，你哭诉说邻室的大口闯进来好可怕，并阻止我回乡探亲。……到了二月，我准备入学考试，常在图书室学习到深夜。有一天晚上，我突然回到寝室引起你的慌乱……你虽单纯地表示惊愕，却像只有我完全例外似的依然爽朗率真地拥抱着我。你那纯真的爱，将我以泪澄洗。

若说我怯懦倒也无话可讲，但也可以看作奇迹般地、毫无勉强压抑和忍耐地保持了你的纯洁。对你那婴儿般的心魂，我和你自己无论奉献怎样多的感谢都显得微不足道吧？

如同父母极为率真爽直地递交于我，你是多么纯美的人啊！

这第五章写得相当杂乱无章、心虚胆怯。那是自我辩护，但也确曾考虑避免刺激你的神经。

至此第二十六页结束。

这篇书信文也使五十岁的我略感惊讶。

如果第五章"心虚胆怯"或是"考虑避免刺激你的神经"，那么第四章以前是写的什么、怎样写的呢？

看样子这六页半，终究未能寄给收信人清野。

再说了，将此作为学校布置的作文提交，自己也不由得大吃一惊。

教师给了多少分我已忘记，但我记得并未受到针对内容的警告。我想可能会让教师苦笑不已。无论一高多么倡导自由，那篇作文也太超越常识了。

七

《汤岛的回忆》用四百字稿纸写了一百零七页。未完待续。

从第六页到第四十三页，是关于主人公与巡演艺人翻越天城山去下田的回忆。后来，这个部分改写为小说《伊豆舞女》。我与舞女结伴同行，是在大正七年我二十岁的时候。写作《汤岛的回忆》时我二十四岁，大正十一年。《伊豆舞女》是我二十八岁时的作品。

《汤岛的回忆》中除了描写舞女的部分，大都是关于清野少年的忆述。虽然不像《伊豆舞女》那样规整，但这部作品的页数更多，而且饱含深情。比起旅途伴行的感伤，朝夕相处，共度一年时光的爱恋深铭于心。

《汤岛的回忆》第一页下半张因破损而无法认读，从上半张大概能推测到开头是这样写的：

我经历过汤岛的春季也经历过秋冬，只是未曾经历过夏季。而今年我要在汤岛度过盛夏。

七月的最后一天……

我在三岛车站换乘前往大仁时，在骏豆线的售票处遇见一位相当清纯可人的姑娘。于是，我神清气爽地嘟囔道：

"这注定是一次美好的旅行。"

从这段开头可见，《汤岛的回忆》是在七月末或八月初所写。另外可知，来到汤岛的我满怀新鲜的喜悦。

在昭和二年我二十九岁出版作品集《伊豆舞女》时，也曾做过如下描述：

当我看到完成后的书，感到有吉田君参与果然大有益处。"伊豆舞女"身穿汤岛温泉的和服。这个是那个、那个是这个——我们吵吵嚷嚷地把装帧画与各种实物逐一对应。作为我在汤本馆生活的纪念品，难道还有比这更好的吗？

　　我在汤本馆生活的时间较长。小说《伊豆舞女》中的我是二十岁的一高学生，时间就在九年前。例如，《伊豆舞女》中的箱子右方画着镍制牙膏筒，据说是旅馆里名叫登志的女孩所持的物品。如今她已是寻常小学四年级的学生。我初次来此时她才两三岁，还记得看见她摇摇晃晃地爬楼梯，好一阵子都爬不上去。

　　十年左右之间，我没有一年不来汤岛。尤其是这两三年，可以说我就是伊豆的人了。从前年的初夏到去年的四月，我一直逗留于此。现在春天又回来了，而我从去年秋天至今依旧住在汤本馆。在《伊豆舞女》的出版报告书上，著作者地址写的也是"静冈县田方郡上狩野村字汤岛"。即使说到我的第一、第二作品集，"掌小说（超短篇小说）"《感情装饰》中的三十篇、《伊豆舞女》中的四篇，也是在汤本馆所写。我在下坡去修善寺车站时，就会见到熟悉的面孔。我在汤岛和吉奈的熟人多得数不清。去年春天，当我返回东京时，旅馆的阿婆流着眼泪说就像送独生儿子去远行。不过，到秋天我又回来了。

　　而且，我在这家旅馆里和多少人诚心亲密地接触过啊⋯⋯

　　我曾十数次或数十次来到天城山麓，总是多少怀有生活的痛楚。

在我五十岁的今天，写作时像这样能感受到爱和喜悦的土地已不再有。在这样的新土地上，我今后还能继续走下去吗？

　　我在《汤岛的回忆》的第二页到第三页中也曾写过：

　　　　我对伊豆也满怀回忆。只要是回忆，感伤也好。我觉得汤岛已是我的第二故乡,并常常从东京跑到这座天城山的北麓。某个秋天,我患了有致残之虞的脚病。某个冬天,我遭遇了令人费解的背叛,好不容易支撑住即将崩溃的心。我所能收聚的只有乡愁。

此后就是对汤岛的赞美——"我虽尚不知伊豆半岛西海岸的伊东、土肥等温泉,但在沿热海线、骏豆线及下田街道的多数温泉中,我最喜欢汤岛。"第五页至此结束,之后从第六页的第一行开始:

从这座温泉场走到那座温泉场的巡演艺人似乎与年俱减。我的汤岛回忆就从这些巡演艺人开始。在最初的伊豆之旅中,美丽的舞女宛如彗星,而从修善寺到下田的风物仿佛慧尾,在我的记忆中流光溢彩地划过。在我刚进一高二年级的仲秋,才有了进京后初次像样的旅行。我在修善寺住宿一晚,在沿下田街道步行前往汤岛的途中,过了汤川桥就遇见三位姑娘的巡演艺人团。她们要去修善寺。那位提着太鼓的舞女在很远处就引人注目,我频频回头张望,感到心中留下了旅愁。

《伊豆舞女》中就是这样写的。
"在某个秋天……患了脚病"是一高三年级那年的秋天。在《汤岛的回忆》中对当时的情景有如下描述:

从初中宿舍寄来了原室友的书信——听到长廊那端麻底拖鞋的响声,我总会想到莫非是你。但立刻明白并非如此,因为你的左脚和右脚响声不同。而且,我常常模仿你一步两级下楼梯的习惯。
自己不曾知道两脚的足音还会不同,也看不出跛脚。但是,病因似乎即在于此,我的右脚开始疼。在与舞女同行后的第二年秋末,我来到了汤岛。

折磨了我四五天的发热集中至腰部，并向下转至右脚。即使能站立，哪怕较短的路，比起正常行走还是一瘸一拐的，伤脚更轻松一些。右脚的拖鞋常常忽地飞出，令我十分难堪。医生也建议我温泉治疗。

大仁车站下来，还要走十六公里，我就坐上了马车。在去往吉奈温泉的岔路口，我被车夫叫下了马车，说不能继续往前走，因为晚秋天黑得早。乘客只有我一个人。

我因窘得要哭，却不得不拖着伤脚走四公里路。我差点儿放弃却做不到。右脚疼痛不听使唤，拖鞋不时地脱落。

嵯峨泽桥上只有油漆和撞击岩石的水花泛出白色，周围山峦已在暮色中变得黝黯。我想赶路，腿脚却跟不上。

我想起与街道分开有一条沿狩野川河岸的近路，过桥后找到那条路即可。我没过桥就沿河岸前行，在山腰处迷了路。我虽然沿着山麓走，却看不到过河去旅馆的桥。最后，我不得不提着拖鞋蹚过溪流。

溪水清澈见底，我错判了深度，溪流没过膝部，打湿了腰间。此时已到穿棉衣的季节，冰凉的溪水刺痛神经，冲刷着冻得发僵的双腿，几乎把我冲倒。

我穿着裙裤的下半身已经湿透，站在灯光微弱、森寒幽寂的旅馆门口不禁苦笑。去年秋天，舞女就在这里跳过舞。

我扔下湿透的衣服，将身体浸入温泉水中，终于恢复感觉的右脚忽然舒爽地疼了起来。

我差点儿放弃，但沿着无路的山坡行走并蹚水过河，看来那神经疼倒也并不严重。过了一个星期，我就能往返比吉奈更远、约有八公里路的船原温泉了。

船原的旅馆浴场也大，庭院宽广，客房竟有好几座。但温泉水质微黄浑浊，还漂着不少水垢，有全身皮肤病的男子泡在里面。回到客房，只见隔着走廊的房间里，有个女子披散着长发，头顶剃出一片圆形，盖着湿毛巾，瞪着可怕的双眼。这只能看作狂人，歇斯底里的病患者。站在走廊里交谈的男子，据说是我一高老师之兄，在"满洲"得肺病后回到本土疗养。我吃过午饭，早早地逃了回来。汤岛几乎没有游客，温泉和山川都澄净亮丽。我很高兴，能走十六公里路。

我逗留了十天，一度返回东京，又去了一趟汤川原。倒也并非因为康复，只是没有足够的资金长期疗养。

平时看我走路可能注意不到单脚有病吧？但据说这种病很难根治。在气候好的季节和天气好时都感觉不到。但是极寒极暑，尤其是我的身体难以承受的极寒天气，过后仍会稍感疼痛。在气温急剧升降之前、进入梅雨和连绵秋雨之前，我都会通过脚部有所预感。

不仅是汤岛，不管在哪里，我将双脚泡进温泉时左右脚的感觉都不一样。而在东京的公共澡堂就感觉不到。我想，这只能是温泉的作用。

虽然最近已有缓解，但在发病后的一两年中，双脚的温度常常不同，右脚偏凉。如今冬季躺在冰凉的被窝里，即使左脚已暖过来，右脚却不行。当我意识到这种差异后，就自然地在大脑中进行了区别对待。

另外，每当我遭受了精神打击，在精神疲惫到来之前总会感到身体衰弱，其预兆就是脚开始疼。

由于这种精神崩溃、身体衰弱再加上因寒冷引起的脚痛，我去年年末也曾逃来汤岛，为的是小姑娘四绿丙午。

我还记得，那位四绿丙午在我初次因脚病来汤岛返京的冬天，十四岁的她曾对我说，您的脚已经好了吗？

这年夏天，我感到浸在温泉水里的左右脚感觉几乎相同。我想，脚病也已疗愈了吧？

"那个冬天,我遭遇了令人费解的背叛……"

这是指四绿丙午姑娘。在写作《汤岛的回忆》的前一年,我二十三岁。我与十六岁的姑娘订了婚约。如果不毁约,二十三岁的我和十六岁的她应该是少见的早婚经历。

或是神经痛又或是风湿病,因此我去了汤岛和汤川原。后来才知道,汤岛和汤川原的冷泉治疗方法却是相反的。不过,疗效毕竟还不错。

脚病无法根治。在我写作这篇《少年》的今夜,盛夏的雨中,我的右脚感觉有点儿异样。右半身的感觉总不太好,头和脸的右半部不时麻痹,右手也会发麻。右眼看物模糊,好像一直是靠左眼生活。这是幼时的眼底结核引起的。医生明确告知有眼底遗痕,是在我四十岁的时候。

八

"当我写到此处,女侍拿着新洗晒好的浴衣进了房间。我身上这件已经穿了五天。"

在《汤岛的回忆》第四十三页、《伊豆舞女》的最后我这样写道。[1] 看样子我用三天或四天写了这四十三页。

其后是描写汤岛的景色,接下去是去京都探访清野少年的记述:

写到此处,女侍拿着新洗晒好的浴衣进屋。我身上这件已经穿了五天。她拿起我脱下的浴衣问道:"'蛙'字是虫字旁加什么来着?"我想象不出"蛙"字对这位女侍意味着什么。汤岛的农田与河川像是很少有蛙。我在商科大学的学生条例中得知蛙的数量少。

在汤岛看不到巨大的月轮,看不到像样的朝阳和夕阳。如果天晴就去街道上仰望富士山好了,正对在北方。清晨的色彩和黄昏的

---

[1] 此处依照原著译出,本书收录的《伊豆舞女》无此记述。——编注

色彩都会映在富士山上。

这里的早晨先是西方的山峦戴上阳光的亮色头巾，那头巾的边缘滑过群山扩展着，朝阳高高升起。黄昏时东方的山峦戴上头巾，在汤岛的山峰摘下头巾，天城的山峰却仍未摘下。每当向南仰望唯一留着黄色日光的天城山，我必定想起那个舞女。这个夏天，天城山也持续晴好。而我在秋天和冬天多次来时，即使汤岛不下雨，天城山也常常被雨雾染成白色。（我在写了这篇文章之后，才知道"天城私雨"这个说法。）

我和商科大学生在山溪小岛的亭子里乘凉，学生仰望天空说，果然因山谷看不到宽阔的星空。

"月亮也会动呢。"

近旁有来自东京的孩子们在抢转线香烟花，比赛谁划的火圈大。

"肯定会动，虽然说会动有些怪……"

学生为了解释词语的意义，抬起手来指着月亮。他说的是月亮经过的轨迹在三四天内也会有一定的偏移。每晚坐在同一位置，观察月亮经过的树梢和落山的位置就能发现。

然后，商科大学生又说这里没有蛇、蛙和蜥蜴，这是由于厌恶才注意到的。

另外，在我到达的那天夜晚，当我从走廊向下看时，不是那个问"蛙"字的另一位女侍问道："宫本先生，那儿不是有萤火虫吗？上次说汤岛没有萤火虫的不是宫本先生吗？"

我抬头一看，只见枝叶伸满窗前的大树上有只萤火虫在闪光。蚊子几乎没出现。可能是水清的缘故吧？

女侍指着树上的萤火虫，而我却视线朝下，因为当时我正兴趣盎然地观望大本教第二代教主和她女儿从温泉里出浴。

我去京都走访清野时，这位少年正在大本教的修行所。所以，我在汤岛看到大本教教主就想起清野,并继续写了下去。

《汤岛的回忆》中从第四十七页到第七十九页是对清野少年的访问记。接下去写的是因脚病来到汤岛:"原室友清野从初中宿舍来信说,当我听到长廊那头传来麻底拖鞋的声响,就会想莫非是你……"此后又返回看到教主入浴的记述:

> 我从去年十二月后再没来过。时隔七个月又浸身在这温泉中,感觉洗清了在东京多日的困顿感。当我听着溪流潺潺写信时,突然从正门那边传来二三十人的三度击掌声,还有快速念诵的声音。我以为是村互助会或什么组织在聚会,可我转到正门走廊观望了一下才知道,那是大本教信徒集体做晚祷(我忘了其在大本教中的名称)。我曾在京都嵯峨深山的修行所(这也不是大本教的说法)投宿两晚,见过信徒们的生活状况。
>
> 看到我站在正门走廊里,女侍为我铺好了坐垫。两位房客和三四名女侍,好像早已在此列阵观看。在旅馆正门对面,新建了三间铁皮顶平房。这里十二月时还是一片空地。两三年前有座老旧平房,在游客超员时使用。
>
> 那座老旧房舍有人收买,移至旅馆附近作为居所。
>
> 新建平房,乃是旅馆主人为大本教之神所建。女侍说,那座老旧房舍只卖了几百元,可建新房却花了几千元。
>
> 坐在最前边的是二代教主,旁边则是三代教主。我继续询问,游客之一回答说,那是出口[1]的老婆,另一个是他的女儿。我问是不是绫部市的那个,回答说可能是。我惊叹了一声继续观望。
>
> 那游客对我说,那句祷词来自《古事记》啊!那句祷词我在嵯峨深山也曾读到过。

---

[1] 人名。

"那第三代教主的做法可不规矩呀！怎么老用汗巾擦汗呢？简直不像活神……"

游客又说道。走廊上的看客轻轻一笑。第三代教主是个二十岁上下的姑娘。

据说，得知教主要来，远近十里八村的二三十名信徒聚集至此。

我的头脑中还保留着嵯峨山中的修行所的模样，保留着原室友清野那信仰深笃的身影。在绫部市受到警方搜查前后，有关大本教的报道突然在报纸上喧嚣一时。我关注并阅读这类报道，也是因为清野。

由于这个缘故，我想象绫部市的总部及其中心人物都很了不得。可是在令人意外的地方，眼下看到的这个无异于乡下粗点心铺老板娘的女人，竟然是大本教的第二代教主。而且，那个土里土气、傻里傻气、又矮又胖的村妞，居然是第三代教主。这怎么可能？所以我刚才禁不住叮问，那真是教主吗？真是从绫部市来的吗？怎么会来这种地方？

第二代教主长着一脸横肉，在脑后粗略地扎了个发髻，酷似四十岁的山村胖妇。而第三代教主也是将邪性的头发像当地小学女生般胡乱束起，其眼神、其皮肤、其五官，没一处显示勃勃生机和年轻活力。大脸盘无精打采、惨云愁雾，身体只能用瘫软松垮来形容。一切都缺乏美感。

恐怕从开祖外婆就是山妖形象吧？虽说是第二代、第三代，也只不过是开祖的女儿和女儿的女儿吧？这就是活神吗？不过是通过舞文弄墨和故弄玄虚吹捧的女人而已吧？

我从二楼走廊俯望，感觉那些人毫无斯文可言，仪表也缺乏精干利落。若真是作为信仰对象得到崇拜，或自己深深依存于信仰之中，那么体貌某处应能透出精神的辉烁、高尚、淳美、娴静、祥和及博爱。与其说我感到幻灭，不如说更怀疑那是否真的是教主。

说不定像这种凡俗之妇充当教主，就具有了脱离传统神圣性和宗教性的新兴宗教的意味。或许正是假借匹妇之身，才会显现神灵的意志。虽如此，乍一看却毫无神灵附身的蛛丝马迹，甚至连修成一技的气质风采都不具备。

若是将此尊为教主并奉托自己的生命，清野则实在可怜。如果这就是所谓活神，那他甚至可谓超越真神。我想给嵯峨深山中的清野写信，告诉他不如皈依我为好。

我回到房间接着刚才继续写信，正门外击掌声响起，祈祷声休止，看上去缺乏规矩。因天气炎热，以至于第三代教主不得不频频擦汗，所以做完祈祷必定入浴洗尘濯汗。我心怀恶作剧之念，手提汗巾笑着走出房间。

此时，我仍怀疑女侍称其为教主是判断有误。若真是教主，或可成为流传后世的话题。如若不是，与那胖妇同池共浴实在毫无价值可言。

旅馆的汤池室内一处、室外一处、河滩一处。室内汤池用木板隔成三段，热水逐渐降温并溢出隔板向下段流动。从这里的更衣处来到后边，稍向左方是简易木板顶的浴池，这是室外汤池。另外，从室内汤池的更衣室出来，架着一条十多米长的栈桥，可过桥行至河中岛。这是在溪流中部形成的狭长小岛，树林中建有凉亭。夏季游客在此乘凉观溪，嬉水后在此休憩疲惫之身，烈日当空时在此稍事午睡，夜晚在此或娓娓长谈，或赏玩线香花火，或摆弄小巧乐器。有八九位带着东京艺伎的游客叫人将酒肴送至凉亭，做出包租半日的样子随便躺卧，惹起其他游客的不满。从溪流的河中岛向河滩下行处有块三米宽六米长的巨石，上面凿出了一个汤池，从竹筒切口处向其中灌注温泉水。对岸的山脚似乎有温泉涌出，在溪流之上架两根竹筒，将温泉水引至旅馆。然后，再用第三根竹筒将部分引来的温泉水从河中岛送回溪流，从那里灌入石汤池。

旅馆的正南有个公用汤池。另外，从对岸岩石间涌出的多余的温泉水落入溪流，就自然积存在岩石之间。在旅馆的正北，还有别墅的汤池。

我走入室内汤池，只见里面有七八个男子和一个满脸皱纹的老太婆。闹嚷嚷的男子们无疑是信徒，可老太婆却不是教主。我想搞恶作剧的念头受挫，顿时兴致全无。我的恶作剧既不足称道又是亵渎神灵的歪主意，而且只是看到排坐在池沿上的男人们，就没了下池洗浴的心思。

我朝后望去，只见桥上和河中岛有灯笼与人影匆匆忙忙穿梭。教主们好像就在那个石汤池里，像是正在乘凉。那我就去二楼远眺好了。我返回客房，坐在二楼走廊的椅子上，凭借星光和灯光寻找教主们的身影。

室外浴池的木板顶就在正下方，还能看到栈桥。透过林间可以看到凉亭，那里平时的夜晚也会亮灯。石汤池被河中岛遮挡所以看不见，只能看见石汤池上方的照明灯笼。在眼前下方的浴场入口和凉亭旁边，都亮着灯笼，还有移动的灯笼在过桥。男男女女，熙熙攘攘，从二楼俯视，面孔发暗，看不清楚。还有不少赤身裸体的人。

从木板顶下的汤池，接连走出女人的裸体，就在我眼下方的微亮处舞动汗巾，将浴衣宽松裹身并不束带，轻提前襟朝桥那边走去。

肩膀、肚腩和腰间都明显肥胖的女子从汤池里出来，身穿罗衫的男人伸出灯笼，等候女人穿上浴衣，随即陪着向河中岛走去。

我问旁边一同观望的女侍："那个吗？是那个吗？"但分不清哪个是第二代教主。过了片刻，女侍急忙说道："三代，是第三代……"

我朝正下方望去，看到一个刚刚出浴、体态难看的白色身体，将一只脚抬到旁边的石头上用汗巾擦拭。她披上浴衣后，也是跟着灯笼走去。那个提灯笼的男人身上一丝不挂。

因为这里的高度相当于通常的三层楼，所以很难推测下方走在昏暗中的女人年纪。我觉得女侍所说第三代教主像是第二代教主，因为不仅发型近似于低等级的相扑力士，身材也很相近，根本不像年轻姑娘。女侍似乎十分确信，多次重复地说着"三代、三代"。

我将追逐第三代教主的视线挪回原处，只见一个刚出浴的裸女由于没灯笼照亮正茫然不知所措。裹身的白布和浴衣散乱一地，也不知哪件是自己的，她已经找得不耐烦了。我忍俊不禁。

男人们都为拜活神而激动万分，拼命地为教主入浴和纳凉而百般伺候，居然还有赤身裸体者。若说奇怪也确实奇怪，倒也是富于牧歌式和原始性的光景。女人们亦是如此。

过了不久，河中岛上的人影开始稀稀落落地过桥向旅馆走来。有些人还留在石汤池和凉亭，有些人伫立于桥上，有些人已走进旅馆。

女侍对这些光景不像我这样兴趣浓厚，很快就消失不见。我没有离开走廊。在人影大都回房之后，桥上和凉亭里的灯笼依然亮着。当晚，好像有十五名男女信徒住在旅馆里。

第二天清晨，我一改在东京的习惯早早起床，六点多就去了浴场。信徒也陆续进来了。我没看到教主来，返回房间喝着晨浴后的茶汤。正门外的客房开始晨祷，我又去那条走廊上观望，只见昨天说祷词出自《古事记》的房客正为把小型柯达相机对着正门外的客房煞费苦心。晨祷结束后，信徒们返回旅馆。

在正门外的客房，第二代教主来到边廊伸展双腿坐下，露出胖妇所特有的小腿。她将烟丝填进小烟袋锅，在烟草盆上咚咚磕打，正与东京伴来的信徒、招伎酒馆老板娘模样的人轻松地交谈，一副超越活神的姿态。

第三代教主正在屋里笨拙地整理行装，依然是慵懒乏力的样子。

那天早上，教主们和信徒们好像都已打道回府。

晚餐后，据称是新桥和服店主的儿子来我房间聊天。我外出散步到日暮，刚回到房间里读报。我的大学朋友首次在报纸上发表了文艺时评。和服店的少爷用发自唇内的嗓音说话，措辞极为恭敬，彬彬有礼。话语间无节制地掺杂着"像汝等无学之文盲"的过渡句。

听了这位少爷的讲述我才明白，怪不得教主们没去室内汤池入浴。由于这位少爷并不像我还有个当了信徒的清野少年，所以对大本教的同情心比我更淡漠。

村中的信徒们听说教主驾临此地泡温泉，赶在前一天，即在天城街道至旅馆门前的三百多米危险坡道，除草捡石修整，还把旅馆后边的栈桥清洗了一番。还清理了室外的汤池，入口处垂下门帘，贴上"禁止入浴"的字条。"禁止入浴"我倒也看见了，却没想到是为了教主，还以为汤池出了故障。迎接教主们的前夕，信徒们促膝相庆，为教主的驾临群情激动。和服店的少爷想凑个热闹，打着手电筒去看信徒们迎接教主。信徒们各自提着灯笼，簇拥着教主走下坡道。在教主出浴上桥乘凉时，信徒们就在其左右毕恭毕敬地团扇侍候。

少爷还说，像那样把腿脚伸在边廊上用团扇吧嗒吧嗒地扇打，乃与活神的身份不符，虽说"像汝等无学之文盲"很难揣摩，但那乡下老太婆也太下品了。

确实如此。那些男人将此二女奉为教主，顶礼膜拜，我看着与其说是滑稽喜剧，倒不如说是令人略感心酸的悲剧。也许二女真的具备从外表难以窥见的神性神德，或者说大本教的真意也许反而就在容貌和精神的凡俗之中。不过，我也与和服店少爷一样感到幻灭。

但在信奉者的眼中却并非这种印象。在教主离开的那天，我吃过午饭一小时后，旅馆老板娘过来寒暄，我便恭恭敬敬地跟她确认。我仍是感到难以置信。对方回答说毫无疑问，就是二代教主和三代教主。旅馆主人的信仰深笃还得到了绫部市总部的肯定，因此二代教主的丈夫叫她在回东京时顺路来汤岛。

老板娘说，昨晚大家都听了二代教主的精彩宣讲。我默默地望着老板娘，示意她讲讲内容是什么。老板娘说，真的是不可思议的宣讲。听过后，更是笃信不疑。老板娘说到这里，只是微笑，却再不言语。我反问讲的是什么内容，老板娘只是回答说不信不行。我觉得可能是神灵的奇迹之类，就反复催促，老板娘终于说出是"神岛"的不可思议。

二代教主的丈夫王仁三郎的半边脸颊肿了四十来天——老板娘说着用自己的右手捂着脸颊，那大概就是右半边吧？消肿之后，脸上长出疙瘩化了脓。那个疙瘩的位置渐渐转移——老板娘说着右手慢慢向下抚摸脸颊，想必疙瘩的位置也是与手的动作一样转移吧？终于牙龈也开始肿胀，肿胀处逐渐变硬后忽然脱落，变成了舍利子。

我觉得脸上疙瘩转移到牙龈变硬成舍利子的过程难以理解，就在交谈间简短提问。却未得到满意的答复，当然不是牙齿脱落。

那个舍利子的形状与"神岛"一模一样，似是仿造"神岛"的东西。我不明白"神岛"是什么，可不管我怎么问，老板娘只是说"神岛"就是神谕或神的启示，虽知其形却不知其所在，据说是大本教的灵地。王仁三郎望着"神岛"形状的舍利子感到不可思议，从中读到神灵的某种启示却不知位于何方。但是，某日王仁三郎忽然外出，也没告诉二代教主去哪里和做什么。他回来就说找到了"神岛"，这才讲明舍利子的情况并将其供奉起来。

我想可能是受神灵托梦指引，就问如何得知去"神岛"的路。老板娘只回答，那还是神灵的启示。"神岛"是海上小岛，就像称呼汤岛这样的陆地名称嘛。它在哪里呢？这对我来说，简直是摸不着头脑。这也许就像那个清野所说的有"土米"的灵地一样，也是神秘的所在。这个"神岛"也像那个土米一样，带有神话色彩。

据说，在警方介入绫部市的总部时，也曾出现过神灵对灾难的预告。当时嵯峨深山也曾遭到官府践踏。我读了关西的报纸非常担忧，清野的心情会不会因此受到伤害、压抑和扭曲？

老板娘讲完"神岛"的事情就离开了。我立刻外出散步，旅馆的老婆婆一边说外边太晒了一边给我在门口摆好拖鞋。山野间明晃晃地反射着阳光。两三天后老婆婆又在门口说，你好像越来越能走了。

"是啊！我向来不怕热也不怕走路……"我笑着出了门。

我在东京时也是如此，若不走四五公里路一整天都坐立不安。冬天畏寒的我却不惧炎热。当我看到午后炙烤街道的烈日，就会受到诱惑，想赶紧走到外边，让虚弱的肌肤接受灼热阳光的暴晒。暑假去大阪时，我几乎每天都在炎热的街道上行走。

冬天和夏天我在汤岛也总是外出散步，甚至让别人迷惑不解：为何要在无景可看的田间小道和山路上不停地走路？我早上从汤岛出发，中午在汤野休息，傍晚回到汤岛，相当于上下往返天城四十公里的路程。

翻越天城山当日返回当然过于夸张。但是，我确实经常走路。我回想起年轻时每天走路的自己。

如此说来，在这部《汤岛的回忆》中也能感受到我二十四岁的年轻气息。我如此描述大本教的教主入浴等情景，也是出于年轻的好奇心吧，还有来到汤岛后的年轻的喜悦之情。不过，也是清野少年加入了大本教的缘故。

为了清野，我对二代教主和三代教主心怀幻影，又产生了幻灭感。

九

"我不是大本教信徒，但也不是完全无缘之人。我所钟爱的少年之父也注重信徒之间的关系。我对嵯峨深山的修行所拥有回忆。这段回忆对我意味深长。"

这段话在《汤岛的回忆》中也可读到，还能看到我在描述嵯峨深山的同时力图对大本教表示善意的部分。

我去嵯峨深山走访清野，是在我写作《汤岛的回忆》的两年前，即我二十二岁那年的八月：

前年的八月，一个灼热的正午，我在岚山下了电车进入嵯峨山。我要去见的人在深山瀑布之处，是我在初中五年级当室长时的室友。他在我们寝室时是二年级，前年夏季已初中毕业，之后就蛰居山中。

在那前一年的夏天，我已走访过嵯峨山。但是，原室友去滨寺参加游泳比赛而不在。我在他家里午休后，等到太阳西斜，终未能见面就离开了。所以，我见到原室友清野，是在他四年级当室长的七月走访中学宿舍并在寝室过夜以来头一次。

在前一年的夏天，他在嵯峨山已有住所，还在山里的瀑布旁修行，但并非蛰居。而今年的住所就在瀑布旁，我就想那瀑布可能是在村落中。可是，在瀑布旁只有清野的住所、附设的修行者旅舍和大本教的神社，远离村落。我惊讶不已，同时感到不安。

从正门出来的原室友身穿藏青色裙裤，留着长发。这里的男人们全都把留长的头发扎在脑后，垂在背上。

清野分外欣喜地迎接我，似乎自以为我当然会住一个星期或一个月。但是山气和凉风都象征着灵地的神圣氛围和修行者们的清严情志，似乎没有我舒展腿脚躺卧的空间。

近三十人的修行者大都是二十多岁的青年，虽然总是静默不语，可一旦开口便用庄重的话语讲述教义。他们始终神情忧郁地沉思，低着头行走。他们看上去就像肺病患者或脑病患者般脸色苍白，或许是因为那些我无法下咽的粗粮菜食导致营养不良。他们清澄明亮的眼睛我也未能看见。这种承受瀑流冲击苦修的山中生活极不自然，我对教法产生了怀疑。

我就寝的被褥铺在清野居所的二楼，但用餐却在坡底修行者们的宿舍。二十余名青年列坐餐桌旁，庄重地击掌后闭眼抬手接筷。

表情阴郁的青年，郑重行礼并为我盛饭。

女信徒有四五名，其中还有年轻的女性。有位十七八岁的美丽女子，据称是大阪富豪的女儿，从洗衣、整理男子们的衣物到准备餐食，她顾不得打扮自己，只是勤快地劳作，握着几乎拿不动的大扫帚清扫院落。我从二楼观望，觉得不可思议。女子们就在清野的居所里住宿。

男人和女人都在干活，唯独我在二楼心不在焉地翻阅大本教的书籍。早上我醒来时，他们已都去山上神社拜殿做晨祷，朗朗齐诵声传到我枕边。

清野的姐姐和妹妹都已出嫁，当时有三人留在深山瀑布处。

清野有位中学的朋友，是个仅仅接受过镇魂的入门信徒，与我同时到此。这位男子指着清野家最小的十二三岁孩子问我，你说他是男孩还是女孩。我回答当然是女孩。本来他这样问我就无法理解。猜来猜去，结果笑答是男孩。对呀，谁都猜是女孩。"那么，"——他说着起身与那孩子做出相扑的架势，突然将那孩子赤裸裸的证据暴露出来。我顿时大吃一惊，同时对那男子气愤不已。

那个将衣服前襟合起愤怒地扑向男子的孩子，无论从哪里看都是个争强好胜的疯丫头。他并非刻意装出女孩的样子，但在忘我兴奋时越发像个女孩。外形、穿着、举止、嗓音、言谈都是女孩，哪里是个男孩？那孩子和东京的十二三岁女孩一样，将头发剪至齐肩。那是少女特有的光润秀发。另外，他的关西方言不像东京方言那样句尾有男女之别。那就更加无从断定是男孩了。

我受到了刺激。我从室友的弟弟身上，看到了他幼时的模样。

十

"我从室友的弟弟身上，看到了他幼时的模样。如果说清野是女子性情，多少会有辱对方且脱离真实，但他那种温柔的女子模样……"我继续写道。

我因来汤岛的激动和逃离东京的激动而情思奔涌，这篇《汤岛的回忆》就是触景生情、有感而发。

我对清野少年的情思比"伊豆舞女"更加强烈，有许多随心所欲的解释。但是，尽管现在五十岁的我认为是随心所欲的解释，但当时二十四岁的我却不能说是随心所欲的解释吧？假设人生有五十年，那么《汤岛的回忆》刚好是在人生的一半前一年的记述。

我所写的"逃离东京的激动"也并非只是文字游戏。我在出版全集时还重读了二十三四岁时的日记，对那时的艰辛生活深感惊讶，甚至不能相信那些日记和这篇《汤岛的回忆》是同年所写。

如果说清野是女子性情，多少会有辱对方且脱离真实，但他那般温柔的女子模样幽居在祥和的家庭，只是以忽地长到十七岁的性情出现在初中五年级的我面前，令我惶惑不已。

不仅是性情，就连言谈举止都很女人气。我脱下乱扔的衣服，不知何时已被他整整齐齐地叠好收在行李箱中。看到我衣服上有磨损或刮破的地方，他立刻像女人般端坐，用灵巧的双手飞针走线。

我想到这些就觉得，他那位住在嵯峨深山的弟弟也在上初中，所以脑袋剃得光溜溜，但也并非没有女孩气。我一眼便已看出，他们的父亲已确立不可动摇的信念。这是一位正气凛然的男子，而且是威严得难以与其对视的修行者。其母亲也是沉稳平和的善良人，没有非同寻常之处。可为什么三个男孩都是这样呢？当时，也就是说在两年前的嵯峨修行所的感受中，我将其原因的一部分归结于父亲从年轻时起的宗教生活和信仰精神，其中隐约有某种神秘感，不如说我为清野少年感到高兴。我以前就感到，这个少年是天生的宗教之子。

我在离开初中时曾想到，这个少年离开我会成为迷途的羔羊，失去心灵的归宿。因为他将我视为偶像，倾其全身心倚靠于我。最终结果证实了我的担忧。他彷徨动摇，茫然无措，渐渐地将触碰外界受伤的心灵转向神灵。我每次看到倾诉这一切的来信，都会预感他会倾附于宗教。在我看来，他是幸福之子，缺乏对事物的质疑意识。他在二年级作为我的室友时，也是原样照搬地信奉父亲所信奉的神灵。可他往往将该神灵与我叠加为一体。随着我去东京，时过境迁后，神灵与我的合体有半边远离而去，他的心灵也似乎发生了分裂。而他只能将留下的神灵逐渐强化，弥补我离去造成的空缺。这是我的感觉。从他的性格来讲，转而信奉父亲的宗教即大本教，就像行云流水般自然。

在我初中时代，大本教尚未在社会上引起喧嚣，我只记得"皇道大本"云云之名称。我初次走访嵯峨深山时，在途中询问清野家，尽人皆知，看来他们家在嵯峨一带颇有名气，被告知是金光教的大先生。我前年夏天来时，在到达之前尚未知晓清野的父亲是信徒中的重要人物，在瀑布旁有修行所。

我虽然在清野家的二楼读过神谕解义书、祈祷书和其他宣教书，但认为其作为宗教缺乏深度、幼稚不堪。但这对某些人却是强加兴奋、强烈刺激的教义。

我不曾与修行者们有过片言只语的交流，清野的母亲也未向我谈及教义。只是清野初中的朋友讲了一知半解的东西，以及镇魂归神的情形。清野在旁边也笑着让我接受，并未强加于人地推荐。我尝试性地接受了镇魂归神，若像普通人那样不接受施术者的影响，即得以反抗所谓的神力，这就是考验我的理性的上好机会。虽然我受到些许诱惑，但毕竟有些感觉不爽。据说，没有人接受了镇魂却不信神。另外，我所想的理性强，根据清野的解释，不外乎附身于我的恶灵更具恶性，执念更深。

所有的人都有恶灵附身。所谓镇魂，即以正确的神灵之力将邪祟的恶灵从人身上祛除。通过恶灵祛除，神灵取代，获得神灵守护加身，即可回归人之本然姿形。此即归神。其法术是受术者首先要与施术者对坐。施术者为正确神灵。施术者口诵大本教神之名称，要求受术者复诵。受术者不得坚持个人意志，必须发声复诵。受术者的身体不受个人意志控制。然后，正确的神灵与恶灵开始彼此问答。施术者询问姓名、住址、嗜好、癖性，受术者代替自己体内的恶灵应答。例如，当清野的父亲问我的姓名时，我就报出迄今未闻未见的恶神的怪异名称。在问我喜欢什么时，我就回答说油炸豆腐。然后以正确之神的力量告诫恶灵，命令它离开人体，返回自己原来的所在。这与催眠术不同。因为受术者不会进入被催眠状态，而是在意识清楚的状态下不由自主地发出与个人意志相反的言行。而且，结束后仍对受术过程中的自己保持清晰的记忆。

据说，清野那位初中朋友的附身恶灵是具备了神性的狸，而我的附身恶灵则是狐，而且是执念颇深的狐。

清野少年说，修行之后，他已能通过观察来判断谁的恶灵是什么，但是尚未达到对人施法镇魂归神的境地。

通过对我镇魂施法，我了解了令自己痛苦和心生邪念的恶灵。借助先导施术者，唤醒了我体内的本性和守护神，增强了我的力量，并从此迈出击退恶灵的第一步。然后，我就能以自己体内萌发的善性和神力对自己施法镇魂，并持续抗击，直至战胜恶灵。经过这番修炼，即可成为大本教所要求的正确之人，即神之子。这是修行的一个阶段。

在这第一道门前迷惘彷徨，脸色苍白阴郁的人们蛰居此山，以自己的信仰和清野父亲的指导助力坚持抗击，努力接近驱退恶灵的神性。据说，此教的开悟与修禅相同。

在我思索大本教是否值得嵯峨修行所的青年们那般苦修之前，他们阴郁的身影已先使我心情沉重，但我看到的清野少年却是天真无邪。清野全家人表情都是那么明朗祥和，浑身洋溢着静逸的喜悦。我听清野少年讲述自己的信仰之心和大本教的奇迹，感觉就像在听小孩讲童话故事。他从石崖跌落却没受伤、我走访他在嵯峨的家，都像在讲神的奇迹般兴致勃勃。他讲了许多许多，并让我看了所谓的"土米"。

据说，在绫部市某处山中有一块灵地，因神的启示被发现却仍对世人秘而不宣。与其说它是自然而然地出现，不如说是依照神意现世。它呈现出泥土干燥的颜色，是形似粟米的土粒，满满地盛在大纸箱里，颗颗大小齐整，妙不可言，也许用机器都造不出来。若真是天然的土粒，当然匪夷所思。在日本国难当头行将覆没时，严重的饥荒来临，无米可炊，人们将会饿死。这时，唯有大本教的信徒每天只吃两三颗神灵惠赐的土米得以生存。……光辉的时代随之到来，世界得以重建。

我咽下四五颗丸药似的土米，完全就是泥土味道。或许因我并非信徒，而且目前亦无国难。此时我已饥肠辘辘。

我在第三天上午，向做过晨祷的清野少年告别并逃离山中。

我作为异端者感到无地自容，而且大本教的氛围令我窒息。即使下次再访清野，我也不会登至瀑布处，就在下边溪流岸边的旅店叫他过来。在瀑布修行所无暇轻松交谈，而且很难将其思绪拉回初中时代。我并非对大本教本身感兴趣，而是想了解信仰大本教的少年的心境。他的信仰之心令我羡慕并澄洗了我的心灵。如果大本教真是邪教，那我也许应该竭力从迷妄中觉醒。可我根本做不到，而且很难断言自己必须这样做。

清野少年并非为了消除心中苦闷忧烦而求助于神灵，亦非一度尝试反抗后跪拜于神前，而是其父所信仰的宗教自然流注于孩子心中。即使在修行过程中，他也不曾遭遇过邪念的障碍和怀疑的执迷吧？他是轻松自如地在平坦光明的道路上循迹而行吧？或不如说，他是不需要修行的信徒。他并非力图通过信仰的苦修磨砺而攀至某种高度的境界，而是为了避免玷污生来从未丧失的心灵而倚靠信仰来支撑。

即使听到清野讲述信仰，我也从未产生过压迫感和强制性，更无理性的反驳。虽然他坚信那种无稽之谈，在我看来是偏执狂，却又感受不到他的固执和僵化，而只是开朗愉快地微笑。虽然其微笑中夹杂着些许滑稽，但少年纯净无瑕的信仰之心向我涌来，我并非被其所信的对象而是被其信仰之心愉快地感染了。

在看到清野少年被瀑流冲击的身影时，我感受到了神灵的启示，睁大了惊异的双眼。

修行者们不会在作为某种主张所加热的汤泉中沐浴，而是在瀑布和溪流中斋戒沐浴，远离水垢。瀑流溅落在昏暗的树荫下。我虽带着柯达相机，但即使是在夏季的正午，用五十或二十五的镜头都无法清晰地拍出瀑布的姿影。溅落的水量相当大，高度也许不到十四米。我刚刚到达，清野就立刻带我去瀑布旁。他说天气太热。他在长发上戴了一顶胶皮海水帽状的物件。

据说，大本教信徒蓄留长发是因为笃信善神从头发入体，而恶神则是从指缝间入体。清野还教给我各种交叉手指祓除恶神的方法。

我只是接近瀑布就感到浑身发冷，坐在树荫下的凉亭里听到瀑布的声响就不想进瀑底了。

诵祷之声朗朗响起，震荡着瀑流的轰鸣。啊，少年此时背负光环，端坐于磐石之上，闭目沐浴瀑流。他在用全身诵祷，双手合掌紧贴于胸前，并不时地将合掌的手臂笔直地向前方突刺，以此祛除从指缝入体的恶灵。

我只以为少年背负光环，但仔细想想并非如此。其实是瀑流落下冲击身体溅起水沫，在周围画出白色朦胧的晕圈。但是他全身形成美丽的精神统一体静止不动。溅湿的脸庞因丰裕的法悦而神态祥和，俨然一尊洋溢着慈悲平睦的雕像。他既未流露苦修磨砺的意识，也未显示肉体的痛苦。既看不到试图通过苦修逃脱迷惘的成见，也看不到通过苦修已达到崇高境界的欣喜，完全是接近初生天真的自然身姿。不过，确实显得庄严而神圣。我被初次亲眼看到的所谓灵光打动，感到浑身冷飕飕的。我接着感到了强劲的反弹，想让自己的精神挺胸伸腰。

清野不是以前就皈依我了吗？可是，他那以瀑沫为光环的身体和脸庞所显现的精神的崇高却非我能比。我深感惊讶，渐渐心生嫉妒。

少年离开瀑底来到我身旁，仿佛忘却了飞流的冲击喜笑颜开，不能不说与瀑流下的他判若两人。我虽然受邀却再没去过那里。

在我踏上归途时，清野少年来到小山丘般的巨岩顶上送我，端坐在岩顶远望我走下山谷。

十一

我在前文中也曾说到，《汤岛的回忆》中对清野少年的回忆部分没有像《伊豆舞女》那样进行过整理。现在将此整理成小说的形式，我也感到不太自然。《伊豆舞女》几乎是以《汤岛的回忆》的原形整理成小说的风格，而这篇《少年》即使不像小说，我也想尽量保留《汤岛的回忆》的原形。

初中时代的日记、高中时代的作文书信、大学时代的《汤岛的回忆》，我想将这些素材丛集于《少年》之中，并添附我年届五十岁的些许感言缀合成篇。

"嵯峨访问记"到"端坐在岩顶远望我走下山谷"暂告一段落。

接下来是清野少年的存在对于我的意义以及感化之类的叙述，写得别别扭扭，却从心所欲。这些放在后边再说，先拣取部分关于清野信仰之心的记事：

我觉察到清野似乎在信奉我所不知的神灵，是在我上初中五年级的四月，他入住学校宿舍之后不久。

我发烧卧床休息，大概是在凌晨两点多，因发烧睡得很浅，我迷迷糊糊醒来时，听到清野反复诵念不知其意的同一话语。他的诵念声使我睡眠更浅。我微微睁开眼睛，只见清野和另一个室友坐在枕边，这才意识到他们是在看护我。清野合掌摇晃着身体正在连续诵念着什么，我立刻闭上眼睛。他俩都不知道我已醒来。

"哩哩呷呷、哩哩呷呷、哩哩呷呷、哩哩呷呷……"

我听他这样诵念,就想到可能是祈祷神灵保佑的一种咒语。

由于清野极度认真,另一位室友似乎已笑不出来。

如果我此时突然睁开眼睛,让他发现我对其诵祷有所疑惑,就会触及他的秘密,令他蒙羞,所以我纹丝不动。在他给我替换额头湿巾时,我才睁开了眼睛。

即使到了第二天,清野仍未对我提到"哩哩呷呷"的事情。虽然我感到几分滑稽,但对他认真热心的态度和为我祈祷神灵保佑心怀好感。"哩哩呷呷"的诵音频频浮现,我不禁独自苦笑。

在我和他越来越亲近之后,就尝试问他"哩哩呷呷"是什么。清野既没反感也没困窘,轻松自如地笑着说,那是对你未知的可贵神灵做祈祷,你的病即因此而痊愈。

清野向我一点点地讲述关于那个神灵的情况。他当时的讲述条理不清,也没有完整的内容。我否定神灵的存在并与他对峙。由于清野所信奉的神灵与其教义都不明确,所以我并非在攻击他的神灵。这倒也算不上一般性的无神论,也就是搬弄不足挂齿的小道理而已。当他回答不了时就退避三舍地说,我讲不清楚,来家里和我父亲讨论吧。

而且,清野似乎对我不接受他所信奉的神灵难以理解,好像有某种不自然的感觉。当时,他似乎还以为我不会去,但那个时机即将来临。他认为,信奉那个神灵,为那个神灵效劳,就是优秀而正确的人的唯一道路。所以按他的观点,我就应该是为了那个神灵而降生的人。清野终于说出这样的话,你就是接受神之命令的人,应该为神做大事的人。你自己尚未意识到这一点,不久就会明白。清野说我是被神灵选中的人。他的话既非挖苦亦非偏执,而是童心的流露,坦诚的信仰之心,爱与敬的表现。这样一来,我就想到清野已将他所信奉的神灵与我合为一体。在无意识当中,我就觉得自己似乎占据了那个神座。

我明确得知清野的信仰被称作大本教，是在我来到东京之后。

我走访嵯峨深山时，清野依然沉稳平静，并未急于将神灵与我相联结。这更说明他远离我而接近神灵了吧？不过，他仍深信我投奔大本教神灵座下的那天注定到来，并非没有安心等待的意图。

总之，就像在诵念"哩哩呷呷"时那样，如今清野应该仍在为我祈祷神灵庇佑。他那样的人做祈祷，神灵定会欣然接纳。

如此看来，即使我现在并不信奉大本教，但在神灵所预言的世界重建时，自身亦可依靠清野的祈祷得到神灵的佑护而安然无虞吧？

我有时会像这样写得有些离谱，多少夹带了些玩笑话。

但是，我对二代教主和三代教主入浴异常感兴趣并着墨颇多，也是因为与清野有过交往。虽说如此，我从未认真关注过大本教。

在写得有些离谱之后还有如下记述，也是夹带了些玩笑话：

未曾料想，我在天城山麓的汤岛温泉与清野他们的活神——二代教主和三代教主邂逅。居然会发生如此偶然之事，难道是某种机缘所致吗？清野在嵯峨深山头顶飞瀑为我祈祷，难道真是他祈祷的神力所造就的奇迹吗？自从我屡次来此之后，这座旅馆的全家人也都成了热衷虔诚的大本教信徒。

十二

端坐于嵯峨深山的岩顶远望我走下山谷，从那以后，我就再没见过清野。这是我二十二岁那年的夏天，大正十一年，大约在三十年前。

我在初中宿舍和清野同住一室，是从大正五年的春季到大正六年的春季，我五年级，清野二年级。

前文中摘抄了大正五年十二月十四日和大正六年一月二十一日的日记，我想在这里再次选取清野名字出现过的几篇。

日记从大正五年的九月十八日开始。在十一月二十三日的日记中有这样的描述：

昨夜就寝后没有一句交谈就入睡了。

我忽然在昏暗中醒来，握住清野温暖的手臂。我感到一股暖流从清野的皮肤传到我左臂的整个侧面。清野似乎浑然不觉，抱着我的胳膊入眠。

这种状态从十天前在睡前和醒来时反复出现。

由此可见，我和清野的这种状态是从十一月二十三日的十天前开始的。

虽然九月十八日的日记中出现了清野的名字，但由于这是日记的第一天，所以摘抄于此。

日记从九月十八日跳到了十一月二十二日。在此之间没有日记。

大正五年九月十八日　晴

闹钟没响，我睡过头了。勤杂工过来叫早。

小泉就穿着睡衣下楼去摇起床铃，然后去凉水浴场。

皎洁的月亮当空高挂。

七点四十分到校。

体操课无故旷课，回到宿舍趴在榻榻米上阅读《法兰西物语》。

我今天又自问一大早去学校有什么收获，实在悲哀。我觉得自己好像是学校教育的异教徒，就这样被拖拖拉拉送走五年时光，眼看就要毕业了。我虽然知道舍弃这种生活很现实，但自身缺少天分，难以依靠，一直在生活平安的希望和惧怕争斗的胆怯中彷徨，做出妥协而生存至今。若以此前耗费的资金、时间和努力走自己的路，必定能达成某种目标，把握住更加坚实的自己。

可我又将被这生活逐放。

而且，我对学生生活将同样以幻灭告终而深深担忧。

啊，我希望将自己获取的生命燃烧殆尽。

这是个星辰绝美的夜晚。

乳白色的绸带纵贯夜空中央。

熄灯后的寝室窗口，今晚唯望鲜朗的十字架星座。

花袋

时光匆匆流逝。

流逝时光之声清晰可闻。

正是那个声音。

正是那个声音。

大正五年十一月二十三日　晴

我周围的少年们十分可憎。他们眼中闪烁着的蔑视的目光令我无法忍受。我甚至产生了敌对情绪，心里说等着瞧，沉默着郁闷不已。当我想到这都出于自己被虐的心胸和偏执的性格，就感到非常羞耻。看到单纯直率的人，自己就真的心生怜悯。疑心深重、邪念丛生的我，已经不能回归少年之心。

曾经那般信赖和喜爱的室友们都变得令我厌恶，这是为什么呢？

昨晚就寝后没有一句交谈就入睡了。

我忽然在昏暗中醒来，握住清野温暖的手臂。我感到一股暖流从清野的皮肤传到我左臂的整个侧面。清野似乎浑然不觉，抱着我的胳膊入眠。

这种状态从十天前在睡前和醒来时反复出现。

清野以为我只是帮他焐暖手臂，仅此而已。

我正要吃早饭，有人打电话找清野。他对我说，祖母去世了，必须回老家。

我回到宿舍，同杉山一起把寄给他当包袱皮的旧国旗拴在竹竿上伸出窗外。

订制外套。散步。

清野回老家去了。

我能以正常心态看待室友了。

我实在心神不宁，就带小泉去了千里山。此前曾听走读生Y说过，想见的少女所在医院散发着新味的大门依然紧闭。今天休诊。返回时已是正午。

我脑袋迷迷糊糊，躺在草坪上沐浴温暖的阳光。

我返回宿舍，时而翻看《死亡的胜利》，时而翻看《复活》，却怎么都提不起兴致。这时S来了，于是一同外出。我们去了T书店。欠款已解决，我却仍旧无法对这里产生好感。

一年级的N同学在书店里，我着迷地注视着这位少年。他是那么美，美得令我想抓挠自己，想哭出来。

N也已届思春期，现在的美即将消失。我也将离开N他们。我着迷地望着这样的美，想到自己与他毫无接触就要告别这座城镇，失落感难以平复。N总在我脑海里出现，但我对于他又算是什么呢？他在众多美少女的眼中会显得非常可爱吧？如果说现在有什么能将我引向死亡，那就是丑恶的悲哀。

当晚我没去听演讲会，铺好被褥就寝。

清野尚未归返，小泉在我旁边睡下。我像玩弄清野的手臂那样玩弄小泉的手臂。

大正五年十一月二十四日　星期五　阴

停了两三天后，再洗凉水浴。半阴半晴的天气在持续。

阅读正宗白鸟的《死者与生者》。

在邮局取七元钱，去订制外套的万嘉店付款。

散步返回时同H顺路去足立粗点店，室友小泉和杉山进来了。

整理书籍。心神不宁。

直到昨天，我的目光都在注视一年级的N少年。与此相同，我的目光又开始注视也是一年级的M少年了。

昨天中午时分，我在宿舍老旧自修室举行的展览会会场发现了那张美丽的脸庞。从压得很低的帽檐下看得到他的眼睛、眉毛和额头。今天，我看到了他没戴帽子的脸庞。他是走读生M，蔷薇色的脸颊赏心悦目。我是头一次看到那么精神焕发的脸庞，蔷薇色衬托着浓眉大眼。孩子气犹存，使他显得更加可爱。

另外，我在街道上还看到一位相当美丽的少女。她穿着打扮不太好，戴着眼镜，抱着个孩子。（听说她是医生的女儿之后，我对女人的眼镜很在意。）

可这种事又会怎样呢？当看到稍有美感的人时，我心里发生了什么？

我为什么会如此卑俗呢？

我读了《新潮》杂志的《受难者》评论。在读赤木桁平先生的作品时，我希望在遇见自己的女人之前保持童贞。

大正五年十一月二十五日　星期六　雨

昨晚清野回来了。

我对室友的心态开始模糊动摇。

或许是因为真爱已消逝而去，我像对待亲兄弟般疼爱他，而我所希望的只倾慕我一个人的少年已不存在。或许与我对他渐渐兴趣索然相同，室友们对我也兴趣索然。我想到这里深感失落，仍希望室友保持对我的倾慕。

我读了田山花袋先生的《独居山庄》。

不知何故，我无法在宿舍里静心读书，于是外出散步。返回后依然坐卧不宁，就叫上片冈君一起去理发。

中午开始下雨，路面有了积水。

在理发店借了毛巾和肥皂，和同来的中泽君一起冲进最近的公共澡堂。三人一同清清爽爽地返回学校。

来到校门前，只见单独返回的白川露出美丽的笑容，摘帽行礼。我们一齐停下脚步，面面相觑，不知他向谁行礼。

白川是全校第一美少年。我还从未见过像他这样容貌姣好的少年。他比我们低一年级，态度非常认真。他原先也常出现在我的幻想之中，但在那白皙的脸庞上长了两三个小青春痘之后，我就感到他的美已有所荒失而渐渐淡忘。可是像今天这样，少年美还是第一次令我心醉神迷、怦然心动。

晚上，阅读一段生田长江先生翻译的《死亡的胜利》。

现在开始再读欠田君的习作《再生》。

从外边传来尺八颤抖的乐声。

雨声已停，但外边似乎昏暗无光。书箱的轮廓清晰地映在窗玻璃上。

大正五年十一月二十六日　星期天　雨

我无论如何，须在室友胸膛与臂膀的触感中才能入睡，否则会觉得空虚难当。

清野似乎真的依然单纯。

"我心里想的事情从来没有不说出来的……"他偶尔也会这样讲。

"真的吗，真的吗？"我仍执拗地问道。

"真的呀！要是有话不说，我会憋得难受。"

清野就是这样的少年。虽然要强不服输，但十分诚实。

"我的一切都给你了，所以随你的便。要我死要我活，随你的便。要吃我要养我，也随你的便。"

昨晚他也坦然自若地说了这些话。

"你就是这样握着，我醒来也不会离开。"

他使劲地抱住我的臂膀。他叫我实在心疼得不得了。

我半夜醒来，只见昏暗中浮现出清野那憨拙的面容。不管怎么说，在欠缺肉体美之处，得不到我的憧憬。

温乎乎的空气，昨晚开始下雨，将校舍淋得湿漉漉。

我洗凉水浴回来，室内恶臭冲鼻，令人窒息。这是杉山可怜的恶习，而睡在他旁边的小泉真够倒霉。

我为什么注意力如此涣散？一时一刻都不能安稳。别说执笔写作，连专心致志地读十页书也做不到。在写这篇日记时，脑袋还一跳一跳地疼。我发狂似的甩头，用拳头咚咚地捶打。

我去街上溜达一圈回来，坐在书桌前依然烦闷不堪。我不知怎样才能摆脱这种状态，甚至想到自己可能会发疯。

我摔掉许多书本，然后读了两三部宝冢少女歌剧脚本。

下午，我和H外出。昨天委托的帽子已修好，我就戴上回来了。

周日整天下雨，无法外出，连房门都被泡湿，开关不灵了。

晚上，阅读小剑先生的《第二代》，看到春日切手指那段实在难以忍受。脑袋疼痛不知该如何是好，我就不停地狂甩。

不知为何，我读到关于手术和外伤的描写时，就会发狂般受到惊吓。这种描写总是顽固地附着于大脑中。小山内先生《书信风吕》中的切指，泉镜花先生的作品中等情节，都清晰地留在我的脑海中。

更别说看到真实场景，我的心脏会发生怎样的恐惧反应呢。

夜晚，时隔两三天星光闪烁，预示明日是个好天气。

今夜真的从心底喜欢上清野了。

清晨醒来时发生了地震。这可有点儿稀罕。

大正五年十一月二十七日　星期一　阴

我写的这十几页日记就收在书桌的抽屉里，室友们都知道。虽说他们都比我诚实正直，大可放心，但也未必不会产生好奇。另外，谁都无法保证朋友们不会因为有事打开我的书桌抽屉。想到这里我就有些恐惧。现在的我，尚无勇气让最亲近的人读到这些日记。在继续赤裸裸地记述自己时被别人看到，对我来说会是非常难堪的事情吧？这确实有些危险。室友中清野和小泉值得信赖，但想到杉山有可能偷看却装出若无其事的样子，我就有些毛骨悚然。必须想个什么办法。

我从被窝里出来打开窗户，乳白色晨雾的颗粒凝结在手上，十分可爱，带来愉悦感。

第二节课是伦理科考试。因为允许参考课本，所以学生必须以写论文的心态解答试题。"我认为——"我写了很多自己的思考，但不能很好地连贯，想不出更贴切的词语，似乎前后矛盾不能透彻地论述。不过，我还是心情愉快地写出了答案。可是，如果不向旧道德谄媚，就达不到斋藤老师所要求的结论。这让我苦不堪言。

三点半，我在泽田钟表店将凉爽的银表拿在手中兴奋地盯着看。我无法抑制急剧燃烧的欲望，被那块雕有精致花纹的小型银表吸引，就径直赶到这里来。

但是，由于那种小型银表没有理想的款式，就叫店家给我看更大的。于是镶有景泰蓝的华丽银表出现在我的眼前。这款最贵。我的虚荣心无论如何难以抑制，必须选择最贵的。这是我的恶习、本能。

我还加了条镶有铭牌的真皮表带。

正如当初谋划的那样，我把存折和私章交给店主，再三纠缠，求他去邮局代我取款。但对方不接受，我就极不情愿地亲自前往。从十一月上旬开始就取款三元、七元，接着是今天的十四元两角。我不好意思见邮局的人，实在难为情，于心不安。

我在电灯亮起后走出店门，故意绕远躲开河堤，不时偷看银表，自我欣赏。到下坡处碰到大口君，我赶紧把铭牌藏了起来。

晚上，和服店送来订制的外套。这件外套中也含有万千思绪。

五十元存款、睡衣、外套、银表，都仿佛孤儿的象征。我泪水盈眶。祖父去世后，归属于我的遗产就是这深藏的五十元劝业债券，这笔存款。

大正五年十二月一日　星期五　晴

我忙于完成向学校提交的《学生日记》，这部日记无暇记述琐碎小事。

日历上的冬季到来。

由于此前购买的腕表走时不准，我下决心去泽田表店退货。店员说店主不在家，先把表放下并订购同款。如果没有就把这个修好，请尽量忍耐。如果是后一种结果，那我就想办法拒绝，然后去大阪买更精致、价格更贵的吧。

我真心喜欢清野。

我说"你当我的企鹅吧"，他说"我愿意啊"。

大正五年十二月二日　星期六　雨

英语语法考试前根本没复习，但做得还算不错。

回宿舍后又去了一直惦记的泽田表店，店里说去大阪的邮差还没回话。

我去了公共澡堂。像我这样喜欢进澡堂的人不多吧？洗完澡去附近的乌冬面店吃肉面和肉火锅。一个脏兮兮的幼童毫不见外地进来,攀谈片刻,很快就像个熟人一样。我把面条和肉片托在手掌上,然后放在锅盖上给他。他狼吞虎咽的样子令人悲哀。我问了店员,都说不知道他是哪里的孩子。

我撑着雨伞,回到了宿舍。边走边看在岸本书店买的《新潮》和从东京寄到的《文艺》杂志。

杉山回老家了,寝室里还有清野、小泉和我,自然感到气氛柔和了许多。可能因为杉山带着那种恶癖臭气转来转去,无论如何难以接受。清野、小泉?我希望同更强烈地燃烧着爱的少年们共建寝室。

我必须抓紧完成《学生日记》,但今晚很想开怀畅谈,就和小泉一起围坐在火盆旁。

大口君进来说有事相托,并让我看了一封信,说来自与你同乡名叫河内的僧侣的儿子。我通过大口君借给这位少年很多小说,还知道他沉迷于文学且不甘于继承寺院。

大口君昨天收到这封信,已和K君和M君等人吵吵了一番。而且M君在上课时替他写了回信,所以我想,那大概是女人的来信。我想他一定还会让我看信就等着,可一看却是男人名字,就有些失望。

我读了那封信——在秋天的深夜,名叫河内的少年注视着信中所谓"无罪的妹妹、尚未对异性萌情的妹妹"的睡脸,觉得不能不答复大口君的来信,于是写了这封信:"如果是清纯的爱,当成自己妹妹的爱,我会欣然认可唯一朋友的你对妹妹的爱。我知道,在喜欢年轻姑娘的心中必然伴有阴暗的欲望。但是,我从心底相信你。如果你真心爱她,我不会愚俗到对你说三道四……"

而且,大口君想委托我的事,就是希望我按照约定借给河内《受难者》。我极不情愿地答应了。

我觉得大口君的爱情多为好奇心。那个妹妹是什么样的女孩儿呢?我很想看看。不管怎么说,我羡慕大口君的勇气。他的决心确实非同小可。他既然已向恋人的哥哥表明心意，打算怎样担负责任呢？这封信被很多朋友看过，代写的回信也被人看过。如果河内和她的妹妹认真起来，那就太可悲了。即使是河内，虽然不知他信赖大口君到什么程度，怎样看重妹妹，对恋爱如何认识，但至少是不负责任的做法。

自己何时能有勇气向某个人表白爱情呢？实在可悲可叹。我并不期待大口君能够成就爱情。这是嫉妒吗？

…………

大正五年十二月三日　星期天　晴

我被银表摄去魂魄，心神不宁。

刚吃完早饭，我就带着《徒然草》的发票和存折去了虎谷书店。店员似乎刚起床，说店里没货，需要订购。

晨雾在街道上飘摇，让人感觉神清气爽。表店门还关着，我焦躁不安。于是打算先去散步，等到表店开门。我来到通往T村的小路，只是碰到从河内运来红薯的大车，没有行人。

我挺起胸脯，健步如飞，体内深处涌出喜悦，精神愈发振奋。今早向一高寄发索取招生简章的信函，我已认真考虑此事。我很早就确定了三田（庆应）或早稻田的文科，却突然又想到帝大，想到了一高。昨晚忽然萌发了对向陵的憧憬。

散步三十分钟后顺路来到泽田表店，等候片刻店主起床出来说，同款银表大阪也无货，叫我再忍一忍。于是，我带着这块银表返回。

在堀书店用现金买了托尔斯泰的丛书《伊凡·伊里奇之死》后，我只剩两角几分钱了。

继续写《学生日记》。

下午，由于银表的时针和分针不能正常指示，我自己调整时啪地折断了。我不好意思去泽田表店,就去石井表店修理。

S君约我外出,吃完小田卷蒸碗和鸡肉葱花汤面后去洗澡。

明天有立体几何考试,熄灯后我去图书阅览室学习。然后,在事务室和N先生交谈到十一点左右。

大正五年十二月六日　星期三　晴

早上,给京都的M先生寄信。

欠田君给我带来了《莫泊桑短篇小说集》。

地理考试虽然允许参照课本,但考题非常难。

我学代数也很用功,国语课也老老实实地听讲,历史也认真学习。因为我决定报考一高。

吃完午饭,教室里做十二指肠寄生虫预诊,我蒙混过去了。我的室友全都受到怀疑,不得不做便检。

为了学习而运动后,我做好去澡堂的准备出了门。

到了澡堂,我在确认周围没有熟人、年轻人和女人之后,这才照着镜子仔细观察自己的肉体。

肉体之美、肉体之美、容貌之美、容貌之美,我是多么憧憬美啊!我的身体总是苍白无力,我的脸上已无青春驻留,泛黄浑浊的眼珠布满血丝,目光犀利。

我到虎谷书店,毕恭毕敬地接过青木、佐野二位的《徒然草新释》,告诉店主此前已向宿管提出请求,随即逃出书店。我此前借阅了《新潮》和《徒然草》,店家对我所说的话会怎么想呢?

我又去百濑租书店,租来广津柳浪的《今户情死》和高滨虚子的《俳谐师》。

夜晚,我查阅了第四阶段读本的第一课和第二课,还做了做代数。

杉山今晚也是未寝苦学。

大正五年十二月七日　星期四　晴

昨夜真的不能不疼爱室友们。我深切地意识到，自己不能不更加坦诚地生存于室友的胸膛中。

今早我也真正感到清野的胸膛与手臂的触感是那么可爱。

…………

生方敏郎先生又寄来明信片，用钢笔潦草写道：七日下午四点在大阪高津神社内的梅屋举行《文艺杂志》联谊会，务必出席。

我高兴极了，非常想去，就像必定要听汉文课那样。我穿上带袖兜的棉衣和新订制的外套去吧。该到邮局取多少钱呢？我欣喜若狂地走出教室，刚要进教员办公室请稻叶老师允许我因故回老家，又停下脚步想了想，联谊会上与参会者交谈的我的年龄多大合适？尤其是学识如何？更为要紧的是自己的风采和容貌如何？……我想，要不就只发一封贺电吧。可转念又想到钱不够用。因此作罢。那就在生方先生回东京后写封信。到了三点左右，我就把这事忘了。

第一节体操课结束时，甲组的U君叫住我说，这次东京的初中生和女校生集中发行文艺杂志，你也当一名会员吧。我欣然接受。

我上一高的愿望更加强烈。

夜晚月光如水。

（大正五年十二月十四日的日记前文已出，此处省略。）

大正五年十二月二十三日　星期六　晴　回老家

长假即将到来，无家可归之子的悲愁愈加强烈。

新年到来，我和室友们将七天见不到面。因此，昨夜大家凑集零食吃了顿夜宵。今早，我拥抱清野……

上英语课时，仓崎老师告知第二学期英语考试成绩。我的译读九十分，作文会话九十一分，比U君只低一两分，在乙组中排名靠前。

体操课贴出"赤足武装集合"的告示,在杉本老师的号令下进行了中队军事训练。老师对军队的了解真是少得可怜。

午饭后,举行学期结业仪式。

结业仪式之后,我没去听本校毕业的海军学校学生做的什么报告,回到宿舍整理参考书和衣物等。

小泉乘坐两点钟的火车回家。

我离开寝室时,清野也走了。

我虽然也可以坐两点钟的火车,但一直在磨磨蹭蹭。

大家都离开后我感到太冷清,于是决定翌日再去搬运石棺。我穿上带袖兜的外套(信上写明在津江得到),并挂上景泰蓝怀表走出宿舍。

半路上等到片冈君后来到车站,已有很多人先到。我抱着三个包袱上车,心里涌起同大家一起去遥远他乡旅行的哀愁。

我在下一站下车时,叫人力车奔跑在夕阳辉映的旷野中,超越了徒步的初中生,回到伯父的家。

进屋坐在火盆旁,我就让他们看银表和新外套,然后要了五分钱补交车费。

我申请报考一高寄出的信还没有回音,说了几句话就沉默了。特别是和堂兄交谈时找不到话题。想到我报考一高的志愿还没着落,悬着的心总是放不下来。

为掩饰闲寂无聊,我就收拾行李,并照惯例去里面六铺席房间问候生病的祖母。我总是能从她那里听到全家人对我的怨言。对此我心怀恐惧,却依然很想知道。今天我想知道他们对我的来信有什么反应,可祖母似乎并不了解此事,只说了种吉去世和村里的事情。

晚上也没提起一高的话题。

我进被窝后向堂兄询问H中尉的情况,只说他今年也没能进陆军大学,已经打算放弃而去晋升大尉当连长,就这样度过一生。

大正五年十二月二十九日　晴　雪化

无法安眠的夜晚持续。

继昨日之后，佃农一大早又把米袋搬进院里。

伯母头疼，看样子很难受，极度消瘦，卧床不起。

我被祖母叫到了六铺席房间，她给我一元钱，让我今天上街去买冻疮药、草纸、豆包、菜包。我说好今天从学校回来时买。

写完昨天的日记，我假装去厕所，走进伯母病卧的房间为她做按摩。我使尽全身力气，伯母像是很舒服，说了很多感谢的话。

阅读《徒然草》稍有进展。

堂弟早上骑车去街上银行并绕到了大阪，迟迟未归，家里人都很担心。

在祖母的催促下，我独自提前吃过午饭，向堂兄借了一元五角钱买参考书，而后穿上裙裤和外套出了门。

冰雪融化之后，路上的泥泞令人生厌。原野上的积雪尚未融化。

我在车站见到欠田君，他说在学校看过考试成绩后买了杂志，归途中要去大阪。我们立刻谈起文学的话题，还提到各杂志刊发新年号的消息。

欠田君说，他向家里提出要去东京并极力坚持，却被小题大做召开的亲属会议否决，现在正为何去何从犹豫不定。我们还谈到了清水君，听说他正在认真地创作《朝日新闻》悬赏五百元的长篇小说。

欠田君说：

"清水君也说你来时通知一声，他就会去，咱们仨在我家聚聚吧。"

学校里寂静无声。

我走进学生休息室，首先查看我的考试成绩。七十五分，第八名。比起四年级升五年级时的第十名和第一学期下降到的第十八名，这回名次有所上升。我藐视学校里的考试成绩，可一想到傻里傻气的家伙们坐在自己身后就感到屈辱。第二学期我坐在前面第二排，简直愚蠢透顶。我入学考试是第一名，上一年级以来名次急剧下降。虽然自己有头有脑不甘服输，还是悲从中来。我已得不到别人认可，现在要下定决心，为了报复他们必须考上一高。

我在火车里也对欠田君说，自己之所以决心报考高中，就是为了报复那些因我体力和学力处于劣势而蔑视我的教师和学生。

同处乙组的H君得七十六分，名列第三，我对此深感惊讶。M君分数与其相同，名列第六。大口君排名急剧下降。然后，我仔细查看成绩表发现，自己所不擅长的物理第一次考试缺考，第二次考试尽管连续两天复习到半夜十二点，也还是意外失手。懈怠了《学生日记》、轻视国语汉文等，也是得分偏少的主要原因。我觉得无论怎样，提高平均分数两三分并非困难的事。我还抄录了宿舍同学们的成绩。

我进宿舍拿出存折和私章送到邮局，一位平时不见的年轻姑娘办理业务。她也许是K先生的妻子，十分可爱的少女。面色白净的K先生也在。

我去虎谷书店，买了藤森良三先生的《几何学的思考方法和解题方法》上卷和《代数的思考方法和解题方法》上卷、清水先生的《生命的青春讲义》和《中央公论》新年号。我把借堂兄的钱和存款合起来交费。

告别欠田君来到宿舍，用包袱皮包好夹衣赶往车站，没坐上两点的火车。买了邮票和明信片。

我顺路去了街上的家具店，他们曾在我家卖房时来过。

我在暮色降临时到家。

我边走边读谷崎润一郎先生的《人鱼的叹息》。

年届五十的我不曾想到，在这篇十二月二十九日的日记中，还记录着我初中四五年级时的考试成绩。

在我的学校，当时根据考试成绩分甲乙丙三组。我是乙组第八名，上面还有成绩更好的甲组。以第一名入学的我最初当然是在甲组，但在某个年级时就跌落到乙组了。乙组第八应该是全年级中上的水平。

升高中的入学考试成绩也不错，但后来又急剧下降。

十三

大正六年的日记从一月九日开始。从九日跳到了十五日，然后在二十二日中断。

大正六年一月九日　星期二　晴

武术冬训住校生应全员参加，I先生来叫早。室友小泉、杉山参加，清野缺席。窗外天色未亮。

我把凉透的被炉推出被窝，顿时就冷得缩成一团。早会的铃声落下，我去参会。洗脸池冻冰了。

我借给片冈君一高的一览表。

去上课时，座位顺序变了。

我在图画课上对S君说过，如果经过高中考进帝国大学，我就干脆当个文学家。我对自己创作天分的怀疑日渐增强，最近关注点已朝这个方面倾斜。这也是事实。但是，我真的还不想扔下创作之笔。不，不会扔掉的吧？还早着呢！

回到宿舍，学习《徒然草》和代数。

在今天的体操课上，杉本老师给了我"毕业以后"教程。老师昨天和今天的话语中都有一种恳切的态度。我也不想心怀恶意，而要感谢他们的奉献。我强烈地认识到，在校期间尽量遵守校规认真生活，才是最为真实的。

我铺好被褥，早早地把被炉放进去暖上。

大正六年一月十六日　星期二

我艰难地阅读阿部次郎先生的《为了艺术的艺术和为了人生的艺术》。觉得这篇论文很好，却难以在头脑中形成清晰的认识。

T君约S君去吃乌冬面，把我也叫上一起。顺路去虎谷书店，山崎先生的《新英文解释研究》已到，正好取走。在熙熙攘攘的街道，我们进了名叫"山新"的乌冬面馆。这时福山老师忽然进来，我们回避不及，赶紧跪伏在榻榻米上。与其说尴尬，莫如说滑稽不堪。据店里人讲，其实老师就在旁边站着，我们却没发现。N君和M君也来了。

T君劝烟，我就接过来抽了一支。清水、欠田和其他走读生也来了。

我又顺路去虎谷书店，然后在高桥一带散步，与刚才为我们付款一元多的走读生S君告别，正好在晚饭时间返回宿舍。

晚上，杉山说一起吃零食。我因为没钱，就支吾过去了。

大正六年一月十八日　星期四　晴

昨晚熄灯后过了四十分钟，我在黑暗中钻进冰凉的被窝。一直没入睡的清野用胳膊、胸膛和脸颊焐暖我凉透的双手，我特别高兴。今早我们长时间拥抱，任何人看到都会觉得奇怪吧？我完全不知道清野怎么想，但我不能有过分的要求。

放学后外出求购《文章规范》。

大正六年一月二十日　星期六　阴

四十七元的邮政储蓄存款也只剩一元了。前几天刚取出一元八角，钱包里只剩一枚五角的硬币，囊中羞涩。无论如何我的血液里流淌着少爷秉性，爱慕虚荣，也吃过苦头。从小失去父母由亲戚养大带来的悲愁，也主要是因为拮据。而且我变得越来越贪财，对朋友和他人也越来越斤斤计较。我忽然发现了自己的这种变化，深感可悲，实在难以忍受。

由于对朋友的那般虚荣心，有很多书籍成了牺牲品。今早我又把与谢野晶子女士的《从夏到秋》和《女人的一生》、北原白秋和土井晚翠的诗集等塞进了去大阪的包袱里。

稻叶老师在厨房里，我无法从后门溜出，因此没能赶上一点钟的火车。

在车站遇到校长先生，我无可奈何，只好若无其事地行礼。因为我手里提着包袱，校长肯定以为我要回老家。

我在福岛区常去的旧书店里锱铢必较地争吵，把我的书卖了一元七角钱，把清野的缺页词典卖了八角钱。

我在别的书店买了《增镜新释》、斯迈尔斯的《品性论讲义》、滨野先生的《新译论语》。这样一来，除了交给清野的钱之外还剩不到三角钱。我慌慌张张地赶到车站。

在站台上，我发现一个柔美俊秀的少年，于是坐上同一节车厢。我注视着他直到下车，并沉浸在病态的妄想中。

阴沉的天空下了一阵雨又停了。

（大正六年一月二十一日的日记前文已出，此处省略。）

大正六年一月二十二日　星期一　晴

早上U君告知我，"东京的E子来信说，身为女学生不能给中学宿舍寄信，请代为问候"。我只是若无其事地回答说，自己对前些天的来信刚刚回复。

我在宿舍自修的三小时都未能集中注意力学习，从第一节课结束时就说想吃烤年糕。我从寒冷的操场上偷偷钻出篱笆，可是烤年糕已经卖完，我就顺路去足立点心店买了"夜之梅"、千年糕片、蜜橘等回来。我正和室友们一起吃点心，大口来了。尽管昨晚发生了那件事，他却依然满不在乎、毫不客气。我感觉受到了侮辱，实在难以忍受。关于英语发生了小小的分歧，大口想以多数决定，就单纯幼稚地在全宿舍游说。我的愤怒没能表现出来。

　　熄灯后，我在事务室里学习《徒然草》。想到寝室里清野和小泉已经睡下，对大口感到不安就提前回来了。我特意放轻脚步登上楼梯，观察了整个走廊和房门后才进了寝室。没有发生任何事。

　　清野醒来了，我仍像每晚那样享受了手臂和胸膛的温暖触感。

从大正五年九月到大正六年一月，出现清野名字的日记已全部摘抄于此。

　　这部分日记结束后过了两个月，我初中毕业来到东京。我与清野之间的爱即如日记中所述持续到了毕业。

　　但在五个月之间，我与清野的爱似乎看不到发展变化和增减。我们也不曾以语言表达爱憎感情。爱的起始和经过都显得自然而安稳，温柔地焐暖了回忆。

十四

初中时代的日记结束了，在此重回大学时代的《汤岛的回忆》。

　　也就是说，前文所述"接下来是清野少年的存在对于我的意义以及感化之类的叙述，写得别别扭扭，却从心所欲。这些放在后边再说……"所述部分按顺序摘抄于此。

　　这也相通于高中时代书信中所写"我感到你是拯救我的神……你是我人生中新的惊喜"。

但我在写高中时代的书信时，并未看过初中时代的日记。而且，在写作《汤岛的回忆》时，已经忘掉初中时代的日记和高中时代的书信了。年届五十岁的现在，我才将这三种记录合起来通读。

在《汤岛的回忆》中，清野端坐在巨岩上远望走下山谷的我，嵯峨访问记至此告一段落。接下来就是"人总会从出生之后……"之类别别扭扭的感想文章：

人总会从出生之后周围的境遇以及出生前的遗传中沾染某些异物。若不能自主地略加清洗或逃离，站回自我的原点，返璞归真，就会失去真正的自我。既然大本教中将那些沾染的异物简明地称作恶灵，那么镇魂归神便也理所当然。

我二十岁时，曾与巡演艺人同行五六天。我心生纯真的感情，分别后泪洒旅途，未必只是出于对舞女的感伤。如今的舞女也初懂人事，会否对我萌动女人的淡淡情思呢？我怀着如此乏趣的心情想起了她。但在当时却并非如此。我与常人不同，从小在不幸和反常的环境中成长，形成偏执扭曲的性格，深信自己猥琐怯懦的心灵已封闭在狭小的蜗壳内并为此苦闷不堪。像我这样的人也能得到善意相待，就更加感到难能可贵。而且，深信自己有心理畸形反而使我难以从畸形中逃脱。

不过我对自己持有这种认识，当然也是由于本身就有这种缺陷，同时渐渐地意识到，我怀有少年所特有的、诿过于自己异常境遇的强烈感伤以及对感伤的强烈夸张。我开始感到没必要苦闷不堪，这对我来说是可喜的事情。我之所以意识到这一点，多亏人们对我呈现的善意和信赖。我反躬自问这是为什么。与此同时，我得以从黑暗处逃出，来到比以前更加自由坦诚的广场。

我在一、二年级期间，非常厌恶高中的寄宿生活。因为这里与初中五年的宿舍生活情状不同。而且，我特别在意自己幼年时代留下的精神疾患，难以容忍自我怜悯和自我厌恶的念头。于是，我去了伊豆。

我此前只知旅愁和大阪平原的乡村，而伊豆的田园风光使我的心情得到了舒缓。而且，我遇见了舞女，看到了具有乡野气息的坦诚善意，与所谓巡演艺人根性之类毫无相似之处。舞女说，你是个好人。兄嫂予以肯定的一句话，清爽地怦然落在我心中。我心想，是好人吧？对呀，是好人。——我自问自答。平俗意义上所讲的"好人"，对我来说就是光明。从汤野到下田，我也自认是个"好人"旅伴，并对此深感欣慰。在下田旅馆的窗台前和汽船里，我流出了快慰的泪水。就为舞女说我是"好人"带来的满足感，以及我对说我是"好人"的舞女产生的好感。如今忆起仿佛梦幻，稚气未脱。

我在进入高中的初期也是这样。对于这样的我来说，与清野少年共同生活的一年时间是一种救赎，是我精神成长过程中的一种救赎。

清野来信中反复提到、嵯峨深山里见面时也说过一生不忘我的恩情。我坦率地接受了他的谢意，觉得自己完全不必谦让。因为我对他的心情了然于胸。

我后来开始对高中宿舍有了好感，但关于初中的宿舍我却想向家长们提出忠告，不管有什么情况都千万别把子弟送去。作为初中生的我因祖父去世而无法维持一座房宅，在寄居亲戚家半年之后，四年级那年春季住进了学校的宿舍。在我升入五年级的春季，作为室友初来学生宿舍的清野是二年级学生。他当时十六岁，因为生病而延迟。

我顿时瞪大双眼不可思议地望着他，居然会有这样的人。我生来头一次见到这样的人。而且，我的惊讶并非毫无道理，他确实可以说是世上无双。拿他与我自身相比，想象他背后有欢乐家庭的温暖和贤德亲人的爱，我不禁顾影自怜。危及生命的重患使他病卧在床一年多，洗净了他的过去，将他再生为新的婴儿。我想，他那稚嫩纯真就是从此而来的吧。即便如此，仍令我感到不可思议。

而且，对比使我产生了自我厌恶，却仍对其不可思议地心醉神迷，目瞪口呆地注视着他。此时的我，极为自然地浮现出发自心底的微笑。后来他渐渐地委身于我。我的一言一行、心中暗想，全都毫无抵触，率直地流入他的心中。我在事后不曾反省自己的所言所行、心中暗想，不曾感到自己厚颜无耻，更不曾遇他抵触或冷脸。他只是全盘接受，仰望我的目光中无一丝阴霾。在他心灵窗口映出的我同样无一丝阴霾。我体验到有生以来初尝的安心感。消极地说，他的反应中无从感受我因个人境遇产生的自我厌恶，所以不必固执地将自己敛缩在狭隘的空间。积极地讲，他对我的一切予以肯定，使我从安心中感到了自由，我可以无所顾忌地对他为所欲为，尽情地抒发自我、开放自我。于是理所当然，我在他面前将自己染色变身为理想中的人。

我由此开始明确地意识到，在个人境遇所背负的阴影中有我的感伤和感伤的夸张。而且，他为我逃离我所染身的泥潭点亮了明灯。我应该把报恩这句话奉还给他。

如果说他的心情是幼童的心和纯真少女的心，虽然相似却并非真实。他离开我成为迷途羔羊，也许近似于女人与赖以生存的男人分手后的心理失调，但这也并非真实。在想到自己受到他的有益影响的同时，也想到他的心情的可贵，还想到自己从他的心情中体悟到安稳度日的方法。如果我不在，他该怎么办、会怎么样呢？他所说的"报恩"，在离开我加入大本教的同时，也便失去了方向，他一度决心退学。那或许也是一个小小的原因，他因此加深了对于大本教的信心。

接下来是——"我发现清野似乎在信仰我所不知的神，是在中学五年级那年的四月"，还记述了清野为发烧卧床的我祷念"哩哩呷呷、哩哩呷呷"。前文已有这部分的摘抄。

此后又是我随心所欲的感想：

我执迷于自己现在的境遇、幼时缺失双亲造成的孤独以及凡事不靠人的自我中心和自我崇拜。

我幼年时代由一位农家阿婆照料。去年元月，我去探望老病缠身的阿婆。当我告辞时，阿婆拖着病身爬到快要垮塌的边廊沿上，跪坐着合掌，老泪纵横。阿婆拜别我离去的背影，她的意念我心领神会。这时，我的心中澄澈明净，并以清晰的目光注视着自己的前途。

我的原室友清野少年皈依了我。遇见对自己的皈依，我以最强烈的净化提纯自身，立志于新的奋进。我是在皈依中初次得到舒适安眠的吗？如果不在皈依的镜中凝视自己的身影，我的精神就会蒙上荫翳吗？

当精神开始蒙上荫翳时，最好以孤独处之。不妨来到汤岛的溪流边，过十天沉默不语的日子。

在忧虑精神的病根之前，那种感伤必须经过理性的筛滤才能肯定。取而代之的是倨傲之气染身吗？

但无论过去还是现在，人们对我都极为热心，我得到了太多善意相待。我绝不相信世间会有……哪怕一个恶人，也不认为自己会遭到恶意相向。我如此确信，心平气和。

我不曾对人心怀真正的恶意，也不曾心怀真正的憎恶和怨恨，不曾想过与人竞争，不曾想过嫉妒别人，也许连反对别人都不曾有过。

我对所有人各自的行动方向和立场予以肯定，我也是在否定之中予以肯定。

在此之后——"听到长廊那端的麻底拖鞋声，我总会想到可能是你"，写的是从清野来信到因脚病初次去汤岛温泉时的情况。

十五

以上大致是我关于清野少年所写旧稿的全部。

不过，当我顺手翻找装有旧书信的束口袋和行李箱时，又发现了二十二封清野写给我的信。另外，还保存着与清野同为我室友的小泉和杉山的信以及我和其他同学的几封信。

清野的文笔比我那时的日记和书信更差，并未充分表达自己的心情，不足以摘抄于此。不过，其中也有一些部分可以佐证我对少年的记述，以及想要附加的部分和纠正我自以为是、骄傲自大的部分，所以在此摘抄少许为宜。

在这二十二封信中，最早的日期是"大正六年四月四日中午"，我的收信地址是浅草藏前堂兄的家。我在初中毕业典礼后的第三天，为准备应考来到东京。当时，初中毕业在三月底，高中的入学考试在七月。

我进京后立即向清野发出通知，他在四月四日写了回信。

（摘抄于大正六年四月四日清野来信）

　　……虽说东京很大，可你朋友少，想必难免孤单。不过，以后还会交到很多朋友，希望你努力学习。这是我真正从心底对你的希望。

　　与你分别之后，我想到从此不得不独自前行，就感到六神无主。可是，我不能永远地依靠你。我真希望继续和你在一起，哪怕再依靠你一年。但你今后将成为杰出人物，就算我希望永远和你在一起，时代也不会允许。尽管现在有了新室长，可我依然深深地怀念旧室长。这样一来我更感到寂寞，最近还常常做梦，梦见我把你的书掉进火里，哭了起来……

　　……我也要尽力写信安慰你，让你不再悲愁、不再寂寞。你的心受伤时，就让我从心底温暖你吧！我绝不会、绝不会忘记旧恩。我不会为宿舍里上下级有别而苦恼。我打算到了三年级要充分地用功学习。但是，我意志薄弱，容易受到周围的诱惑……

第二封是四月八日的信，上面写着"八日上午十一点"。

清野回到了宿舍。看样子新学年住宿生的寝室已分配，这封信中写着从一号寝室到十号寝室的名单。清野在八号寝室。

在作为一高的作文提交的信中，我写了"但是，据说在我离开后北见当了室长，你和菊川、浅田在同一间寝室。在我还没离开时，菊川和浅田就作为全宿舍的美少年受到高年级生的关注"。这就是指八号寝室。

（摘自清野大正六年五月二十一日来信）

　　久疏问候，请勿见怪。不过，你独自一人很寂寞吧？独自一人确实很寂寞吧？我真心同情你……我一心只想着你，无法抑制。无论发生怎样痛苦的事情，我都会在暗中抚慰你的心灵。请你一定要坚强。我一定、一定会在暗中为你祈祷，请放心……

　　……前天举行了十英里赛跑呢！我在别人的帮助下，好不容易到达学校。脚都抽筋了，难受得要死。昨天还想去鸣尾参加网球赛，到了大阪突然累瘫。我有亲戚照顾。好像又是心脏病发作了。

这封信寄至浅草西鸟越的出租房。

（摘自清野大正六年七月二十九日来信）

　　……你参加入学考试相当累吧？如果上不了，就再努力奋斗一年……

　　……我第一学期拼命努力学习，可考试成绩却意外地急剧下降，于是打算第二学期更加刻苦用功……我在学校担心家里，可回家一看什么事都没有，于是放宽了心，就像大山一样。我强烈地感到，自己渐渐变成真诚的人了。

我真的不认为——你能当小说家，而认定你是加入我等之道的人物。你可能觉得"我等之道"这个说法很奇怪，但随着岁月流逝自然会明白。

我现在还没决定毕业后怎么办。不过，只要诚心诚意地度过每一天，就能在自己的道路上前行。我已准备好尝尽辛酸、历经苦难，这样终究会走上自己选择的道路。

以前我们在寝室被窝里做过各种有趣的问答吧？但是，如果没有神灵，我就无法立身。你也许现在还不太明白，不久就会明白的。我觉得靠"肉丸[1]道理"难以解释。

我觉得不读宗教书籍无妨，读也无妨。但是读多少就应当身体力行。说到哲学，浅尝辄止无用。为哲学所困去死也是白搭。仅靠读书，绝对找不到哲学，必须行动。外部的输入会流失，而内心悟道则绝无流失之虞。

暂先到此。请来我这里玩。我等你。

清野在暑假回到嵯峨的家里，我在入学考试后回到淀川北的伯父家里。这就是那时的来信。

可能是因为清野就在父亲身旁，所以言辞很自信、很坚决。

（摘自清野大正六年十月十三日来信）

……今天，我作为二年级对三年级比赛的棒球选手，以较弱的二年级为对手进行了比赛。三年级获胜凯旋，可喜可贺。今门教练将前室长的来信转交予我，真是喜上加喜。

……因为很久没有问候，所以今天我要把心中所想全部告诉你。不过，请你藏在自己心中，不要告诉别人。宿舍也已到了衰败

---

[1] 日语：団子。秘密卖淫妇或暧昧料理店的陪酒女。

的时刻，高年级生中没有一个善良人，不怀好意地蔑视三年级生、二年级生、一年级生，对他们强行压制，让他们不能安安稳稳地学习功课。在周六和周日也要连着搞棒球训练，还逼迫不擅体育的同学参加。我星期天画地图的目标落了空。他们说菊川君老实，就全都欺负他，看着实在可怜。

另外，铺榻榻米的房间被当成方便的吸烟室，天天烟雾弥漫。午饭后也有人在卫生间里抽烟。他们对一年级生还稍稍遮掩，可在三年级生和二年级生面前就明目张胆。他们已经把品行都丢掉不顾了吗？我们三年级生深感悲哀。全部五年级生和四年级生的三个人已无法对付。处于高年级和低年级之间的三年级生最受夹板气。十日那天，好学生和坏学生分成两派，在猪圈前上演了激烈的争斗。为了不让一、二年级生看到，他们在隐蔽的场所进行。我和小泉正好从窗户里偷看到了。起因是坏学生过度压制低年级生，好学生要求对方停止这样做。

我不由得开始怀念去年，真的非常思恋去年毕业的人们。

这封信的收信人地址是本乡弥生町一高西寮十三号。

另外，同封还有一张清野的小相片。他穿着白浴衣和裙裤，制服帽上也盖着夏季的白布，坐在藤椅上，面部不清晰。

（摘自清野大正七年二月十九日来信）

一月也仿佛梦幻般过去了，再过不久就会迎来温暖的春天……

……前些天，二月三号，在堺市举行了大阪联合武术大会。我等不擅长，却按照老师的指令作为选手出场。但我很快像小猫被扒拉摔倒，两分都丢了。但我毫无遗憾，因为让我上场明摆着必输无疑。在前不久本校的武术大会上，我被上宫中学的滨村扭住打成平手。也就是说，三局比赛丢了一分。不过，我对此也不感到遗憾，有种奇怪的感觉。

今天又是星期六，五、四、三年级生演习。北风飕飕，我都快要哭了。下个星期六还有演习，脸色苍白地跟着去实在痛苦。

我们分别都快一年了，时间过得真快。宿舍人数也在逐渐增多，同时也开始衰败。因为人这个东西总是不压制别人就过不下去，看着实在可悲。

不过，据说人心过五六年就会有大的改变，很想早些帮帮那些人。

你如今在东京求学，可英、德、美等国要来进攻东京湾了。那座高高的富士山也会爆发。我现在把这些提前告诉你。人的灵魂与神相通就能预知未来。你要在富士山爆发之前回到大阪来。

我把我现在天神对我灵魂的启示原封不动地写在这里。"……今度之御用守护神倘对人民稍有翳伤，则会渐渐像原来那样引致纷乱失去国家。若无此次天地先祖出世护佑，整个世界都会变成泥海，人类也将灭亡。为避免这个世界毁灭，天地之神总是左右为难……"

……我认为此次重建非同寻常。不揣冒昧，天皇陛下也要驾临京都绫部市的大本。比起其他地方，这里是日本的正中央。

清野在这封信中第一次写了类似大本教预言的内容。

（摘自清野大正七年三月二十六日来信）

……我无论何时见到小泉，都会讲起前室长的事情。啊，室长，我迫不及待地希望再次见到你。我和小泉常常谈起宫本学兄的长相就会笑起来，说你眼睛很圆。我们非常怀念你，希望能得到你的相片。前些天在书箱下面发现了冬训的照片，看着前室长练习剑道的身影，我们回忆起过去的事情。当时的宫本学兄浮现在眼前，宽宽的脑门浮现在眼前。小泉君回忆起前室长，也会常常对我说，如果那时和宫本学兄一起拍张照片就好了……

……另外，宫本学兄，你说以前写过三十一页稿纸的文章，请寄给我，让我读一下。拜托。请你多写些文章寄来……分别后已经快一年了，你在东京很寂寞吧……我也四年级了。室长，追怀我二年级的时光，不由得羞惭万分。自己当了室长，实在奇怪可笑。

哦，另外，我一直苦思冥想休学之事，不久就将付诸实施。

我还有五十五分钟时间写这封信。炉子里煤火正旺。我一直把脚搭在炉子上写信，腰都酸了，起来活动一下接着写。

我也渐渐成长起来，可心智还像小孩儿。我希望尽快变得像个大人。

我说的苦思冥想，乃指自己今后的方针。在这两三个月间，我就开始思考这个问题。自己——自己——我——我——既然自己生在这个世间，那一定是神为了让我对这个世间有用。而且，自己现在开始思考这个问题，就是某种因果造化吧？我无论怎样思考，都会强烈地意识到，自己乃携天命生于此世。所以关于今后的方针制定，以我这种少年幼稚实难成为杰出人物引领社会。我无论如何都要从现在开始做到行动与精神保持一致，希望为即将到来的人心重建大干一场。我能预见这种重建也是因果造化。世人往往怀疑，怎么可能做到先知先觉呢？能做到，能做到。我在心正神静的统一状态下，自然而然地能够做到。此时神谕会进入我体内。

世人往往疑惑满腹、欲壑难平、私心杂念太多，因此心镜总会蒙上荫翳。所以，预见就会受阻。当心镜清辉闪耀时，就能映出世界的所有事态。我想写的东西堆积如山，根本写不完。如果你想了解详细情况，就去东京本乡四丁目的"有明馆"买《神灵界》吧。在二月号中载有关于我家的报道。此书虽然看上去并不起眼，但里面的话语却不可多得。只需一角二分钱……

……此次宿舍骚动详情未知，以前就因各种缘故分成两派，终于破裂……

（摘自清野大正七年五月二十九日来信）

……很长时间没写信问候，敬请息怒。

我由于各种情况甚至说出想要退学，手忙脚乱，不由得失去了写信的时机。请多多谅解。此外，没能拜读前室长的来信，实在令我遗憾不已。足足写了三十一页，三十一页呢。却劳而无功。长信化为泡影，委实可惜……敬请原谅。敬请宽恕。我绝不会忘记。我常和小泉君说起当时的情况，还说不好意思见室长，赶紧溜吧。若不感恩图报就难以为人，我绝不会忘记。至死不会忘记。

宫本学兄说我是你唯一的伙伴，我感到万分高兴。我今后要经常写信，虽然此次相隔遥远，以后还可以相亲相近。请你六月来，你六月来吧！你如今变成什么样子，我实在想象不出来。那个时候，你回我们五号寝室时咚咚地快步登上楼梯，有一只脚稍稍加力，那脚步声依然留在我的耳畔。自己也常常模仿，非常开心。

另外，听说伯父大人去世了，想必你很悲伤。我也想起自己祖母去世时的情景，不禁流出了眼泪……

我常在报纸上看到，今春举行了一高与三高的棒球比赛。我想起宫本学兄曾经说过，进高中后要当棒球选手。可是，我看报纸上没有你的名字。这也是因为伯父大人去世吧……

我也已经四年级，看样子以后不能松松垮垮了。我也当了四号寝室室长。我这个室长笨头笨脑，实在不行。

我说我想变得像大人一样，宫本学兄却说太可怕。我不明白为什么。我那是自然表露。但是，我很难变成大人。怎样才能丢掉孩子气的心理呢？这是因为我从小只有兄弟而没有其他朋友吗？我要跪拜在宫本学兄面前呢。

另外，我要信仰的绝不是宗教而是教诲。

宫本学兄落榜是不可能发生的事情。就算发生了，也不会是真正的落榜。室长学习功课还留着九分余力呢！仅用一分之力就能把专业全部拿下，另外九分之一之力是留给写小说的嘛。不过，请一定金榜题名。就算落了榜，我也不会轻蔑宫本学兄。天下的秀才中有拼命用功的人和不用功的人，如果不用功的人拼命用功的话，就能拿第一名。说到文学，那可是天才做的工作……

清野此后写了新学年的寝室分配，还有四年级对五年级的剑道比赛经过。据说，他作为四年级的大将击倒五年级的大将、副将和另一名共三人，只身获得比赛胜利。清野少年未必是女孩气的柔弱少年。

另外，所谓的三十一页长信，是指我作为一高的作文提交的书信文章。那封信从第二十页起的六页半还留在我手边，是以前摘抄的部分。看到清野这封信，才知共有三十一页。但是，我的长信没有交到清野手中吗？说不定是被宿管没收了吧？

另有一张应该是同期的明信片，邮戳日期已分辨不清。但其中写有"虽然发生了那件事，但父亲为我东奔西走，我又开始上学。我已说好在毕业前不会再退学了。承蒙操心费神，十分感谢"。

所以，这也许是五月二十九日来信之前的信件。

我已想不起"那件事"指的是什么。应该有过一封清野告知我"那件事"的来信，难道是弄丢了吗？但是，在清野下一封信中也能隐约看出端倪。

（摘自清野大正七年十月八日来信）

感谢你的来信。我此前寄去的信拐弯抹角，看不太明白吧？因为我不能得心应手地准确表述。从七月开始没有接到你的来信，虽然我毫不介意，但因为你身体虚弱，所以我担心你会不会是生病了。以前你那么疼爱我，我从心底深深地感谢你。

对于这次的事情，你表示为我感到高兴，喜极而泣，我真是不胜感激。我深知那时室长曾怎样呵护我，我从心底感到万分欣喜。

我知道这次诽谤我的人是谁，但我什么都不会说，而且不会怨恨。我心中没有留下丝毫怨恨，就像凉爽的风一般。宿管也说我不是那样的人，所以我深感欣慰。但是，我觉得诽谤者的心简直太可怕了，使我不寒而栗。

另外，在二年级时，那天晚上大口学兄闯进我们寝室。当时我还不明白是怎么回事，现在听大家谈论才知道。当时确实感到匪夷所思。另外，如果把大口学兄闯入的事报告宿管的话，本应能做出退舍处分。我已经不去别的寝室了，只有土居来我们寝室玩。如果我去其他寝室，恐怕又要受到宿管训斥。我只上过两次二楼。我对宿舍也已厌烦透顶，简直太可怕了嘛。

升到高年级后，可怕的事情太多。其他高年级生经常出去玩却无人指责，而恶魔之手却只抓我，令我毛骨悚然。不过，因为神灵与我同在，总会在被抓之前获救。我被指令本月内住在宿舍里，所以你要多多给我写信。能让我心情愉快的只有室长的来信。我真想再次见到室长，把心里话全都说出来。我说要在十月离开宿舍，却被指令继续住到十月底。我还会住一段时间，请你给我写信。虽然你可能很忙，但我会等。再见。

四年级的清野因为去低年级美少年的寝室玩而遭到诽谤了吗？
清野说大口那天晚上闯入的事"现在才明白"，他对我俩的事毫不介意吗？

（摘自清野大正七年十二月二日来信）

……你在一高的第一学期快结束了吧？你身体还好吗？我身体好极了，请放心。宫本学兄的第一学期从什么时候开始放假？圣诞节也快到了。这且不说，前几天，我的书信盒里出现了你去年寄来的圣诞卡，上面印有可爱的小洋娃娃。我看了一阵，心里非常高兴。另外，还有宫本学兄的十五六封来信。虽说书信越积越多是个好事，但也让人感到岁月如梭。

宿舍里又死了一个人，名叫鸠村。看到他的遗容，我忍不住泪如雨下。而且他的遗容总在我的眼前浮现，夜里上厕所都胆战心惊，叫我实在为难。近来宿舍太平无事，可我自己却寂寞难耐。这个室长我已经当够了。我真想再当一次二年级生。现在净是些烦心事，令人头疼。

另外，宫本学兄，请寄来一张照片。我最近对收集照片非常感兴趣。我还在制作影集。

我最近与小泉绝交了，连一句话都不说。杉山因感冒和脚气已睡下。想写的事情很多，下次再说吧！铃声再次响起，我就该练习打坐了。

十六

（摘自清野大正八年一月十五日来信）

谢谢你的来信。我就像干渴的小草般萎靡不振，即将枯死，而今天的感觉仿佛久旱逢甘霖。我也想在寒假给你写信，可回家时，把地址簿忘在了宿舍，根本不记得你亲戚的地址了。如果宫本学兄还在东京就能寄去，要是不在也会贴着浮签退回。于是，我只向高等学校那边寄发了贺年卡。宫本学兄若回西成郡，希望来中学一趟。想到这些，心里就不免有些怨气……

我不得不在令人生厌的宿舍里度过每一天，请你多多体谅。我怎么这样没出息呢？我没朋友……没有乐趣，只能常常回忆往事……只要去学校就能见到很多朋友，我期待上学。回宿舍令人不愉快。自从升到四年级之后，我比别人吃的苦头更多。我在宿舍里待不下去，又很难去到外面。

宫本学兄，最近学校在冬训，我每天积极参加。从早上五点钟到六点钟。然后，明天去抓兔子。能抓到兔子吗？

另外，小泉退舍后好像变得不太正常。他是不是迷上歪门邪道了？他每天从泽田老师的家走读上学。

现在借着烛光写信。十点五十五分。宫本学兄已经睡了吧？

（摘自清野大正八年七月二日来信）

……你说二十七日坐火车经过这里吧？如果在之前，你给我寄张明信片，我就去车站。可是不知怎么心里总有怨气。你我分别之后已经三年，其间的变化令人惊讶。寝室逐渐被拆掉，要改成教室，宿舍也挪了地方。这里已和过去不同，变得荒凉不堪了。宫本学兄，想必你已行过成人礼了吧？我很想见见你。根据你寄来的明信片，好像是在鲶江那边。如果可以，我想去拜访一下。毕竟很长时间没见，我觉得很不好意思。

我现在病卧在床，头疼。虽然发烧不到三十八度。有室友热心照顾我，已经好多了……

这封信的收信地址是大阪府东成郡鲶江町蒲生我的伯父家。我在放暑假时回到了那里。

（摘自清野大正八年七月二十四日来信）

我终于从午睡中醒来。从神社杉树间吹来的风仿佛在抚慰我汗湿的身体。好风知人意。我想，曾几何时在汉文课上学的"雄风"就是这样吗？溪流潺潺，忽远忽近，我仿佛进入无我境界，妙不可言。这也算是夏季吗？为接受瀑布洗礼而上山的人也是汗流浃背，可到这里稍稍驻足就感到进了仙境。这是多么愉快的事情……

你最近过得怎么样？依然每天勤奋钻研文学吗？或是去哪里旅

行了吗？我从十九日回到老家之后，每天或在瀑布下沐浴，或去顶礼膜拜神灵，或者睡觉，或者读书，随心所欲地做各种事情。你来这里玩吧！从我原来的家向山里走六公里左右。

在放暑假前，平田来学校了。另外，十八日大口来了。他们对宿舍发生的巨变感到惊讶。别人都能来，就宫本学兄不能来，所以我心里总有怨气。如果假期来不了，那就九月一定来。我也想去，但觉得一个人去没劲就作罢了。请你一定要来一趟。

（摘自清野大正八年八月二十九日来信）

最近一直不下雨，所以热得够呛……你的假期到什么时候结束呢？这次开学就升三年级了吧？都说时光如梭，确实令人惊叹不已。我在初中浪荡了五年，你都要上高等学校三年级了。我不由得目瞪口呆。这个假期，你大概也要埋头钻研文学吧？我也想从第二学期开始，努力用功学习。在第一学期，我稍稍读了一些小说，感到还有很多不明白的地方。我现在开始羡慕宫本学兄行李箱中堆积如山的小说了。当时有更漂亮的书，那种小说没多大意思。立川文库倒是挺好，不过现在的立川文库总是千篇一律，我已厌倦。我在二年级时曾想，要是把那些书全都摆在书架上，一定很美。即使现在也还保留着美好的印象。我觉得宫本学兄那本《死亡的胜利》的红色很美，所以现在感觉依然历历在目。

今天，有六名大本教的人来听父亲讲道。我还是有些害羞，没敢露面，就在二楼写信……九月你一定要来。别的室长能来，我的室长是怎么回事呢？九月你一定要来。

（摘自清野大正八年十一月五日来信）

天气渐渐变冷，宿舍的人都说希望赶紧烧上火盆。我比常人更容易冻手冻脚，所以也是想烤火盆的一个。今晚又刮大风，窗玻璃咣当咣当直响。这风是从哪儿来的？是从东京来的吗？前室长宫本学兄、同窗平田和大口都在东京。宫本学兄也像我现在这样感到寒冷吗？说不定，宫本学兄坐在火盆，不，暖炉前聚精会神地读小说吧？明天有英语考试，脑袋里总想这些事，简直学不进去，不由得心生悲哀之情。或许是秋夜的缘故，我真想停止学习独自感伤悲秋。我虽然穿上外套在校园中漫步，但哀愁丝毫不会消失。大家都在学习。我也想那样，全神贯注地用功学习。虽然觉得自己不配悲秋，但哀愁之情依然越来越深。在我的心里，故乡和东京杂然交织。而且，尽管不得不毕业，可我又不愿意毕业，就想永远待在宿舍里，再待两年。我不想走进粗野残酷的社会。我现在还想自己是二年级，有宫本学兄这样的室长，专心致志地学习。可是，光阴似箭，时不我待，体格也渐渐成长壮大。很多人都急着想快些毕业，没有谁会同情我。

现在刚好是第三节自习课。你还记得清楚吧？晚上三小时自习时间发生的事情……

宿舍里大家全都整齐划一，做得很好。没有一丝一毫的混乱，我感到无比高兴。如果再发生去年和前年那样的事，我简直不想在宿舍住下去了。

菊花绚烂绽放，有很多硕大花朵，令人赏心悦目。我搬进寝室五盆菊花，天天满怀欣喜地给它们浇水。

十七

（摘自清野大正九年三月十五日来信）

可悲的我福薄命浅，敬请宽宥。但是，我希望宫本学兄做我的朋友、唯一的朋友。请让我永远做你的好朋友。我要与平田和其他很多人绝交。但是，如果宫本学兄和平田的心态相同会怎样呢？我给平田也写了信，却没有任何回音。果然是除了我的室长之外，再没别人把我当朋友。请你把福薄命浅的我永远当朋友吧。把我当成你的兄弟吧。在我至今遇到的朋友中，没有一个人真心诚意地爱过我。我只能倚靠室长学兄一人。啊，只把宫本学兄一人当作真正的朋友。我只信赖一个朋友。我已经彻底死心，这个世上的人全都不诚实。无论如何，我只拥有一个朋友，并以这位朋友为仰仗或支柱生存下去。请你怜悯福薄命浅的我吧！

我已顺利毕业，去路尚未确定。待确定之后再告知你。

这封信没写清野的地址。我的地址写的是第一高等学校和寮十号。

（摘自清野大正九年四月八日来信）

……三月八日离开宿舍，天天郁闷不堪。但在彼岸樱开花时节的春暖中，我的心情焕然一新，完全复苏，喜悦之情如泉水般从心底里涌出。瀑布轰鸣、习习春风，一切都使我心旷神怡。这些胜过我以前品味过的愉悦感百倍。我以前的快乐就是冲洗胶卷，抑或呆呆地望着窗外的风景。但是，我现在完全转变了兴趣，纯心憧憬瀑布的轰鸣，恋慕阵阵松涛，耽思于神谕，快乐无比。而且，在这样的天地之间，怎么可能天天过着厌世的生活呢？吾身乃父母祖先所赐，为何不快快乐乐地生活呢？我大彻大悟了，大彻大悟了。我感到一切都令我快乐，一切都在欢迎我。啊，我以前总在为与人接触而苦闷不堪。如今接触了宏伟的大自然后醒悟，人的一生只要能做到安心立命即可别无他求。如今我既无任何欲望亦无烦恼，只要顺势而行、随波逐流，委身于大自然，就不会产生任何奢望。

在兽类的世间，没有一个人类，没有一个真心诚意的人类。

物质文明越发达，人心就越近似于兽类。我希望接近以诚为本的日本魂即高尚的人魂，我还希望与世人一同成为不被兽类支配的人。别无他求。

宫本学兄,厌世的我心中有了这样的愿望。请你为我高兴吧。

岚山的樱花已竞相怒放,我虽然就住在附近却一次都没去看过。我随波逐流地吹着笛子。……梦之歌

昨夜几度温旧梦

击碎虚空于天穹

日月双手高高擎

我心一寸窥宇宙

大千世界处处巡

一颗地球映眼中

东西西方南北方

大大交错分百国

战乱争斗永无终

…………

写得太长了。就此告辞。如有照片请寄给我一张。

这封信中清野的住址是上嵯峨的神社。另外还有此后第三年的一封来信。

(摘自清野大正十一年十月二十四日来信)

得知你身体康健我非常高兴。从那以后久疏问候,深感歉疚。

我离开军队之后仍在瀑布处居住,继续侍奉神灵。对神灵,除自行参悟别无捷径。我也是初次在实地获知饱含神灵之心的深厚慈爱。若无神灵则吾身不可生存。不知为何,神官今天也来信唤我。考虑去一趟。对方邀我,机会难得。我想作为毕生侍奉神灵之人,发挥自己的天分。

我不禁深切地感到，自己就是被神灵赐予伟大使命之身。我觉得以后能有机会见到你。到那时，我们两人会变成什么样呢？

　　你目前仍在执笔写作吗？有什么作品投到杂志社了吗？请详细告知。听说小泉君进京了，这可是件大好事。如果你们会面，我也想去见你们……长期不知你的住址，非常遗憾。

　　与神同在之人必定幸福快乐。

这封信的收信人地址是本乡千驮木町的素人下宿。

我在大正九年高中毕业。清野最后来信的大正十一年我二十四岁，即写作《汤岛的回忆》那一年。我去上嵯峨走访清野是在两年前，二十二岁的夏季。我在二十三岁那年春季，出版了同人杂志《新思潮》。在那一年，我想和十六岁的少女结婚。

看样子，清野在初中毕业后去了军队一年。清野在最后的来信中写道："我觉得以后能有机会见到你。到那时，我们两人会变成什么样呢？"而我去嵯峨深山走访过清野，至今已是三十年没见面了。但是，我一直对他怀有感谢之情。

我现在撰写了这篇《少年》，所以《汤岛的回忆》、旧日记和清野的旧书信也都烧掉。

（1948—1949年）

侯为　魏大海　译

石榴

一夜秋风,石榴叶子便落光了。

树下只露出一圈儿泥土,周围洒满了落叶。

君子拉开木板套窗,见石榴树变得光秃秃的,很是惊奇。叶子落在地上围成一个圆圆的圈儿,更觉不可思议。风吹叶落,本应狼藉一地的。

枝头上结着美丽的果子。

"妈,石榴!"君子喊母亲。

"真的哩……都忘了。"

母亲只看了一眼便又回厨房去了。

从"都忘了"这句话里,君子不禁想到家中的寂寞。日子过得竟连屋檐上的石榴都会忘记。

刚刚半个月前——表亲家的孩子来玩,一来就发现了石榴。七岁的男孩毛手毛脚地爬上树,君子感到一股勃勃生气,在廊下喊:

"再往上一点,还有个大的呢。"

"是啊,可我要摘了,就下不来啦。"

可不是,两手都拿着石榴,就没法儿从树上下来了。君子笑了起来,觉得这孩子真可爱。

孩子来之前,这家人压根儿把石榴给忘了。打那以后,直到今早,也未曾想到石榴。

孩子来时,石榴还藏在叶子里,而今早,竟露在半空中了。

树上的石榴,还有落叶围成圆圈儿的泥土,凛然强劲;君子走到院子里,用竹竿去摘石榴。

石榴已经熟透了。饱满的石榴籽儿,把石榴给胀裂开来。放在廊檐下,石榴籽儿在阳光下粒粒晶莹闪亮;阳光射穿了每一粒籽儿。

君子觉得似乎委屈了石榴。

回到楼上,君子麻利地做起针线活。十点钟光景,听见启吉的声音。木门大概开着,像似径直走到院子里,劲头十足,急口说着什么。

"君子,君子!阿启来啦。"

母亲大声喊道。

君子慌忙将脱了线的针插在针扎上。

"君子也一直念叨,想在你出征前见上一面,可她又不好意思去,你也老不来。好了,今儿个……"母亲说着,要留他吃中饭,可是,启吉似乎急着要走。

"这就难办了……这是我们家结的石榴,你尝尝吧。"

君子下了楼,启吉目光迎着她,仿佛望眼欲穿似的,一直望着君子,君子不禁有些逡巡。

启吉的眼神忽地显得情意绵绵。这时,他"哎呀"一声,石榴掉在地上了。

两人对面相视,微微一笑。

君子发觉彼此相视而笑,不由得两颊发热。启吉也赶忙从廊下站起身来,说:

"阿君要保重身体呀。"

"启吉哥更要当心……"

君子刚说一句,启吉已转过身侧向君子,跟母亲告别。

启吉已经走出院子,君子依然朝院子的木门望去。

"阿启真是急性子,多可惜呀,这么好的石榴……"

母亲说着,便胸口贴着廊子,伸手捡起石榴。

大概是方才启吉眼里含情脉脉,手里漫不经心地掰着石榴,一下子掉下来的吧?石榴没掰开,露籽儿的那面着了地。

母亲到厨房把石榴洗净拿来,喊了声:

"君子！"

便递了过来。

"我不吃，多脏呀！"

她蹙着眉，一缩身子，蓦地脸上飞红，刹时张皇失措起来，只得乖乖地接了过来。

上面的籽儿启吉似乎咬过。

母亲在一旁，要是不吃，反倒不自然，便若无其事地咬了一口。石榴的酸味浸满齿牙。君子感到一缕悲酸的喜悦直透心底。

君子此时此刻的心情，母亲压根儿没理会，竟起身走开了。

经过镜台时，"哎哟哟，瞧我这头发。这么乱蓬蓬的，给阿启送行，多寒碜呀"。说着坐了下来。

君子一动不动，听着梳头声。

"你爹刚死的那阵子，"母亲慢条斯理地说，"我怕梳头……一梳起来就常常愣神。有时会忽然觉得，好像你爹正等着我梳完头呢。等回过神来，不禁吓一跳。"

君子想起，母亲经常吃父亲吃剩的东西。

不由得一阵心酸。那是一种喜极欲泣的幸福之感。

母亲不过是觉得可惜而已。方才仅出于这种想法才把石榴递过来的吧。母亲一直是这么过日子的，许是成了习惯，无意中就流露了出来。

君子私下发现这份喜悦，当着母亲却又感到难为情起来。

然而，启吉虽然不知，君子却觉得自己是满怀着送别之情，而且会永远等着他的。

她偷偷望了母亲一眼，阳光照在镜台背后的纸拉门上。

倘若再去吃膝上的石榴，君子觉得未免有些过分了。

（1943年）

高慧勤 译

水月

一天，京子忽然想到用手镜给丈夫照一下自己的菜园。对于一直染病在床的丈夫来说，即便是这一点点的小事情，也等于开辟了一个新的生活，因此绝不能说是"一点点的小事情"。

这面手镜，是京子陪嫁的镜台上附带的东西。镜台虽然不大，可是用桑木制的；手镜的把儿，也是桑木的。记得在新婚的日子里，有一次，为了看脑后边的发髻，用手镜和镜台对着看，袖口儿一滑，滑过了胳膊肘儿，把京子臊得不得了，就是那面手镜啊。

也曾记得在新浴之后，丈夫抢过手镜，说："哎呀，你多笨呀，还是让我给你拿着吧。"说着就从种种角度，替京子把后脖颈儿映射到镜台上去，自己也仿佛引为无上乐趣似的。看来，从镜台里有时会发现过去所没有发现过的东西呢。其实，京子何尝笨，只不过是丈夫在身后目不转睛地瞧着，使得她的动作不免不自然起来罢了。

从那以后，时光并没有过多久，那手镜上的桑木把儿也没有变色。可是，又是战争，又是避难，又是丈夫病重，等到京子第一次想到用手镜把菜园照给丈夫看的时候，手镜的表面已蒙上一层荫翳，镜边儿也让脂粉末和灰尘弄脏了。当然，照人是无妨的。并不是京子不讲究这些，而是实在没有精神注意这个了。不管怎样，从那以后，丈夫再也不肯让镜子离手，由于病中无聊和病人特有的神经质，镜面和镜框儿都被丈夫揩拭得干干净净。镜面上的荫翳，本来已经一点儿也没有了，可是京子还不断看到丈夫呵了又呵，擦了又擦。有时，京子想，在那肉眼不易看清的、嵌着镜面的窄缝儿里，一定充满了肺病菌吧。有时，京子给丈夫的头发涂上点儿茶油，梳一梳，丈夫立刻用手擦这发上的油，用它来涂抹手镜的桑木框儿。镜台上的桑木座儿，黯淡淡地毫无光彩，可是手镜的桑木把儿，却晶光发亮呢。

京子带着这架镜台再婚了。

可是，那面手镜却放到丈夫的棺材里烧化了。镜台上新添了一面"镰仓雕漆"的手镜。她并没有把这件事告诉她再婚的丈夫。前夫刚一咽气，立刻按照老规矩，把他的两只手摆到一起，并把手指交叉地扣紧，所以就是入殓以后，也无法让他手里拿着这面手镜，结果只好把手镜放在死者的胸上了。

"你活着总说胸脯疼，给你搁上的就算是这样一面手镜，恐怕你也嫌太重了吧！"京子喃喃地说着，把手镜移到丈夫的腹部去了。京子想的是，手镜是两人生活中最重要的东西，所以一开始就把它放在丈夫的胸上。当她把手镜放进棺材的时候，也是想尽办法避开丈夫的父母兄弟的眼睛，在手镜上放了一堆白菊花，所以谁也没有注意到这面手镜。在收骨殖的时候，由于火葬的高温，镜面的玻璃熔化变形，表面凸凹不平，中间厚厚地鼓起，颜色也是黑一块黄一块的。有人看到了，说：

"这是玻璃呢，它原来是什么呀？"

原来京子在手镜上边，还放了一面更小的镜子，那是携带用化妆盒里狭长方形的小镜子。京子曾经梦想过在新婚旅行时使用它，可是在战时，不可能做新婚旅行。所以前夫生前，一次也没有用过它。

京子和第二个丈夫去新婚旅行。她以前的携带用化妆盒，皮套儿发霉了，又买了一个新的，里边自然也有面镜子。

新婚旅行的第一天，丈夫抚摸着京子的手说："真可怜，简直像是个姑娘！"这绝没有嘲弄的语气，而是包含着一种说不出的愉快。对第二个丈夫来说，也许京子越近于处女越好吧。可是京子听到他这简短的话，突然涌出一阵剧烈的悲痛，由于这难以形容的悲痛，她半晌低头无语，珠泪盈盈。也许她的丈夫认为，这也是一种近于处女的表现吧。

京子自己也不晓得到底是哭自己呢，还是哭死去的丈夫，而且的确很难分清。当她意识到这点的时候，她觉得太对不起新丈夫了，自己应当更柔媚地对待他才是呀。

"不一样啊，怎么差得这么远呢？"后来，京子这么说。可是说完了，她又感到这样说并不合适，不由得满脸绯红。她的丈夫好像很满意似的，说："而且你也没生过孩子，对不对？"这话又触动了京子的痛处。

接受和前夫完全不同的另一个男人的爱抚，使京子感到一种被玩弄似的屈辱。她好像有意反抗似的只回答了一句："可是，看一个病人也和看管孩子差不多。"

长期生病的前夫，就是死了以后，也使京子觉得像是她怀抱里的孩子。

她心想：早知道他非死不可，严格的禁欲又有什么用处呢。

"森镇，过去我还只是从火车的车窗子看到过……"新夫提起京子故乡的名字，又把京子搂近一些，"果然名副其实，像是环绕在森林里的一座美丽小镇，你在故乡待过多久啊？"

"一直到女子中学毕业。当时曾被动员到三条军需工厂去劳动……"京子说。

"是啊，你的故乡离三条很近。大家都说越后的三条出美女，怪不得京子身上的皮肤这样细嫩。"

"并不细嫩呀！"京子把手放到领口的地方，这样说。

"因为你的手和脚都很细嫩，所以我想身上也一定是细嫩的。"

"不！"京子感到把手放在胸口上也不是地方，又悄悄地把手挪开了。

"即使你有孩子，我也一定会和你结婚。可以把孩子领来，好好地照管嘛。如果是个女孩子，那就更好啦。"丈夫在京子的耳旁小声说。也许丈夫自己有个男孩子，所以才这样说的吧。但作为爱的表白，这话使京子听起来觉得很别扭。丈夫为什么和京子做这长达十天的新婚旅行呢？也许考虑到家中有孩子，才这么体贴她吧。

丈夫有一个随身携带的很精致的皮革化妆盒，它和京子的比起来，要强多了，又大又结实，但是并不新了。不知是丈夫经常出去旅行还是不断拾掇的缘故，它发着那种用久了的特有亮光。这使京子想起了自己那始终没有用过、发霉得很厉害的旧化妆盒。尽管如此，那里边的小镜子总算给前夫用了，被他带到另一个世界去了。

那放在手镜上的小小玻璃片被烧化了，粘到手镜的玻璃上去了。除了京子以外，谁也无从晓得原来是一大一小两面镜子。京子也没有对谁讲过那奇怪的玻璃团儿原来是镜子，所以很难设想在场的亲属会猜得出来。

但是京子的确感到，这两面镜子所映射过的许许多多的世界似乎都毫不留情地被烧成灰烬了。她感到真像丈夫的身体化成灰烬一样，那许许多多的世界已经不存在了。最初，京子是用镜台附带的那面手镜把菜园照给丈夫看的，从此丈夫再也不肯让这面手镜离手，但是手镜对病人来说太重了，京子不能不保护丈夫的胳膊和肩头，所以又把一面分量很轻的小镜子拿给了丈夫。

丈夫死后，映射在这两面镜子里的世界绝不只是京子的菜园。它映射过天空、云彩和雪，映射过远处的山、近处的树林，也映射过月亮，还利用它看过野花和飞鸟。有时人在镜中的道路上行走，有时孩子们在镜中的庭院里嬉戏。

在这么小小的镜子里，会出现这么广阔的、丰富多彩的世界，这使京子也不免吃惊。过去，不过是把镜子当作照人眉目的化妆道具，至于手镜，不过是照后脑勺和脖子的玩意儿罢了。谁想对病人来说，却成了新的自然和人生！京子坐在丈夫枕旁，和丈夫共同观察着、谈论着镜子里的世界。这样，日子久了，就连京子自己也逐渐分不清什么是肉眼看到的世界，什么是镜子里映照出来的世界，就好像原来就有两个不同的世界似的；在镜子里创造出来的一个新的世界，甚至有时会想，只有镜子里边反映出来的，才是真实的世界呢。

"在镜子里，天空发着银色的光辉，"京子说，她抬头望着窗外，

"可天空却是阴沉沉的!"

在镜子里一点也看不到那沉郁混浊的天色。天空确实是亮晶晶的。

"都因为你把镜子擦得太亮了吧。"

虽然丈夫卧床不起,但转动一下脖子,天空还是可以看见的。

"是啊,真是阴沉沉的。可是,佣人的眼睛看的天色,再说,还有用小狗、麻雀的眼睛看的天色,不一定都是一样的吧。也很难说,究竟是谁的眼睛看得对。"丈夫回答说。

"在镜子里边,也许有一个叫作'镜子的眼睛'吧?"京子很想再加上一句,"那就是咱们俩的爱情的眼睛呀。"

树林到了镜子里,就变得苍翠欲滴,白百合花到了镜子里,也变得更加娇艳可爱了。

"这是京子大拇指的指印呢,右手的……"丈夫把镜子边儿指给京子看,京子不知怎的吃了一惊,立刻在镜子上呵了一口气,把指印揩拭掉了。

"没有关系呀,你第一次给我照菜园的时候,镜子上也有你的指印呢。"

"我可一点儿也没注意到。"

"我想你准没注意到。多亏这面镜子,我把你的拇指和中指的指纹全都记住了。能够把自己妻子的指纹记得清清楚楚,恐怕除了躺在床上的病人以外,是绝对办不到的吧。"

丈夫和京子结婚后,除了害病之外,可以说什么也没有做。甚至在那样的战争时期,连仗也没有打。在战争接近终了的时候,虽然丈夫也被征去了,但只在飞机场做了几天苦力活儿就累倒了,战败后立刻回家来了,当时丈夫已经不能行动,京子和丈夫的哥哥一同去迎接他。当丈夫名义上被征去当兵,实际上去当苦力的时候,京子投靠了避难到乡下去的娘家。丈夫和京子的家当在那以前,已经大部分寄送到娘家那里去了。京子新婚住的房子在空袭中烧掉后,借了京子朋友的一间房子,丈夫每天就从那儿上班。算下来,在新婚的房子里住了一个月,在朋友家里住了两个月，这就是京子婚后和没有生病的丈夫住在一起的全部时光了。

丈夫在高原地带租了一所小小的房子，开始了疗养生活。这所房子原来住着到乡下来避难的一家人，战争一结束，他们就回东京去了。京子承包了避难者种植的菜园，那不过是在生满杂草的庭院里开辟出来的一小块两丈见方的土地罢了。

按理说，在乡下住着，两个人需要的蔬菜不难买到，不过就当时说来，有一点菜地，也的确难以割舍，结果京子每天总是到院子里去劳动。京子逐渐对亲手种出来的蔬菜发生兴趣。并不是想要离开病人，但是在病人身旁缝衣服啦织毛线啦，总不免使人精神越来越消沉。同样是惦记着丈夫，种菜的时候却又不同，它使人感到光明和希望。京子不知不觉地为了咀嚼对丈夫的爱情而从事起种菜劳动来了。至于读书，在丈夫枕旁，读给丈夫听，这已满够了。也许是由于照顾病人过分疲劳吧，京子时常感到自己在许多地方都不够振作，但自从种菜后，逐渐感到精力充沛起来了。

搬到高原地带来是九月中旬，避暑的人们都回到城市去了。初秋时节，连绵的秋雨淅淅沥沥地落个不停，还夹着袭人的寒意。一天，傍晚之前，天空忽然放晴，可以听到小鸟嘹亮的啼声。当京子来到菜园的时候，灿烂的阳光照在绿油油的青菜上，闪闪发光。在远山的天际浮现着的粉红色云朵，使京子看得出了神。就在这时候，京子听到丈夫的呼唤声，她来不及洗掉手上的泥土，就赶忙上楼去，一看，丈夫正在那里痛苦地喘息着。

"怎样喊你你也听不见啊！"

"对不起，没有听见。"

"菜地别搞啦，要是这样喊上五天，把人要喊死啦。别的不说，你到底在那儿干些什么，我一点也不知道啊。"

"我就在园子里呢，不过，你放心吧，菜不搞啦。"

丈夫镇定了下来，说：

"你听到山雀叫了吗？"

丈夫喊京子，只是为了这一句话。就在丈夫问这句话的当儿，山雀还在近处的树林里叫着呢。那片树林在夕阳反射下,轮廓非常鲜明。京子开始学会了山雀的鸣声。

"你手头如果有个铃铛之类摇得响的东西,那就方便啦。在买铃铛以前,在你枕旁放一样可以往楼下扔的东西,你看怎么样?"

"从二楼往下扔饭碗吗?这倒挺有意思。"

结果,丈夫还是同意京子照旧把菜种下去了。当京子想到用手镜把菜园照给丈夫看的时候,那已经是度过了高原地带严寒而漫长的一冬,早春来临以后的事情了。

虽然仅仅是从镜子里边看,但也足够使病人感到新绿的世界苏生的欢悦了。京子在菜园里捉虫子,这么小的虫子当然是照不到镜子里去的,京子只好把它拿到楼上来给丈夫看。有时,京子正在掘土,丈夫就说:

"从镜子里可以看到蚯蚓呢。"

当夕阳斜照的时候,待在菜园里的京子突然周身通明,抬头向楼上看去,原来丈夫正在用镜子反射她。丈夫让京子把他学生时期穿的藏青地碎白花纹土布的衣服改制成束脚裤,他在镜子里看到京子穿着这条束脚裤在菜园里忙来忙去,感到非常高兴。

京子知道丈夫正在镜子里看着自己,她一半不断地意识着这一点,一半又忘掉了一切似的在菜园里劳动着。她沉湎在幸福之中,她想这和新婚时的光景相比,该是多么大的变化啊,那时为了照镜子,袖口滑过了胳膊肘,她就感到害臊得不得了。

但是,虽然说是用两面镜子合着照看,仔细地化妆,但毕竟是打败仗以后不久的时候,哪里有闲心擦粉抹胭脂呢。以后又是照顾病人,又是给丈夫服丧,更不可能了。所以真正说得上化妆,还是再婚以后的事。京子自己也感到,化起妆来,显得美丽多了。她也逐渐觉得和第二个丈夫去新婚旅行的头一天,丈夫说她身上的皮肤细嫩,说的是真心话呢。

有时,新浴之后,就是把肌肤照到镜子里去,京子也不再感到害臊了。她看到了自己的美。但是,对镜中的美,京子从前夫那里承受了一种与众不同的感情。这种感情，就是到今天，也一直没有消失。这并不是说她不相信镜中的美。相反，她一直相信镜子里边别有一个世界。尽管在手镜里，灰色的天空会变成发亮的银色，可是她的肌肤，用肉眼看和照在镜中看，却没有太大的差别。也许这只是距离不同的缘故，里边可能还蕴藏着那卧床不起的前夫的渴望和憧憬吧。由此看来，过去那映在楼上的前夫手镜里种着菜的京子的姿影，究竟美到怎样的地步，现在就连京子自己，也是无法知道的了。即便在前夫生前，京子自己也是不知道的啊。

在死去的前夫的镜子里，映射出来的自己的姿影，自己在菜园里忙来忙去的姿影，还有在那面镜子里映射出来的如南柴胡啦、蓼蓝啦、白百合花啦，还有那在田野里嬉戏的成群的村童，那从远处的雪山顶上升起的朝阳，所有这一切，这与前夫共享的另一个世界，都使京子感到怀念——不，感到憧憬。京子想到了现在的丈夫，她尽量将自己那日益鲜明而又强烈的渴慕的感情抑制着，尽可能地把它当作对神的世界的一种辽远的瞻仰。

五月里一个清晨，京子从无线电里听到了野鸟的各种啼声。那是山间的现地录音，离前夫生前住过的高原并不太远。京子把现在的丈夫打点上班之后，拿出镜台中的手镜来映射蔚蓝的晴空。接着她又从手镜里端详了自己的脸庞。京子发现了一桩奇怪的事：自己的脸庞不用镜子照就看不到。唯独自己的脸庞是自己看不到的。自己把映在镜子里的脸庞当成了自己用肉眼看到的东西，每天在拾掇着哩。京子陷入了一种凝思：神把人搞成自己看不到自己的脸，这里边究竟含有什么深意呢？

"如果自己看到自己的脸，会不会使人发疯呢？会不会使人什么事也干不下去了呢？"

但是京子想：恐怕还是由于人的进化，才使人逐渐看不到自己的脸庞吧。如果是蜻蜓或螳螂，说不定就能看到自己的脸了。

于自己来说最紧要的脸，反而成了给别人看的东西。这一点，也许与爱情很相似吧。

当京子把手镜收进镜台里的时候,她又注意到"镰仓雕漆"的手镜和桑木做的镜台很不协调。原来的手镜给前夫殉葬了,剩下的镜台才只好成为"不成对"的东西吧。想起来,把手镜和另一面小镜子交给了卧床不起的丈夫,的确是一利一弊。因为丈夫也经常用镜子照自己的脸。镜子里病人的脸,不断受到病势恶化的威胁,这和整天面对着死神又有什么两样呢?假若用镜子进行心理自杀的说法成立的话,那么,就等于京子犯了心理杀人的罪。当京子注意到这种害处,想要从丈夫手中拿回镜子的时候,丈夫当然是再也不肯离手的了。

"难道你想让我什么也看不到吗?我要在我活着的时候,爱我能够看到的一些东西啊。"丈夫说。

也许丈夫为了使镜中的世界存在下去,而牺牲了他自己的生命吧。在骤雨之后,丈夫用镜子照过那映在庭院积水里的月亮,欣赏过这种月色,这时的月亮应该说是月影的月影。当时的光景,就是在今天,仍然清晰地留在京子的心里。后夫对京子说:"健全的爱,只能寓于健全的人之中。"当然,京子只好羞涩地点着头,其实,心里却有些不以为然。在丈夫刚死的时候,京子想过,和卧病的丈夫保持严格的禁欲生活,究竟有什么用呢。但是过了一些日子之后,这种禁欲生活也变成了缠绵的情思,每当回想起当时的情景,就感到其中充满着爱情,京子也就不后悔了。在这点上,后夫是不是把女人的爱情看得过于简单了呢?京子问过后夫:"你是一个非常温柔的人,但为什么离了婚呢?"丈夫没有回答。京子是由于前夫的哥哥不断劝她再婚,所以才和后夫结婚的。婚前两个人来往了四个多月。他俩的年龄相差十五岁。

当京子知道自己怀孕之后,她惊恐得连模样儿都有些变了。

"我怕呀,我怕呀!"她紧紧地偎依着丈夫说。她呕吐得非常厉害,精神也有些失常。有时,她光着脚走到院子里去,捋起松树针来,当前妻留下的儿子上学去的时候,她会交给他两个饭盒,而且两个饭盒里都装好了米饭。有时她忽然觉得隔着镜台就像看到收在镜台里的"镰仓雕漆"的手镜似的，不由得两眼发直。有时半夜醒来，坐在被子上，俯视着熟睡的丈夫，她一边解下睡衣的带子，一边感到一种无名的恐怖：人的生命，该是多么脆弱呀。看起来，她是在模仿着怎样用带子绞丈夫脖子的动作呢。突然，京子放声痛哭起来。丈夫醒了，温柔地把带子给系上，虽然当时是炎热的夏天，京子却冷得打战。

"京子，鼓起勇气，相信肚子里的小生命吧。"丈夫摇晃着京子的肩头说。

医生认为应当入院。京子初时不肯，但最后还是被说服了。

"既然要入院，那么在入院前，给我两三天的工夫，让我回趟娘家吧。"京子说。

丈夫把京子送到娘家来了。第二天，京子一个人悄悄从娘家跑出来，到跟前夫一起生活过的高原去了。这是九月初旬，比起和前夫搬到这儿来的时期，要早十天左右。京子在火车上，也觉得要呕吐，头晕，感到仿佛要从火车上跳下去似的不安。但是一从高原的车站走出来，接触到新鲜凉爽的空气，她立刻感到畅快起来。好像是附在身上的邪魔被赶走了，她一下子苏醒过来。京子自己也奇怪，站在那里，四下里看了一下环绕着高原的群山，那微带深蓝色调的青翠的山影，耸立在碧空之下，使得京子感到一种充满了生命的世界。她一边擦着她那噙着热泪的眼角，一边向她以前住过的家走去。在过去，粉红色的夕晖，衬托着轮廓鲜明的树林，而今天，从这同一片树林中，又听到山雀的啼声。

从前的房子现在住着人。楼上的窗子挂着白纱窗帘。京子站得远远地瞧着，小声地自言自语道："假如孩子生下来像你，那怎么办啊！"京子突然说出连她自己也要吃惊的话，然后沉湎在温暖的、平静的感情中，向原路折回去了。

（1953年）

刘振瀛 译

水晶幻想

　　夫人每次坐在镜前,"小淘气"都赶紧跳上梳妆台,蹲在台边歪起小脑袋,痴迷迷地看着夫人化妆,俨然饶舌的女孩儿从旁催促。"小淘气"不但可以感觉出台上的散发乃化妆所致,甚至可以通过化妆得知它同床的日期。因为要同床的那天早晨,夫人化妆得格外专心细致。

　　夫人的三面镜中,如同镜有三面一样,里面总是照出三样东西。

　　照出温室样式的屋顶的,是左边的袖镜。但那并非开花植物的温室,而是座小动物的囚栏。

　　"你瞧,镜子这样安在这里,在我看来一点都不显得淘气。可以始终照出院子里的精子和卵子。"当这张西式梳妆台从商店运到时,夫人随口说道。也就是说,急于讨好丈夫的夫人在镜子中最先发现的,便是这温室一样的屋顶。用于撒娇固然不无奇妙,但大凡夫妻——无论哪对夫妻——都是用那些在别人听来只能觉得莫名其妙的话语,相互邀宠而忘记其中包蕴的悲剧的。加之所有滑稽逗趣的语言,恐怕都不过是人们悲剧的外现,因此夫人并未意识到自己话中含有的几分奇妙。同时因为镜中从来未注意到的蓝天——啊,蓝天——使她大为惊讶,进而心驰神往。(宛若银色石子般划过蓝天的小鸟。浑似银箭般消失在海面的帆船。恰如银针般在湖中穿梭的小鱼。)夫人瞥了一眼这些倏忽逝去的景物,身上不由生出银白鱼腹的冰凉感。此乃第一次目睹蓝天的惊愕使然,而这种惊愕又与孤身独处的寂寞同属一类。假如蓝天、大海、湖泊等是当今促使人们缅怀远古人类情感的媒介物中的最有成效者,那么夫人的寂寞便是原始性悲哀。换言之,是镜中温室样式的玻璃屋顶将夫人的心遽然劫掠一空。

实际上夫人对此尚一无所知，尽管她紧紧地抓住三面镜子中左边那面。

"这里好像不便作为放镜子的位置。阔气的东西还是淋漓尽致地让它显出阔气为好。毕竟是为了把科学逐出家中卧室才把这同科学家身份风马牛不相及的装饰品买回来的嘛！没有必要把化妆当中的老婆侧脸连同科学实验用的兽栏一起照入镜子。"

"可我觉得，要是用显微镜来看，就连结婚细胞都会呈现出无比艳丽的花纹。那受精卵持续发生的变化，简直就是神来之笔。对了，甚至小淘气肚里过去冒出的蛔虫——那么令人作呕的虫子都拥有那般动人的细胞。光是让我晓得这点我都深感幸福。"

"那么想怎么行！你也并不想把镜子放在这里的嘛！一时马虎放在这里一看，结果院里的兽栏照了进来。你不是吓得手抓左面的镜子不放么？"

"哎哟！"夫人这才注意到自己的手。（啊，我这好看的手，这一天洗几十遍的妇科医生的手，这指甲涂成金色的贵妇人浪漫的手！彩虹。在彩虹下绿野中的小溪。）

"我只是不知不觉地看天空，看镜子里的天空。既然天空照得如此漂亮，那么我的脸也该照得比实际更漂亮才是。这镜子可以美化一切。"

"天空？你看的是玻璃屋顶，却自以为在看天空。三面镜同对开门扇差不多，抬手把照得不好的那扇关上就行了嘛，用不着顾忌我。"

"瞧你说的！难道镜子能把人变成心理学家？"

"小学好像有一首歌唱的就是这个意思。"

"科学家心理学那玩意儿，比化妆镜还奢侈！女人的心和你的科学，二者有什么关系？"

"多着哩！妇女刊物的医学专栏里也写得一清二楚，说是女性的性高潮需伴随有心理愉悦。"

夫人看着镜中自己失去血色的脸颊。（人工授精器的移液管。避孕套。床上垂下的捕虫网状的白色蚊帐。新婚之夜她踩坏的丈夫的近视镜。

145

年幼的她,和她身为妇科医生的父亲的诊室。)夫人像要摇断头上玻璃锁链似的摇了摇头。(各种显微镜用的动物精子和卵子标本落在研究室地板上。墙玻璃和地板玻璃粉身碎骨的炸裂声。日光一般闪烁其辉的玻璃碎片。)她那本应被丈夫说得泛红的脸颊之所以发青,是因为她无暇想及自己的悲哀。镜子中,她青白的脸颊,仿佛镜子本身的悲戚。

"爱这东西!"

"爱这东西,"听得丈夫的语声,夫人回了一声,"对了,你不是告诉过我么:即使爱这东西,受精时也不一定需要性高潮。"(移液管,移液管,移液管。就连我的驯狗鞭,挥舞起来也发出移液管般的响声。米左氏钳子。)夫人继续道:"据说在德国或其他什么国家,有一百二十七个妇女接受了人工授精手术,其中五十二人当上了母亲。较之牛马,比率固然相形见绌,但也还是高达百分之四十一。另外还听说有这么一回事:尼姑庵里的小尼姑也怀了孕,尽管身体有残疾,而且连男人什么样都没见过。"

"所以我们也不必失去希望。"

"希望?移精管那滋味我可受够了。想要孩子,还是快找胎外发生的方法好了。既然是发生学者,那就做个上一梦,梦见童贞生殖——生出一个不掺杂母亲血液的纯属父亲的孩子。并在梦中无儿无女地死去,那该多么美妙啊!那才算是同神搏斗的人……"

"而且你同镜子搏斗,是吧?你要从镜子里找出我的科学。时下就连涂脂抹粉,都称为化妆科学。"

"千真万确。话虽这么说,可你还不是从脂粉里边寻求爱这个东西!至于什么死活要让老婆生出孩子,无疑是发生学可悲的退步。假如是结婚削弱了你那科学的功效,不让你买什么镜子也未尝不可。"

"言之有理。我们的恋爱是在发生学研究室里发生的。你好像是认为发生学这门科学具有神明的创造力、恶魔的毁坏力,以及无可言喻的可怕威力。所以你才爱上我这个发生学者。可是,这种爱其实属于仇恨——眼下我是这样认为的。就是说,我憎恨发生学的指向。因为发生学把女性中的母性扯了进去。就拿现在来说，真正想要孩子的也不是我，而是你，你又总想颠倒黑白。是你力图从发生学者的角度看待问题。我则希望慢慢从母亲的角度来分析事情。结婚！你怕是想把夫妻关系搞得过分热乎吧？"

"是的。"

夫人在正面镜子里看到了自己脸颊妩媚的玫瑰色。她在脑海中浮现出清洁宽敞的白色理发店，浮现出那里的梳妆台，浮现出为皮肤白得犹如动物牙齿闪光般的少女打磨指甲的妇科医师。于是夫人脸颊生动地泛起温馨幸福的涟漪。（一清见底的水中浮起的美少年的阳物。少年像蛙一样游来游去。）丈夫走出房间。（"同学们，"从河边路过的学校老师说道，"这成了什么样子，女孩男孩居然一起光着身子游泳！"美少年游上岸来，阳物迎着太阳闪闪发光，他直挺挺地站在草丛里说："老师，我们没穿衣服，根本分不出哪个是男哪个是女。"）夫人看见镜中的自己羞得如同少女。她曾是少女。少女浮想联翩。（使得老师微笑的少年实在是个好孩子。当过妇科医生的父亲的诊室。手术台的白漆。肚皮朝上的大大的青蛙。诊室的门。门把手的白漆。门上带有白漆把手的房间藏有秘密。至今我仍有此预感。白搪瓷脸盆。她想摸摸白漆把手，而又忽然犹豫不决。数个分散的房间的门。白色窗帘。女校修学旅行的早晨看到用白搪瓷脸盆洗脸的同学时，自己蓦地涌起爱的冲动——要像男子汉那样爱那个人。理发师。年幼的她歪在椅子上一边请其刮脸，一边定定仰视他身上的白褂、毛巾。老师从来不曾从我们游泳的河边经过，肯定是某本书上写过这种事。东京难道也有彩虹？甚至镜子中？年纪尚小的她站在彩虹下的小溪旁。溪流中银针样的小鱼。秋风。儿时以为小鱼必定孤寂难耐的她。古人认为老鼠生于尼罗河，草叶上的露珠为昆虫之母，日照河泥而生青蛙、雪、蜡烛、火、腐土。希腊的亚里士多德便已知道何为处女生育。据说雄蜂生自未受精卵。求婚飞行。婚礼——华烛盛典。婚乐——洞房诗篇。婚床。她赤脚踩碎的丈夫的近视镜。婚床——鸳鸯枕。婚飞——空中旅行结婚。天女的羽衣。天使的纯洁。圣玛利亚哟，先生的研究将使耶稣诞生得到科学证明，圣玛利亚哟——访问卡尔·芬·吉波尔特教授的天主教大主教这样说道。天主教的纯洁。在她家乡古老的港湾教堂里，玛利亚——楚楚动人的我原想就什么道歉，却又忘得一干二净。重力、杠杆、天平、惯性、摩擦、钟摆与钟、水泵。对了，这是普通小学五年级第三学期的理科目录。弗洛伊德和十字架。不过，雌蜂王却是一生只交尾一次。仅此一次，在巢外，在居室外。每巢只有一只蜂王。一百只左右的雄蜂，两万只以上的工蜂。春日里蜜蜂振翅的嗡嗡声。仿佛移液管爆裂的火车轮声。旅馆的白色蚊帐。并非春天，而是夏日。蜜月旅行。如银色石子划过天空的小鸟。太古人相信天空的颜色映入大海。每当白色贝壳看上去泛青，红色动物显得发黑，潜水夫便说海底世界没有红黄两色。蓝色光线射入海水的深度为：法国尼斯港四百米，意大利那不勒斯湾五百五十米，东地中海六百米。深海之中似有一块寂寞的感光板。那是直径一尺的白色板，被沉入海底用来测量透明度。沉入水色月光中的白漆手术台。月华般泻入海底淤泥的球形虫的尸骸之雨。那雪白的尸骸雨十分之轻，尽管无休无止地从空中降下，人却毫无感觉。它悄无声息，不舍昼夜地落入海底。海底电缆上的白色尸骸告诉我们每百年增厚一尺。往昔的海底，如今成了白垩质的山。英国南方的白石灰岩。辽远的时间长河。白石灰。女校黑板上画的花。少女短命。水平线上的白帆。饭店煎鱼的鱼眼水晶体。可怜，鱼眼高度近视，状如肉叉的妇科手术刀。淤泥放散虫那睡帽样的骨骼放大图的美丽网纹。鱼嘴鱼唇般索然无味的新婚之夜。求婚飞行。不错，是这样的。新婚之日，我怀着蓦然涌起的怅惘沿着近似意大利那不勒斯海湾的海岸线山丘行走之间，被蜜蜂的嗡嗡声惊醒过来。求婚飞行。雌蜂王为求偶而在春光明媚的空中飞舞。蜂群中唯有一只雄蜂得到蜂王仅仅一次的爱。蜂王的受精囊。产雄也好，产雌也罢，悉由其便。雄雌之分取决于蜂王的产房。若把受精卵排在蜂王室和工蜂室，则为雌；若在雄蜂室产下未受精卵，则为雄。而若不将受精囊的精子送入输卵管即乃处女生殖。可爱的小丈夫。一生交尾不止的日本原生血吸虫。身体一半为雄一半为雌，或三分之一为雄三分之二为雌，抑或由雄变雌、由雌变雄的飞蛾。幼时为雄、长成为雌的萨尔帕属动物和盲鳝鱼。对了，有一件事忘得干干净净，本来打算用来比喻什么来着。比喻！中河与一的小说写过信鸽运送种马精子的感人故事。婚飞。空中旅行结婚。百米，自由泳，五十八分六秒，一九二二年，温莎尼亚世界纪录。一分二十五秒四，一九二四年，永井花子，日本女子纪录。令人怀念的少女时代。二千六百微米，一分钟。人的精子的游速。从身体大小比例来说，速度足以同世界一流选手并驾齐驱。银色的鱼。枪。蝌蚪。带线气球。十字架与弗洛伊德。比喻？象征物是何等悲哀！近视眼鱼的眼水晶体。水晶珠。玻璃。凝视大水晶珠的东方预言家是印度人？土耳其人？还是埃及人？电影画面——水晶球中浮现出过去和未来类似小模型的缩影。水晶幻想。玻璃幻想。秋风。天空。海。镜。啊，镜中传来无声之声。犹无声雪花泻落海底的白色尸骸之雨。落入人心深处的死的本能之声。海中感光板的感觉。镜子如银板一样光闪闪地沉入海底。眼见镜子沉入我的心海。雾夜中，在遥远的青色月光下闪烁的银辉。我爱这镜子。说不定自己也变成可怜的镜子。）夫人用唇膏往上唇涂涂抹抹，未觉察出脸颊被这牡丹色映衬得愈发青白。如果说这面新镜改变了夫人化妆的方式，那是因为夫人认为发生学中还是存在一种有助于生育不贞之子的女人的观点。不过夫人的这一想法，实际上起源于深藏在心底的可怕念头。（移液管，移液管。晓得注入其中的液体为何物的，唯夫人一人。抑或是其他动物的？哦？遭此屈辱的女人，这世上自古以来才有两人？）夫人像关闭冰门似的，砰一声关上映出温室样屋顶的左袖镜。

但是夫人并不想从梳妆台前移身走开。

"化妆对你来说很有意思？"

"瞧你！我可是像少女一样爱你的哟。求你买这镜子之前之后，哪个我漂亮？"

"悲剧女演员越是化妆越有悲剧色彩。很可能实有其事。"

"不过家庭这地方恐不是悲剧舞台，而是悲剧的缓冲地带。所谓缓冲地带……"信口开河的夫人无法继续下文,便道,"别把我比喻成这个那个的!"

"正是,这正是我想说的。就是说,你属于迂腐的象征派诗人。你不可能把科学的断片诉诸歌词,因为科学毕竟不是女人感情的象征。"

"难道还有比不具有象征的人更冷漠的不成?"

"女人不懂深刻的象征,这点学者已有定评。而女人却又总是处心积虑地把丈夫的职业捏弄成浅薄的歌词。"

"是吗?我明白了:你是以为女人只在化妆时间里才会忘记浅薄的歌词,对吧?所以才给我买了这镜子。以为只消有了这三面镜子,就可以忘得精光。我也就成了毫无所谓的存在,肯定!"

由于经常在镜前如此唇来舌去,科学家家庭里的那张过于奢华的化妆台看来也并没有起到丈夫所希望的作用。于是一天他不经意地说道:

"没狗不行,太寂寞了!这回起码得弄一条有血统证明书的来。"

"也罢,不过要是人家说因为咱家没孩子,我身上可是要起鸡皮疙瘩的。"

"要一条好玩的狗,最逗乐,又最让人操心的,如何?"

"绒毛狗,绒毛猎狐狗!听说欧美正流行这种狗,不领绒毛狗算不得贵妇人哩!要给它梳毛,每次喂完食还要擦干净它嘴巴的毛。"

"比三面镜还讲究!"

这样,买来的就是这"小淘气"。

狗是英国船员带来的。横滨开狗店的朋友倒是物色过,但进口的好绒毛狗屈指可数,没有可靠门路,很难从商人手里搞到。夫人得知这种情况,便同附近一家狗店主人一起赶到神户买了回来。

以前那只小狗无疑也是猎狐狗,但那是已经在日本变形了的直毛公狗,狗店俗称为"日本猎狐狗",是丈夫从某处讨来的。至于某处到底是何处,夫人大约有三个月蒙在鼓里。

当时丈夫常去野犬屠宰场,以狗作为发生学的实验品,要从二百只以上的狗腹中剖取一部分结婚细胞。大概是因为不忍心杀死那只惹人怜爱的小猎狐狗，便把它讨回家来。

丈夫在家里几乎不谈研究室的事，也禁止夫人去研究室。那所大学没有发生学研究室，丈夫借用的是病理学研究室和解剖学研究室的一角。他说病理和解剖学用的标本，女人是看不得的。但在狗的出处基本清楚之后，夫人反倒喜爱上了那只狗。

丈夫大多在研究室过夜。或许因为丈夫那双在显微镜中看细胞看累了的眼睛对夫人的形象感到诧异，有的时候一放下公文包，便帽子也不摘地把手搭在夫人肩上，从大门口模仿交谊舞的步子一路进来，在房间来回兜圈不止。小狗汪汪叫着紧追不舍，一个劲儿扑咬脚后跟。丈夫于是兴致大增，愈发得意忘形。夫人则愈发强作笑容，被动地拖着舞步。丈夫往往一边看着狗的脸，一边拉出要打夫人的架势。狗随即勃然变色，对着丈夫大吼大叫。夫人为丈夫按摩，狗便朝其闭目合眼的脸上飞扑而来。丈夫从研究室返回住宅街的夜路上，四面八方的狗尾随其后，狂吠乱叫。这是因为丈夫西装上沾有狗尸的气味。夫人的猎狐狗有一天居然围着丈夫转来转去，还把鼻子贴在他膝盖上——那天丈夫杀了一只处于发情期的母狗。夫人去伊香保温泉的十天时间里，狗几乎什么也没吃，瘦得形销骨立。趁夫人领女佣出门之机，独自剩在家里的狗穿过家中所有的纸糊隔扇，到处搜寻，把被褥的棉絮咬得一塌糊涂，还在床上枕旁拉了一堆屎。那屎仿佛在诉说它极度的愤怒和苦闷。枕头便是狗平时规规矩矩地同夫人并头睡觉用的。夫人唆使枕头上的狗向丈夫发起攻击，而丈夫看上去对此反倒有些欣欣然。丈夫与狗的争斗，使得夫人感到自己身上奔涌着一股汹涌的热血。

岂料不到两年，狗突然死了，死于心脏线形虫造成的肺贫血症。

这次的猎狐狗同那只日本化猎狐狗不同，气质高雅，一看就知是贵妇人的宠物。有些发硬的绒毛就像夫人小时她父亲的胡须，直扎她的皮肤。眼窝带有俨然描过的眼圈般的黑色轮廓，中间澄澄湿润的眼睛——狗店主人对夫人说，在日本长大的狗无法长出如此漂亮的眼睛——使她想起故乡海港那外国人的眼睛。它笔直的前肢如竹马似的走起来,一步一挪,看似笨拙得可以,却又有点像体态匀称的马的步伐。

狗店主人早已有言在先,说不出一两年即可通过收交配费赚回本钱。但到真的要收第一次交配费时,夫人不由目瞪口呆地愣愣注视着"小淘气":当夫人重新系过腰带走进客厅时,被狗店主人牵住脖套的"小淘气",四只爪子正牢牢踩在长凳上对母狗虎视眈眈。

(嘀,还是年轻小姐哩!那张脸活像男的,像男孩子。)想着,夫人开口道:

"欢迎,欢迎!"

"正喝茶时它跟女佣进来的。马上就要扑上去,可我想太太不在是不便进行的……"狗店主人道。

"是吗,(圣诞节。我更要上街才行。总是闷在家里。)太抱歉了。"(小姐衣着格调不俗。眼皮显得有些发冷。)夫人一边为煤气炉点火,一边继续想。(红茶已经凉了。小姐为什么默不作声呢?伤脑筋!是不是该让狗店主人把狗牵到院子里去?院子里晾的是什么衣物来着?需要端糕点出来?莫非小姐以为钱已付过便可以装腔作势不成?并不冷的。定是不善辞令。狗虽然不算很好,也还是要夸奖一句才行。好久没就煤气炉的用法向女佣发牢骚了。)夫人从炉前站起身来。

"去银座,领着狗?"

(哎哟,银座?)"嗯,在银座街上一走,总有两三人问这狗是什么种。还有人在街中心劝我卖给洋人,狼狈透了。"

(走在银座街上,我这脸怕是没有青春光彩。一张深居简出的妇人的脸。每当漫步在银座街头,家庭生活便恍若梦境。还是要多上街才对。)夫人觑了一眼小姐。小姐目光仍然落在膝头的《我们的狗》杂志的圣诞专号上。

"也请顺路去我那里一次。"

(又说起莫名其妙的话来。到底是什么样人家的千金呢?)

"想带狗一块儿去。"

"对了,这就让它两个在一起可好?"说着,小姐朗然抬起脸。

(眼睛果真像男孩,是位家教良好的小姐。由我明说合适么?该由狗店主人开口才是:"小淘气"这种波尔西型的脑袋属于新式英格兰型,高雅脱俗;而小姐的狗是一副美利坚式面孔,好一位富有贵族气派的小姐!)想到这里,夫人道:

"这绒毛真是地道得很。白得也赏心悦目,修剪又恰到好处。用的是理发推吧?"(蹲着时显得不错,整个形象恐怕很难恭维。)

"啊,都是化妆用具。各式剪刀应有尽有,用起来得心应手。"

"哦!"(化妆用具。)夫人像忆起失落的梦似的心想:(剪刀!妇产科器械。若论剪刀种类,妇产科里的倒齐全得多。化妆钳和妇产科的涅格莱式钳状产颅器。穿颅术。乱糟糟的婴儿脑髓。啊,我——圣诞节。小姐那对男孩一般不晓得化妆的美丽眼睛。丈夫的近视镜。米兰的维纳斯若戴近视镜该有多妙。战败者哟,你们的眼睛可以通过化妆画大,但你们身上的服装也还是不伦不类。故乡海港的天主教堂。父亲医院妇产科手术的气味。)

"叫它站起一点看看好么?"(喏,"小淘气"这就放出好了!)夫人摸着小姐的狗的脑袋说,"'小淘气',这就是你的日本新娘!"

话音刚落,狗店主人松开手中的脖套,"小淘气"霍地跳下长凳朝母狗扑去。

"喂喂,店主,快抓住啊!"

"小淘气"脖套上的银铃声大作。小姐的狗哀鸣不止。

夫人耸肩背过脸去。(不是故意的,不是我故意做此举动。但这样不好,是的,反为不妙。要装得若无其事才行。小姐,说什么好呢?化妆。把恋人照片印在自己指甲上的法国女郎。这狗店主人也真是沉默得可以,不会做买卖。人手上每平方分米有八万个病菌。六十六微米。狗为六十六微米。人和猫一样,同是六十微米。该思考什么呢?新枕。光脚踩碎的丈夫的近视镜。小姐。）脖套上的银铃愈发响个不停。（故乡海港教堂的钟声。圣诞节。伪君子。）

"圣诞节快到了。"

"是啊。"

"如今完全没了信心，以致对养狗杂志看得津津有味。小时候……"（对小姐一无所知，完全无话可谈。处女膜。圣诞节雪橇的铃声。如男孩般无比纯洁的小姐。在婚床上小姐肯定想起"小淘气"。啊，明白了，我是在爱着小姐。"小淘气"。像男孩子？我小时候便被人家说像男孩子。一起游泳的美少年。女校时代漂亮的低年级同学。铃声。赞歌合唱团。女性身体的节奏感。故乡海港教会的礼拜堂。噢，我可以同小姐离开这房间的嘛，居然对此浑然不觉。不至于！一开始就已完全意识到才是。不过是意识到而佯装忘掉罢了。小姐想必也了然于心。是我不愿意走出房间。为什么？为什么？战胜小姐是一种幸福。男人。黑胡须。白鞋。寄生在青蛙肺叶里的单细胞生物。水蛇。丈夫显微镜中的性染色体。飞蛾。伊丽莎白女王。卢克瑟·拉贝。男人。小淘气。我爱着小姐。今晚去银座买狗食饼干。"小淘气"。对了，就用你这带有发生学意味的劳作酬金来买化妆用具。妇产科器械。）

脖套的铃声停止了。做爱结束。（终端观测仪。）与此同时，夫人眼前浮现出英语课本上的一行字：（磋商是一种乐趣。）旋即想起教室、英语教师，想起因译不出一行而站在那里的自己。英语教师似乎目不转睛地审视自己那隐隐约约的妆容。（由于当时的尴尬而记住的一行英语。窥视她的脸色。我？终端观测仪。难道我会窥视她——小姐的脸色？即使脸红，我这化妆也会掩饰过去。处于交尾期的蝾螈肚皮鲜艳的红色。若在干净的河中清洗，势必玷污水神火神。血盆地狱。小时故乡那和在赞美诗中的铃声。拯救女人的祈愿。教堂的钟声。从山寺入海的日暮钟声。女校放学的钟声。做爱结束而停止响动的母狗脖套上的铃声。丈夫和她之间的做爱余韵。如用终端观测仪窥看一样，我对小姐一清二楚。脸不发红的小姐。女人。内诊镜。子宫镜。管状子宫镜。黑色玻璃。乳色玻璃。象牙。丈夫手杖上的象牙把手。为避免出声而将里外把手用纱布缠起来的病房门扇。把手是玻璃的，秋夜一样熠熠生辉。娇美的嘴唇。如煤气炉动静的氧气声。我一边把黑色橡胶管尖端的镍漏斗堵在小姐嘴上，一边凝神注视小姐的嘴唇。小姐的嘴唇即将死去似的湿润润，沾着氧露，美如少年男子。真想用纱布为她擦擦嘴唇。哎哟，我的弟弟又根本不曾死去。再说我又并不喜欢这样的小姐。房间温度太高了，吸入氧气般的煤气炉之声。那么，还是要把所有的脏物在干净的河里冲洗一番才行。牙科治疗椅的镀镍脏物桶。镀银玻璃制的库埃格兹逊氏子宫镜。妇科用治疗台。骨盆提升架。可怜的母亲。父亲诊室的门把手不是玻璃制品。白色的珐琅。母亲积劳成疾，父亲要抱而我不肯离开母亲时的哭声。父亲那在来苏尔液中浸过的手指。来苏尔的气味。双手触诊。杀菌橄榄油。哭着被换尿布的婴儿的腿。凄凉的摇篮曲。小时故乡赛河原上的赞美诗声。赛河原定在此世无疑，纵使不在死出山路的下面。二岁三岁四岁五岁——不到十岁的孤儿无不知其所在。白天尽可单独游玩，但每到日暮时分，便有地狱之鬼出现。于是小孩东奔西窜，绊倒在石块或树根上，手脚沾满鲜血，心灰意冷地铺沙作床，以石为枕，在嘤嘤哭泣中入睡。童心的歌谣。小孩知道，大人则不理解，孤苦伶仃。母亲，每当父亲要抱，你便提着白色脏物筒从诊室出来——总是在那种时候。小孩不宜目睹的光景。牙医用钳子叩击镀镍脏物筒的边缘时，我感到一阵眩晕。童贞。把两腿贴在腹部换尿布时的婴儿皮肤上的蒙古人斑。带有白色珐琅把手的门扇的房间里的秘密。母亲，被父亲那满是来苏尔气味儿的双手一抱，我是那么凄苦。废墟。氧气瓶。子宫镜就埋在原来放氧气瓶的废墟里。死街。被埋葬的日日夜夜。埋葬了日日夜夜的我这座废墟。同此人结婚实在幸运之至——我有此感觉吗？哪怕一天也好。不错，我是如此同小姐相对而坐，坐在自己家里。尽管两人在一起却感到形单影只。在丈夫怀里时的孤独。孤独状态下的兽类的感情是怎样的呢？婴儿的孤独。小孩不宜目睹的光景。病理和解剖用的标本，不可入女人之目。不能这样对待小姐,居然让对坐者陷入孤独。我是为掩饰此时的羞赧而缄口不语,并企图通过驱逐蒙羞的幻影来羞辱小姐。为什么战胜小姐是一种幸福?大概是我故意把"小淘气"从膝上放开的吧?圣哥斯提诺教堂的玛利亚。)

"我说,"夫人嗫嚅着想要接着(初次?)说下去,"我说,明天再光临一次好么?为慎重起见。"

"好的,谢谢。"

"对了,还是后天好些。对吧,店主?"(小姐也一起来。很可能狗店主人单独来。我是说明天来了么?)

"哦,恐怕还是隔一天为好。"店主怅怅地回答。

夫人瞥了对方一眼。(何等粗俗猥琐的长相。陪伴人。本来我想问是不是初次交配。未婚女性接受双手触诊时,必有母亲或其他至亲陪伴。腹壁的紧张。麻醉。我屡屡觉得父亲医院中的小姐们的陪伴人丑陋不堪。前来从我父亲手中保护小姐们纯洁的那些人,看上去反倒正是她们在玷污小姐们的纯洁。我果真这样深深爱着父亲?不,不是的。对小姐们来说,我还是个小女孩。抱起自己的小姐们的膝部。我红着脸说:阿姨,你也有爸爸身上的气味。几伙小姐及其母亲。我似乎还不懂得年龄这东西的丑陋。哈夫洛克·埃利斯说过:"二岁之后,人便开始近乎野兽。")

"怕还不到三岁吧?"夫人装出故意注视本来就在眼前的小狗的样子。

小姐也如法炮制:

"我想还不大——才一岁三个月。"

两只狗都很安静,在玫瑰图案地毯上双双掉头站着不动,以瞳孔扩散般湿润的眼睛出神地向上看着各自的主人。"小淘气"前胸一起一伏,那一下下律动再次传达到夫人随着铃声的止息而沉静下来的胸口。尽管律动来自她佯装未见的丑类,反而具有一种使她感觉出自身生活的虚伪的力量。夫人思忖:这大概是这位富有男孩气的小姐的缘故。

"那么说,是刚刚长成的还不大的成年犬喽?"(还不大?小姐就是这样的嘛。嘴上说还不大，其实小姐肯定想起了母亲。不过是还不大的孩子。旧长毛地毯。蔷薇。使人想起女性间的爱之眼神的蔷薇。伪善的花、无言的花哟，若是宝玉，白天便可取在手中，夜晚乖乖入睡，夜晚乖乖入睡。用这样的歌谣催孙儿入睡的祖母，想的是什么呢？女子不同于男子，长大以后也还是喜欢与同性拉手或一起睡觉——莫非在想这个？儿童。宠爱的动物。据说还不大。不错，小姐喜欢狗，像她母亲那样。处女狗，何等漂亮，何等寂寞！夜晚乖乖入睡。长毛地毯大概是结婚时买的吧？料妻出门去寻母，却往箭市买鞋归，蔷薇红的乳头。蔷薇红的潮湿，处女膜。黄蔷薇。紫丁香花。柿树花——我被埋葬在美丽的国度。不知葬礼上你能否第一次把我作为人来对待。莱德尔说过："处女膜是人的象征。"伊泰尔梅涅尔人种爱的方式。老鼠的流窜。斯特拉斯曼的实验。狗。生物学认为人同动物毫无二致，何以我一人陷入悲剧呢？狗。并非氧气瓶废墟。斯帕兰扎尼为母狗进行人工授精应是十八世纪。移液管。男子同性恋。丈夫说过，人为什么非要把机器人造成人的模样不可呢？就是说，那也是人的感伤。八犬传和小玩具狗。女子同性恋。畜生，我一定要向丈夫复仇！）想到这里，夫人顿时满面生辉，就像忘记女性礼节似的讲了起来：

"这只狗来日本也是第一次。弄得不好，繁殖的后代也可能不大理想，这'小淘气'！"心里却在暗暗嘲笑丈夫。"作为母狗，也是养狗商进口的，一旦不能受孕的消息传开，短时间里就会跌价一两千元。"

"狗也真是倒霉。"

"狗的世界还处于女子大学时代。不过说实在话，在科学上狗或许先进得多。好狗的婚姻百分之百属于优生学。人虽然也算懂得优生学，却不能将其用于人本身，而用在家畜改良上。"（赛扎尔的归赛扎尔，神的归神，地狱之门不能战胜真理。）如此在口中嘟囔完毕，接着道，"绒毛狗近来开始一点点进入横滨，这'小淘气'很快就要被优生学淘汰。"

"哪里，人家说公狗没问题，公狗总是这么神气。母狗倒是容易憔悴不堪。毛长的狗，产仔时毛脱得一干二净，养狗人的爱心大概也就全部转到小狗身上。"

"体形土崩瓦解，和女人一般模样。"

"品评会上母狗也不怎么引人注意。"

"去我娘家的那些患者（哎哟，不碍事的），我父亲在晚饭桌上时常笑她们：'今天又有一个本来生过孩子的妇女装作初孕来着。'"（这一点没有鉴定处女特征和初胎死因那么困难。）"小姐！"

小姐听到呼唤，略微偏头看了一眼夫人。那满带孩子气的纯真的眼神，宛如毫无感情荫翳的明亮的窗口，反而使夫人感到惶惑。她愈发觉得自己受到嘲弄，因而只好变本加厉地嘲弄别人。

"据我丈夫说——"夫人突然笑了起来，她从笑声中体味出一种愉悦。（丈夫？当别人的面提起丈夫时，我还从来没有用过"丈夫"这个字眼。据我丈夫说？那似乎不是我的丈夫，而像是世间大凡所有的丈夫。）"他写了一本根本没有销路的关于发生学的书。书中动植物名称索引里，有日本原生血吸虫、蛤蜊、鸡、人。明白吧？人的下面加了括号，括号里写道人类、人们。人居然同草履虫、同天芥菜属植物全然没了区别，简直拿人开玩笑。"（说什么关心脚上穿的东西也是高雅的情趣，你在老父亲医院里不也是为女患者摆鞋了么？所以才总是对人家的鞋耿耿于怀。再没有比遭受丈夫奚落更可气可恨的了。天芥菜属植物的气味。对了，还有小姐身上廉价的香水味儿。是的，刚才在门口看见的小姐拖鞋的确不是南部鞋面，而显得宽头宽脑。想必自己在这之前已忘了这点，而光是注意格调高雅的服装。根本算不得奚落。）"丈夫经常说，雄性再没有比人更幸福的。在形态和声音两方面，雌性都优于雄性的只有人。她们像雄性捕蝇蜘蛛和公火鸡那样长袖善舞，像公金钟儿和公金丝雀那样卖弄歌喉，像公孔雀那样花枝招展，像麝香猫和俄国猫那样香气扑鼻，而勾引的对象定是男性无疑。雌性只有人才聚各种动物的求爱的典型手段于一身，用来向男子邀宠献媚。天虐待男性似乎是生物界的一条规律。动物界的雌性如此傲视雄性也是为了后代。大自然总是庇护母性的。那么——丈夫开玩笑说——

人类的雌性拒绝生儿育女，从而向唯独对女人另眼相待的自然界进行报复又如何呢？而我是这样说的：最知道自己是为后代生存的是人，最知道不是为后代生存的也是人。这两点无疑就是受上天惩罚的两点。宗教和艺术都产生于并非为子孙而生存这一认识。我还说。像你这样企图通过人工来制造孩子的想法，同对于创世纪之前的没有生物世界的向往没什么两样。科学之路是曲折地通往死之冰河的路。如地球的运动轨迹呈圆形，时间的流程也在画着圆圈。"

自己什么时候问丈夫这些话来着？统统是不着边际的谎言！夫人本身也清楚这点，但又对这种信口开河不无自我陶醉之感，似乎其中蕴含着自己胸中的郁闷。实际上，小姐那张仿佛在夫人的盯视下而显得困窘却又丝毫不肯强作笑颜的脸，使得夫人觉得有几分妩媚。于是不由想起故乡教堂那位牧师的漂亮女儿的英语说教，以致夫人丝毫没有介意小姐的沉默。及至发现狗店主人欠身立起，便如蒙羞受辱的传教士吃了一惊。

狗店主人向两只狗低下身，打了公狗一巴掌。"小淘气"于是跑到夫人裙角，摇着尾巴屈下脑袋和前肢，扭来扭去擦蹭身子。

"转眼二十五分钟就过去了。"店主看看壁炉上面的装饰性座钟说道，"可以了吧？"

母狗蜷起腿，被小姐抱到膝上。夫人一垂右手，"小淘气"便以绒毛猎狐狗特有的姿势一边摇晃尾巴，一边一下一下地抬起前爪运足力气，而后乘势跳上夫人膝头，舔起舌头来。小姐欲站又止地看着狗店主人。

"小姐，就再打扰一会儿吧。尽可能让狗安静一两个小时才好。即使路远，也最好还是让它走着回去。要是坐车就坐人力车。人力车虽也摇晃，毕竟比汽车保险一些。"

"只管慢慢休息，我去泡茶。"说着，夫人像要掩饰被剥光身体后的羞涩似的，抱着"小淘气"走出房间。但当她关上身后的门，把公狗粗暴地扔到走廊之后，便如长时间忍俊不禁一般朗声大笑。

"人这东西，唉，是何等地厚颜无耻啊！"（刚刚跨出父亲诊室的女人们。我到底还是个孩子。真不知道女人这东西什么时候才会觉得自己发现新的希望。狗为六十六微米，人为六十微米。鲵鱼七百微米，金鱼藻虫最长，为十二毫米。人和大猩猩的卵子为零点一三至零点一四毫米。狗为零点一三五至零点一四五毫米。鲸为零点一四毫米。鸭嘴兽约为二点五毫米，卵子通过输卵管时膨胀到十八毫米。"小淘气"，我晓得童话里的算术。听说人类的雌性仍对季节性婚姻怀有眷恋之情。我那位出门时说今天晚些回来。年轻夫人与狗共进晚餐？且容貌娇美。）夫人乐不可支地站在三面镜前，叫女佣道：

"给客人上红茶！"（水中澄明石榴影，明月皎皎浑如镜。）"再把镜子擦一擦。"

夫人急切切重新化妆之时，镜子便把她变成了开朗而饶舌的女人。折回客厅不一会儿，小姐递上名片：

"家兄说想登门拜访。"

夫人一边把小姐送到门口，一边把名片揣在腰间。这当儿，手碰在钞票上。刚才从狗店主人手里接过交配费后，忘记告诉了小姐。她一阵脸红，不知如何寒暄才好。

"那么，明天——啊，后天恭候光临。"又随口补上一句，"不特意麻烦店主同来也可以的，就我们两人。"

说到这里，陡然想起还没付给狗店主人介绍费，赶紧将店主叫到里面，递过一张十元钞票。正当这时，"小淘气"跑了出来。小姐正在扣大衣纽扣。"小淘气"没好声地叫着扑向夫人膝部。夫人手里拿着小姐的白狐皮围巾。

"别叫！"（不是知道我没有毛皮围巾么！）夫人往"小淘气"肚子上轻轻踢了一脚，把白狐皮搭在小姐肩头。"到底是猎狐狗，'小淘气'！带着几十几百只狗骑马打狐狸，实在是一种贵族游乐——只消一想都觉得气势非凡。"

母狗回去后，"小淘气"来来回回嗅着走廊里的气味，用前爪搔客厅门。夫人没好气地将它抱起，再次坐在镜前。丈夫夜半回来时，她仍兀自对镜端坐。

丈夫把文件包往梳妆台角一扔，猛地抓住夫人肩膀摇晃道：

"光知道看梳妆镜，连丈夫回家的动静都听不出，还说娶这样老婆的男人幸运——你喜欢的一本小说上这样写的吧？"

"您回来了！手冰凉冰凉的，凉到肩里去了！"

"哼，还能化妆成佛不成？看来到处都有悟道之路，显微镜也好，化妆镜也好。"

"你总是回家晚的时候才那么粗声大气地开门！"

"是吗？就是说——"

"厌烦！我明白得很。"

"明白什么？"

"不想老婆。想的是女人里边的雌性，你就是这样。"

"瞧瞧，又来了！"

"看显微镜里的人看得久了，自然对化妆镜里的人如饥似渴。听见你那么粗手粗脚地开门，就知道你心里寂寞。"

"恰恰相反。研究进行得顺利的时候，回家是很让人高兴的。寂寞的是你吧？也罢，也罢，就算我寂寞好了。问题是作为妻子，即使知道丈夫寂寞也不该说出口来嘛！"

"那倒是。不过，显微镜中的人生和梳妆镜中的人生，你看哪个寂寞？"

"这个你最好问歌德去。那家伙既是哲学家又是诗人。反正我可不愿意把我的研究弄成女人的歌。"

"你以为女人的镜子里除了歌没别的。我们家的不幸就是你这种想法造成的。"

"至少显微镜里没有谎言。幸福也罢不幸福也罢，全是骗人话！"

"我也那么想。"

"对于女人和诗人来说，所有念头都是真的，根本不是科学家的对手。——全是狗毛，怎么搞的？"

"给它化妆来着。"

"喂喂，你是存心让狗也唱人的歌？倒也可能成为神秘的动物。老婆寂寞理狗毛，嗯？"说罢，丈夫脱去外衣，解开裤带，用一只脚蹬掉另一只脚的裤子，一把把搔着头发。

"情绪还蛮好嘛！"

"哼，睡觉！"

随着一声哈欠，丈夫拉掉裤子，走进卧室。

夫人这才意识到，刚才一直同镜子里的丈夫说话，竟连头也没回，于是把笑意留在镜内，欠身立起。她一边以这种别有意味的微笑看着身穿衬衣坐在床边吸烟的丈夫，一边解开腰带。钞票和名片落在脚下。她马上背过脸坐下，叠好和服腰带，自觉意外地嘟囔一句"坏女人"。通过自我认为是坏女人，她感到一股几乎喷涌而出的前兆性亢奋，仿佛远处风声呼啸而身边却万籁无声。（瞧丈夫那傻相，所谓绿帽子丈夫，想必就是这副嘴脸。斯基帕的《帕里亚齐小夜曲》。卡鲁索的《再不开玩笑》《快乐的寡妇》。故乡教堂的赞歌。海顿。巴赫。门德尔松。古诺、贝多芬。我喜欢天主教徒的音乐。装有所有天主教徒作曲家唱片的唱片盒。人所犯之罪均在身外，而淫妇则毁及自身。处女出嫁并非犯罪。但其自身将受苦受难。我不忍心让你等遭受苦难。结婚毕竟胜似任欲火中烧。安娜·卡列尼娜。伴随着《圣多林前书》的语句，蒂博的手提琴和古尔德的钢琴声一起激起夫人的心潮。每当听到这张唱片，夫人总是发现自己在以托尔斯泰小说中的安娜·卡列尼娜的感情来解释乐曲，回想起少女时代，回想起在故乡教堂同大家合唱赞歌，在歌声中幻想美好的未来。然而，浮现在叠罢腰带的她眼前的，却是这样的美梦：后天小姐来。两只狗。狗喜欢舔耳朵。在小姐面前不知所措的丈夫的脸。她对着小姐耳朵低语道——那张脸像不像绿帽子丈夫？天芥菜属植物的气息。小姐飞起红晕的面颊。啊，我已经出卖了丈夫。犹大。为犹大生孩子的塔玛尔。犹大之子埃尔的妻子塔玛尔。埃尔的弟弟西拉说塔玛尔是石女,拒绝结婚。他脱去其寡妇服装,用蒙头单衣将身体包裹起来,令其坐在特姆纳路旁的埃纳伊姆入口。她固然已成为西拉的人,但西拉并未娶其为妻。塔玛拉怀孕的欣喜。由于其面孔已被遮住,犹大看见必疑为娼妓。阳痿。女人无此病症。富有情欲的生命体。女人由此而成为母亲,由此而变得水性杨花。玛利亚。撒迦利亚。女人初次在外面品尝到无法从丈夫身上获得的快乐时的幸福是何等妙不可言啊!女人性功能障碍,该怎么称呼呢?婚床。移液管。贞洁。快感高潮。啊,圣母玛利亚哟!尽管已许配给约瑟为妻,却因圣灵而至今未能同房。啊,我在渴求恶灵。而圣灵才是美好的象征。)

丈夫似已离开睡床,拾起钞票和名片。夫人等待丈夫踢打自己的脊背,口中却不无稚气地说:

"是那个人给的。"(模仿小姐看我时那宛若男孩子的眼神注视丈夫好了。)想着,夫人猛然转身坐好,从丈夫手里夺过钞票和名片,直直地盯视丈夫道:"是那个人的妹妹给我的,狗交配时来的。"(其实钱是从男人手里拿的。)"是我要的,说是我要的可以吧?"夫人一边给丈夫解衬衣扣一边继续说:"紫丁香一样清爽洒脱的小姐,我还以为是你的情人哩。不是跟你讲定了么,要是今后三年内生不出孩子,你可以讨个小老婆。"(我的绿帽子丈夫!)

"家里的'小淘气'也能当父亲嘛!"

"你最好再去找医生看一次才是。"夫人本想劈头骂丈夫一句,脸也险些发红。结果却如化石,脸上一阵青白。

"什么,你不也是医生的女儿吗?"

夫人激动地想起年轻医生的话:"不是太太的问题。"同时回味起当时对医生那股强烈的憎恨。(父亲!)夫人声音颤抖起来:

"我还是等待从实验室里生出人造人来好了。爱那种孩子的人才像是发生学者的老婆。那可是美好的象征!"

"人造人？指的是最近你在商店见到的广告偶人——活像印度怪模怪样的女佛那样的广告偶人？不错，那是可怜的象征。美国机电公司里制作人造人的工程师，将这种机器偶人称为声控机器箱。这'箱'字分明是工程师语言。以机器之身戴上人的假面具来讨顾客欢心，怕是实在傻气得可以。就出声这点来说，留声机和无线电收音机倒先进得多。"

夫人以骚动不安的心情目视丈夫移开。之后有些自我陶醉地柔声道：

"瞧你说的。我完全懂得你主要想说什么。什么女人化妆就同机器戴上人的假面具一个样，荒唐透顶！记得你以前说过，从鸡身上切割下来的心脏曾在培养液中存活八年之久，植物的花和鸟的歌喉也同样如此。依你的想法，只要能让子宫在培养液里存活，就用不着女人了。就是说，阿米巴那样的单细胞生物的生殖才真正算是直截了当，生物的进化纯属虚荣。"

"可是阿米巴无所谓死，那才是美好的象征。上无父母下无子女，无男无女，无兄无弟。"丈夫拉过睡衣，把带有消毒液气味儿的手伸到夫人脸前。夫人解开腰带，递过去道：

"人造绢。"

"是吗？"

"为什么要搞人造绢呢？人造大理石，人造珍珠，人造革，人造龟甲，人造酒，人造咖啡，人造人。跟着大自然亦步亦趋，可悲的人们！本来有比大自然更美妙的东西！全是人的想象力贫乏的缘故，你看对吧？阿米巴的那个，也是发生学所追求的不成？"

"什么呀！"丈夫在床上打了个哈欠。

"累了吧？"（因生殖而自信细胞的永生。十四五世纪的火箭。哺乳类动物精子模型图。身体尚未形成百分之一时，你的眼睛便已看见了我的胚胎，我生命的所有日子都记录在你的账簿上。杂种的形成将混淆生物的分类。生死轮回。移液管。伏姬。显微镜用标本。消毒液气味。纵使通过联想映照在袖镜中的温室样玻璃屋顶我也可以扼杀肉体快感的律动。女人不动声色的报复。)于是夫人颇带孩子气地说:"假如真的进入狗生孔雀那个童话世界,人肯定百无聊赖。释迦牟尼固然伟大,但若惩罚变为其他生物的人,那就比你还要浅薄。"

"别开玩笑!福斯特博士也没做过那样的梦。若是普通牛和印度牛或马和驴那种类型,倒是可以授精。总之,实验用的无非是海洋中为数极少的低等动物。"

"那就放心了,我。"夫人对自己的话都有些惊愕,她走近床头,献媚似的向下看着丈夫的眼皮,"今天的研究材料是什么来着?制作显微镜用标本了吧?一股味儿。"

随即,夫人冰冷冷的心底涌起一股欣喜。(据说每当男人想到外遇情景时,妻子马上就会在某处察觉出来,从而变成冷漠的女人。那么当男人想到显微镜那小小镜片时又如何呢?自杀。脸色苍白地倒在研究室内的丈夫的尸体。为科研做出的牺牲。四散开来的细小碎片。)

"人,终归不过是死囚不成?"

(1931年)

林少华 译

重逢

厚木祐三的战后生活,似乎是以与富士子的重逢为起点的。同富士子的重逢,倘若说成是与自我重逢倒也未尝不可。

"啊,总算是还活着。"祐三见到富士子时,心头不禁一怔。既不含悲,也不带喜,纯粹是一种惊愕。

乍看到富士子,到底是人体还是物象,他都浑然不辨。他是同自己的过去相逢了。"往昔"虽然借富士子的形体出现在他面前,祐三却觉得那只是一种抽象的意念。

而往昔之托身为富士子重现,恐怕正是眼前这一刹那吧。在自己面前,过去和现在竟相互牵连在一起,祐三就不免感到有些意外了。

此刻,对祐三说来,在过去与现在之间,横亘着一场战争。

祐三无意中产生的惊愕,当然是由于这场战争。

也可以说,战争本应埋葬掉的东西又出现了,所以祐三才感到惊愕。杀戮,破坏,那样一场惊涛骇浪,竟然连男女私情这点小事都毁灭不掉!

祐三看到富士子还好端端地活着,如同发现自己还幸存一样。

他跟富士子已经决绝,就此也跟自己的过去诀别了。身处战乱之中,原想物我两忘。可天赋的生命,毕竟也只有一次而已。

祐三遇见富士子的那天,日本投降已有两个多月。那时节,时间这个概念似乎已丧失殆尽。国家与个人的过去、现在和未来,也都支离破碎,颠倒错乱,不成统属,许多人便在时间的旋涡里载沉载浮。

在镰仓车站下了车,祐三抬眼一望,看到若宫大路上一排排高大的松树，想见从树梢上逝去的岁月，觉得很和谐。住在战火洗劫过的东京，对这种自然景象常会视而不见。战时各地的松树接二连三地枯死，仿佛是国家的不祥之兆。可是这一带，路旁的树木大都活了下来。

有位住在镰仓的朋友，发来明信片说，鹤冈八幡宫要举行"文墨节"，祐三就是来赴这个盛会的。办这次庆典，大概是着眼于源实朝[1]的文治，也意味着战神已经改变这个社会。这是一个和平的节日，前来参加的人已不再祈求什么武运长久和战争胜利之类了。

走到神社办事处前，祐三看到一群少女，穿着长袖和服，不觉耳目一新。当时一般人还没有脱去防空服或难民装，相形之下，长袖和服这种华妆盛服，就显得艳丽异常了。

当地的外国驻军也应邀参加庆典，和服少女就是给美国兵端茶送水来的。这些士兵在日本登陆以来，恐怕还是初次看到和服，所以新奇得连连拍照。

假如说，两三年前穿这种装束曾是日常风俗，连祐三都觉得有点儿难以置信。他被引进露天茶座的时候，禁不住赞叹起来，四周是一片褴褛，服色是那么灰暗；而这些少女服饰上所标榜的大胆，可谓达到了极致。在华服盛装的映衬下，她们的神情、举止也格外光彩动人。这也使得祐三豁然猛醒。

茶座设在树林子里，美国兵正正经经坐在神社里常见的长条白木桌旁，显出一脸的好奇。十来岁的小女孩，给他们端来了淡茶。衣服和举止颇像是模特，使祐三联想起旧戏里的童角儿。

年纪大一些的少女，长长的和服袖子和隆起的腰带，显然令人觉得同现时代有点龃龉，不大调和。这些长得很好的良家姑娘，这样打扮，给人的印象反倒更有种说不出的凄楚可怜。

---

1 源实朝（1192—1219），镰仓幕府第三代将军诗人，所写和歌收入《金槐和歌集》。

和服的色彩和图案是这样花哨，如今看来未免有些粗俗鄙野。祐三不由得回想起战前的和服，工匠的手艺和穿着的趣味，现在竟沦落到如此地步。

等到同后来看到的舞衣一比，这种感触就越发深了。神社的舞殿里正在演舞蹈。也许古色古香的舞衣是特制的，少女的和服是家常的，此时此刻，她们的盛装似乎格外值得一顾似的。她们不但体现了战前的风俗，而且连女性的生理特征也暴露无遗。舞衣料子好，色泽也沉稳。

浦安舞，狮子舞，静夫人舞，元禄赏花舞——这些业已衰亡的日本的丰姿，宛如笛声，流入祐三的心田。

招待席分设在左右两侧，外国驻军在一侧，祐三等人则坐在大银杏树覆盖下的西侧。银杏树的叶子，已经带些苍黄的样子。

普通观众席上的孩子，朝着招待席拥过来。他们衣着的寒碜，把少女们的长袖和服愈发衬托得像是泥淖中的花枝。

斜阳透过杉树梢，照在舞殿红漆大柱的柱脚上。

在元禄赏花舞这个节目里，仕女们从舞殿的台阶上走下来，同幽会的情人依依惜别。长裙曳地，拖在细沙尘土上。祐三看到这里，猝然间一股哀愁袭上心头。

棉和服浑圆的下摆，翻露出浓艳的绸里，依稀可见华美的内衣。这下摆如同日本美女的肌肤，也好似她们风流薄幸的命运，在泥地里拖曳而过，毫不足惜，实在令人心痛，又煞是优美动人。从那里荡漾出一缕冷艳的哀愁。

祐三觉得，神社的院内，宛如一道幽静的金屏风。

或许因为静夫人舞的舞姿是中世纪的，元禄赏花舞是晚近的，在战败后不久的今天，祐三看着这些舞蹈，觉得简直有股无法抵御的魅力。

就在他双眼紧盯着舞姿的视线里，闪进了富士子的面容。

祐三霍然一惊，刹那之间竟惘然若失。心里嘀咕了一下，遇见她该要尴尬了。可是，他并没有意识到富士子是活着的人，或是件什么东西，会对自己有所危害，所以，也就没有立即移开目光。

方才舞衣下摆所引发的感伤因看到富士子而顿时消失得无影无踪。倒不是富士子给了他多么强烈的印象，这犹如一个昏迷的人，当意识恢复后看到映在眼帘里的第一个物象。也仿佛是生命和时间的洪流交汇处，漂浮着的一丁点东西一样。祐三内心的一角赫然泛出一股肉体的温馨，一种同自家的一部分邂逅时的柔情。

富士子神情木然，眼光追随着舞姿。她没有发觉祐三。祐三看见了富士子，富士子却没有看见祐三，祐三觉得有些不可思议。尤其不可思议的是两人相隔不到二三十步，刚才那一忽儿，却谁都没有看见谁。

祐三义无反顾，突然离座走过去，也许是有感于富士子那丧魂落魄的样子。

祐三冷不防在富士子的背上拍了一下，那劲头仿佛要唤醒一个昏迷过去的人似的。

"啊！"

富士子几乎要软瘫在那里，猛地又一挺身子站了起来。浑身瑟瑟发抖，甚至传到了祐三的手臂上。

"你一直平安无事吗？噢，吓了我一跳。你这一向好吗？"

富士子僵立着一动不动，可是祐三却觉得她好像要贴近来让自己拥抱似的。

"你在哪儿来着？"

"什么？"

似乎是指刚才在哪儿看舞蹈，也像是问分手后战时她在什么地方，而祐三听到的仅仅是富士子的声音。

几年来，祐三还是头一次听见这女人的声音。他忘记自己是在大庭广众之中同她重逢的了。

祐三看见富士子时的那种兴奋，又从富士子那里猛袭了过来。

方才祐三还提醒自己，和这女人重逢，无论在道德上抑或在实际生活中，终究还会发生纠葛，正如俗话说，不是冤家不聚头。但是，此刻祐三恍如越过一条鸿沟，又捡回了富士子。

所谓现实，仿佛是达到彼岸那个纯净世界去的行为，又是解脱束缚的无牵无挂的现世。祐三从未经历过，往昔会这样突然成为现实。

连做梦也想不到，同富士子之间竟会再度品尝新婚之夜那种况味。

对于祐三，富士子丝毫没有嗔怨的样子。

"你还是老样子，一点也没变。"

"哪儿的话，变得厉害。"

"不，没变样，真的。"

富士子好像很动感情，所以祐三说：

"也许是吧。"

"打那儿以后……你一直在做什么呢？"

"打仗去了。"祐三像嘘出一口气似的说。

"别胡说了。你哪儿像打过仗的样子呀。"

旁边的人忍不住笑开了。富士子也笑了起来。那些人像怕打扰富士子似的，看到一对男女不期而会，都表现出一份好意，神情和悦。在这种氛围里，富士子禁不住撒起娇来了。

祐三一时有些发窘，适才注意到富士子身上的那些变化，此刻看得更分明了。

原本娇小丰腴的她，现在显得十分消瘦。一对修长的眼睛，目光熠熠。从前那样淡淡的，有点发红的眉毛，描着黑里带红的眉墨，如今，既没描眉，脸上也只薄薄施了点胭脂，容颜憔悴不堪，颇少生气。雪白的肌肤，在脖颈处有点黯黑。这张不施脂粉的素脸，以及顺着颈项的曲线，直至胸口处，都蒙上了一层生的倦意。一头细发也没梳成什么波浪形，脑袋的轮廓显得又小又不耐看。

只有一双眼睛，还强自忍着见到祐三的那份激动。

年龄的悬殊，已无须像以往那么介意了，不过坦然之中总有点不忍。

可怪的是，那种青春特有的心灵的震颤，并未因之而消失。

"你没变样儿。"富士子又说了一遍。

祐三从人群里走出来。富士子一面打量着祐三的面容，一面随后跟了过来。

"你太太呢？"

"……"

"你太太呢？……平安吗？"

"嗯。"

"那太好了。小孩子也好吗？"

"嗯，都疏散了。"

"是吗？在哪儿？"

"在甲府乡下。"

"是吗？房子怎么样了？不要紧吧？"

"烧掉了。"

"噢，真的？我那儿的也给烧了。"

"唔，什么地方？"

"当然是东京了。"

"你一直在东京吗？"

"有什么办法呢？一个女人家，既无家可归，也没有落脚的地方。"

祐三打了个寒噤，步履突然有些踉跄。

"倒也不是贪恋东京舒适，仗打起来了，把心一横准备死，管他过什么日子，也不论自己怎么个情景，反正都无所谓。我身体倒还好。那个时候，谁还顾得上怜惜自己呢。"

"没回老家吗？"

"怎么能回去呢？"

语气是诘问式的，那原因还不是全在祐三吗？但也并无嗔怪之意，语调反倒是娇声娇气的。

171

祐三一不经心，竟触到了旧痛，自己也很恼怒。富士子似乎还处于麻木之中，祐三生怕她会醒悟过来。

对于自己的麻木，祐三也惊诧不已。战争那几年里，自己对富士子的责任和道义，一股脑儿全给抛到九霄云外了。

当初祐三之所以能同富士子分手，从多年的恶姻缘中脱身而出，想必就是借助战争这暴力的缘故。戚戚于男女间微末琐屑之事的良心，大概也早已掷弃在战争那股激流里了。

富士子是怎样穿过战争这条窄巷，如何生活过来的呢？如今祐三见到她，虽然心里扑通一跳，但说不定富士子已经忘怀得失，对祐三已无所怨恨了。

富士子的脸上，从前颇有点歇斯底里的神情，现在似乎消失殆尽了。可是她那双潮润的眼睛，祐三却不敢正眼瞧一下。

祐三从招待席后面的孩子群中挤出去，走到神社正中的石阶，在第五六级石阶上坐了下来。富士子站在一旁，回头望着上面的神社说：

"人倒来了不少，却没有一个是来参拜的。"

"也没有向神社扔石头的。"

众人绕着舞殿，在石阶下的广场上围成一圈，正面的甬道都有些堵塞。直到昨天，他们谁也没有料到，在八幡宫舞殿举行的庆典里，居然能让元禄时代的仕女赏花舞和美国的军乐队同时登台演出。所以，不论是心情还是穿着打扮，压根儿就没有过节的准备。可是，从院内的杉树林里到大牌楼对面的樱花林荫路，直至高高的松树下，看热闹的人络绎不绝，望着这光景，清澈悠远的秋色，格外沁人心脾。

"镰仓市没烧毁可真万幸。烧没烧毁大不一样呢。这树木，这景致，全然一派日本的情趣。小姑娘们的那副打扮，我看了简直吃了一惊呢。"

"那衣裳，你觉得怎么样？"

"乘电车挺不方便的。不过，我早先穿那种衣裳倒乘过电车，也在街上走过。"富士子俯视着祐三，在一旁坐下来。

"看到小姑娘穿上那样的衣服，心里挺高兴，觉得还是活着好。不过，再一想，浑浑噩噩地这么活下去，又挺伤心的。也不知自己将来会是怎样。"

"谁都如此。"祐三闪烁其词地这么说。

富士子穿了一条藏青碎白花的扎脚裤，是用男人的旧衣服改的。祐三记得自己也有一件碎白花衣服，和这很相似。

"家眷都在甲府，就你一个人在东京？"

"嗯。"

"真的？没什么不方便吗？"

"要说不方便，谁都一样。"

"那么说，我原先跟别人也一样来着？"

"……"

"你太太也跟别人一样，身体挺好？"

"嗯，大概是吧。"

"没受什么伤？"

"没有。"

"那好极了。先前躲警报时，我曾想，万一你太太有个三长两短，我倒平安无事，该怎么办好呢？那种事可太巧了，很巧，是不？"

祐三不禁一憬。富士子仍细声慢语地说：

"真是挺担心来着。尽管有时也自怨自艾，自身尚且难保，何苦要惦着你太太？真傻。可就是不放心。我一直想，等打完仗见到你，非把这份心思告诉你不可。我也想过，说归说，信不信由你。不知怎的，打仗那几年，常常会忘记自己，为别人祈福。"

听她这样说，有些情景祐三自己也想象得出。极端的自我牺牲与自我本位，自省与自满，兼爱与利己，道义与邪恶，麻木与兴奋，这种种情绪，何尝不是同样奇怪地交集于祐三身上。

也许富士子一方面巴望祐三的妻子遭不测，同时确又默祷他的妻子能平安无事。她没有意识到自己的坏心眼,只一味陶醉在另一半的善心里——这恐怕是她熬过战争,得过且过的一个办法。

富士子的口气是真诚的,修长的眼角里涌出了泪水。

"我觉得对你来说,太太比我要紧,所以就特别惦着她。"

富士子唠唠叨叨尽讲太太的事,祐三当然也就牵念起妻子来了。

可是心里难免有些疑惑。祐三和家里人从没像战争年代那么相亲相爱过。他爱他的妻,爱得几乎忘掉了富士子。妻子成了他切身的另一半。

然而,一见到富士子,祐三立刻觉得仿佛是同自我重逢了。而要忆起妻子来,还需费些功夫,做番努力。祐三看出自己心灵上的劳顿,觉得自己像是带着雏儿彷徨四顾的动物。

"见了你,我一时不知该求你点什么好。"

富士子的口气像要缠上身来的样子。

"嗳,我求求你,听我说呀。不然,我生气啦。"

"……"

"你养活我吧。"

"什么?养活你……"

"要不了多久的。我一定安分守己,绝不连累你。"

祐三终于沉下脸,望着富士子。

"你现在怎么过日子的?"

"总还能糊上口吧。可我不是为这个。我想改变一下生活,打算在你这儿开个头。"

"这哪里是开头,岂不是又倒回去了!"

"不是倒回去。你只要给我加把劲儿就行。到时我准马上自个儿离开你。照这样下去可不成,我非毁了自己不可。你就帮我一把吧,好吗?"

祐三也听不出,她这话里究竟哪些是真心话。简直像个巧妙的圈套,又像是诉苦。兵荒马乱时的弃妇,难道战后要从祐三这里摄取生的力量,准备重整旗鼓吗?

祐三遇见旧日的情妇，自己也没料到，竟恢复了一种生命感。莫非富士子看透了他这个弱点不成？不用富士子说，祐三也觉得，心中已然情牵于一线。难道竟要从自己的罪孽和无行中，才能意识到自家的生存吗？心情不免有些黯然，便惨然垂下了目光。

那边传来了人群的掌声。是外国驻军的军乐队入场。头戴钢盔，散漫地走上舞台。一共二十来个人。

当吹奏乐器齐声奏出头一个音符时，祐三顿时挺起胸来。豁然清醒，脑际一抹云翳已一扫而光。乐声清脆嘹亮，激荡人心。那种感触，就像软鞭儿掠过身上似的。听众的脸上也现出生气勃勃的样子。

此时，祐三对美国颇感惊讶，这是一个多么明朗的国家啊！

这种鲜明的感受，使祐三为之兴奋鼓舞，恢复了男人的豪爽大度，哪怕是对富士子这种女人，也不去计较什么得失了。

车过横滨，物影渐次淡薄起来，好像融进了大地。四周已经暮色沉沉。

很长一个时期里，废墟上不时散发着刺鼻的焦臭味，现在虽然没有了，却经常尘土飞扬。废墟上也有了秋意。

看着富士子那淡红的眉毛和纤细的头发，祐三蓦地想到"寒冬将临"这句话，自己反要拖上一个累赘，正是俗语所说的"流年不利"，只有苦笑而已。然而，废墟上四时的推移，令人触景生情，越发颓唐消沉，也就一切都听天由命了。

本来应在品川站下车，祐三故意坐过了站。

祐三已是四十一二的人了，多少也领悟到人生的苦恼和悲哀终会随着岁月而消逝，各种难题和纠葛也自会由时间来解决。任你狂呼挣扎也好，默然袖手旁观也罢，结局总归是一样的。这种情况，祐三并非没有经历过。

不是连那样的一场战争也过去了吗？

只不过比意想的要早罢了。就那场战争而论,四年的时间究竟是长是短,祐三虽然无从判断,但战争毕竟结束了。

上次祐三在战争中遗弃了富士子,这次也同样,虽则刚刚相逢,心里未尝不打算让时间的洪流把富士子冲走。那次是战争的狂飙吹散了两人,从而了结彼此的缘分。提起"了结"这个词儿,尽管祐三还有些激动,可是现在往往也能看出他自己的狡黠和自私。

不过,了结虽然使人痛快,而困惑于自私的打算,看来未始不更道德一些。即便如此,祐三仍不免心烦意乱。

"到新桥了,"富士子提醒说,"是去东京站吗?"

"唔,是的。"

也许富士子这时想起,从前他们两人常从新桥到银座去的情景。

祐三近来没去过银座。平时上班都是从品川站乘到东京站。

祐三心不在焉地问道:

"你去哪儿?"

"哪儿……你去哪儿,我就去哪儿。怎么了?"富士子神色有些不安。

"没什么,问你现在住在哪里。"

"哪儿有那么好的地方。还谈得上什么住处哩……"

"彼此都一样。"

"你现在带我去的地方,就是我的住处。"

"就算这样吧,那你一直在哪儿吃饭呢?"

"哪儿有像样的饭吃。"

"配给品是在什么地方领的?"

祐三好像动气了,富士子瞧着他的脸不作声了。

祐三疑心她不愿讲出住址。

祐三想起刚才经过品川站自己没吭声的事,便说:

"我现在寄住在朋友家里。"

"合住吗？"

"合住的合住。那位朋友租了一间六张席的房，暂时凑合挤挤。"

"不能再收留我一个吗？三重合住好不好？"

富士子有些死乞白赖的样子。

东京站的月台上有六个看护，戴着红十字，站在行李中间。祐三前后张望了一下，没见到有复员的士兵下车。

他来往品川站时，常常乘横须贺那条线，到这个月台往往能遇上一群群复员的士兵。有的与祐三从同一辆车上下来，有的是乘前一班车先到的，站在那里排队。

这场战争，打到最后节节败退的时候，把许多士兵遗弃在远隔重洋的异乡客地，在他们生死存亡无人过问的情况下，国家便宣布了投降。这场败仗，恐怕也是历史上前所未有的。

从南洋群岛复员回来的人，在东京站下车，一个个都营养不良，甚至饿得濒临死亡的边缘。

看到这类复员兵，祐三心里每每都有种莫名的悲伤。借此亦可做一番真诚的自省，也想净化一下自己的内心。的确，每次见到同样吃了败仗的同胞，祐三总是归心低首的。他们不同于东京家里贴邻而居的街坊，或是电车上萍水相逢的乘客，而好像是远方归来的纯朴的邻人，使人倍感亲切。

事实上，复员士兵的脸上表情确是很纯朴的。

那或许是久病之后的病容也未可知。由于疲劳、饥饿和沮丧，显得衰弱，失魂落魄。脸上颧骨高耸，两眼深陷，皮色呈土灰色，连做表情的气力都没有了。也许这就是一种虚脱状态。不过祐三觉得并不尽然。日本人战败后，样子还不至于虚脱到像外国人说的那么严重……

担架旁站着佩戴红十字的护士，有的伤兵就地躺在月台的水门汀上。祐三一脚险些踩着一个伤兵的头，便从旁边绕了过去。那些伤兵目光很清亮，毫无恶意地望着外国驻军上下电车。

有一次祐三听见外国士兵低声说"very pure"[1]，事后一想，觉得也可能是"very poor"[2]，是自己听错了。

戴红十字的看护站在复员兵的旁边在张罗着，依现在来看，祐三觉得，她们比战时要美得多。这或许是同周围相对比照，一时的观感吧。

祐三从月台的阶梯走下来，朝着八重洲信步走去，等看到通道被一群朝鲜人堵住了才猛然想起来说：

"从正门出站吧。平时从后门走惯了，一时大意了。"说着便踅了回去。

祐三常在这里看到一群群朝鲜人等车回国。因为月台上不让排队久等，他们便挤在楼梯下面。有的人靠在行李上，有的人铺着脏布和被子，蜷缩在过道上。有些行李是用绳子拴着的锅和水桶之类。有时就那么等着，通宵达旦。大多数人都扶老携幼，小孩子很难和日本孩子分别开来。其中大概也有嫁给朝鲜人的日本女人。偶尔也有人穿着崭新的朝鲜服，雪白的衣裤或粉红的上衣，挺惹人注目的。

这些人是要返回刚独立的祖国，但看起来像是逃难的，大概战争难民也不在少数。

从那里走到八重洲的出口，就只见排队买票的日本人了。第二天售票，隔夜便得排队。祐三深夜回来，路过这里，常能看到排队的人蹲的蹲躺的躺，前头的便靠在桥桁上。桥脚下到处是粪便。是排队排过夜的人在那里便溺的。祐三上班走过这里总能看到，下雨天就只好从车道上绕行而过。

脑子里忽然想到天天看到的这些情景，祐三向出站口走去。

广场上的树木，叶子飒飒作响，晚霞淡淡地映照在丸大楼的侧面。

走到丸大楼前，一个十六七岁的少女，肮脏不堪，一只手拿着细长

---

1 很纯洁。

2 很可怜。

的糨糊瓶和短铅笔，兀立在楼前，身上穿一件旧衬衫，正身是红不红黄不黄，袖子是灰乎乎的。脚下拖着一双男人穿的又旧又大的木屐，那光景完全是沿路乞讨的流浪儿。只要有美军走过，她便紧跟上去打招呼。可是没有人肯正眼瞧她一下，谁的裤子若被她的手碰着了，便会不高兴地瞅她一眼，无言而冷漠地扬长而去。

祐三挺担心的，那糨糊会不会粘在人家的裤子上。

少女耸起一只肩膀，走路的架势连大木屐底都露了出来，蹒跚地穿过广场，孤零零地消失在幽暗的车站里。

"真作孽啊。"

富士子目送少女的背影说。

"是疯子吧？我还以为是讨饭的呢。"

"不知怎的，近来看见那种人，好像自己也迟早要变成那副样子，真不愿意呀……幸而遇见了你，可以不担这个心了。毕竟还是不死的好。只有活着才能见到你。"

"也只能这么想啦。大地震那次，我在神田，给压在房子底下一根柱子下面，差点儿给压死。"

"哦，我知道，你右边腰上还带着一块疤呢。你不是告诉过我的吗？"

"唔……那时我还在念中学。日本当时在全世界面前并没有被当成罪人看待。因为地震破坏虽大，到底只是一场天灾。"

"地震那年，我已经出生了吧？"

"出生了。"

"在乡下，什么也不知道。我要有孩子，也要等国内情况稍稍好转后再生。"

"那倒不必……照你刚才说，大灾大难，人才会变得更结实。这次打仗，我碰上的危险就没有地震那次大。刹那间的天灾倒险些要了我的命。近来这一阵，连生孩子不是都满不在乎吗？什么顾虑也没有，说生便生。"

"倒也是……和你分手后，我常常想，你若是去打仗，倒真想有个孩子。所以，能这样活着见到你……那就什么时候生都可以。"说着富士子便把肩膀靠过来。

"往后也无所谓私生子不私生子了。"

"你说什么？"

祐三皱起了眉头。恍如踩空一个台阶，略微感到眩晕似的。

富士子说这话也许很认真。然而，祐三此刻发觉，在镰仓相遇以后，两人净说些生硬、干巴而又莫名其妙的话，他觉得很寒心。

方才祐三就怀疑，富士子那些露骨的话里，未必没有自己的盘算，然而她好像还木然不知，冒冒失失就一身扑了过来。

祐三也觉得，不论对富士子，还是对遇见她以后的自己，他据以判断事物的基础，似乎飘忽不定，很不牢靠。

乍见到富士子，虽也有些小算盘，怕重新陷入恶姻缘而不能自拔，可是这种自私的盘算一旦面临变为现实的时候，反不敢脚踏实地去实行。

因为妻子疏散出去与他分开了，城市的一切秩序都已冰消瓦解，孑然一身的他到处踯躅，只有这样得大自在、无牵无挂，才能贸然又捡回富士子。但话又说回来，祐三也是出于无奈，受本能的驱使，不得已才叫富士子给拴住了。

这是因为祐三把自己和自己的现实生活全奉献给了战争，为此他着实陶醉了一番，在陶醉之中便走到了这一步。但是，他带富士子来这里的路上，使方才在八幡宫看到她恍如同自我重逢的错愕感受，竟像蒙上一层荫翳，受到毒害似的，心情很是郁悒不畅。

同战前的情妇重逢，使祐三重新套上了"往昔"的刑枷，而这段宿世姻缘，反变成对富士子的一腔怜念。

走到电车路前，是去日比谷公园，还是去银座呢？祐三颇为踌躇。公园就在附近，于是便走到公园门口。然而，公园也变得叫人吃惊。他们旋即又往回走。到了银座，夜幕已经四垂。

富士子既然不肯说出住处，祐三也就不便说要去她那里。或许她不是一个人。富士子也有些心虚的样儿，并不催促祐三去什么地方，只是耐着性子跟在后面。大火之后的废墟，行人稀少，一片漆黑，她也不说害怕。祐三不免焦灼起来。

筑地那边似乎还有些房子能住人，可是祐三不熟悉那一带，便漫无目的地向歌舞伎剧院方向走去。

祐三默默拐进一条小巷，走到背阴处。富士子慌忙跟了上来。

"你在这里稍微等一下。"

"不，怪害怕的。"

富士子站在身旁，贴得那么近，祐三几乎想用胳膊推开她。

断砖碎瓦在脚下绊来绊去，难以立脚。祐三面对着一堵墙，倏然发现，那墙宛如一道屏风，峭楞楞地立在那里。周围的房屋全烧塌了，唯独那堵墙还矗立不倒。

祐三有些毛骨悚然。黑夜里，墙像一排牙齿，鬼气森然，发出一股焦臭味，仿佛要将祐三吞掉似的。墙头斜着削落了一片，黑暗愈显浓重逼人。

"有一次，我呀，要回乡下去。也是这么一个夜晚。在上野站排队……哎呀，猛一惊，用手摸摸身后，给弄湿了一片。"富士子屏住气说，"后面的人把我衣服弄脏了。"

"哼，准是贴得太近的缘故。"

"哪儿呀，不是那么回事。我吓得直哆嗦，就从排的队里走开了。男人真叫人害怕，那阵子常有这些事……噢，真怕人。"

富士子缩着肩膀蹲下来。

"那一定是病人。"

"战争里的难民。他们都有证明，房子给烧了，便流落到城里来。"

祐三转过身子，富士子还不想站起来，便说：

"排的队，从车站里一直排到外边漆黑的路上……"

"怎么样，走吧？"

"哎。我太累了。这么待着，就像要沉到黑暗的地底下似的。我一大早就出来了……"

富士子仿佛闭着眼睛。祐三站在一旁俯视着她。富士子恐怕连午饭都没吃过，祐三心里寻思着，嘴上却说：

"那边在盖房子。"

"哪儿？当真。这种地方怎么能住人，多害怕！"

"也许有人住了。"

"哎呀，怕人，真是怕人。"富士子叫了起来，拉着祐三的手站起身来。

"真讨厌，净吓人……"

"怕什么……地震那时候，常有人在这种临时搭起的木板房里幽会。不过，此刻倒确有些阴森可怕。"

"可不是。"

祐三没有松开富士子。

温软的肉体自有一股说不出的亲密，极其舒适惬意，甚至神妙得令人麻酥酥的。

倘使说这是同女人久别之后的一股激切之情，不如说是病后接近女身重又体味到的一缕柔情蜜意。

祐三的手摸到富士子的肩头，是嶙峋的瘦骨，靠在他胸脯上的是深重的疲劳。尽管如此，祐三依然觉出是同异性的重逢。

一种生意盎然的感情复苏了。

祐三从瓦砾堆上向木板房走去。

门窗地板似乎还未装上，走近房子时，脚下发出踏破薄木板的声音。

（1946年）

高慧勤 译

富士初雪

一

"富士山有雪了！喏，是雪吧？"二郎道。

歌子也从电车窗口往富士山看去。

"不错，头场雪。"

"不是云，是雪，是吧？"二郎叮问。

富士山云絮缭绕。在晦暗的天空下，白云与山巅的白雪很难分辨。

"今天，是九月二十二号吧？"

"嗯。明天是彼岸[1]正中间，秋分。"

"年年到这时候富士山都下雪，怕是头场雪吧……"说到这里，二郎若有所觉地继续道，"不过，还真弄不清是不是头场雪。我们看富士山有雪，在今年今天是第一次。也可能富士山在这以前就下雪了。"

"报纸上不是登了么？配了一幅很大的照片，说是富士初妆。"

"什么时候的报纸……"

"该是今早的报纸。不是昨天的晚报。"

"我没注意到。"

"是吗？你订的报纸和我家的不一样。"

"是吧！"二郎苦笑。

"和报上的照片一模一样。上面写道，是用报社飞机拍摄的，云也

---

[1] 日本称春分、秋分及前后各三天为彼岸。

是这个样子……"歌子见二郎默不作声,补充说,"报纸是今早的,照片应是昨天拍的。昨天今天云都是一个形状。云本来动来动去的,形状却没变,也真是奇妙。"

二郎想,歌子说是"一个形状",其实不至于对报纸上的富士照片看得那么仔细。

作为证据,歌子是在二郎说"富士山有雪"后才往山上看的,此前并没有注意。假如"富士初妆"那张照片打动过歌子,歌子应当在乘上伊东方面电车后比二郎先看到富士山才是。

电车驶过大矶。

想必歌子在听二郎说"富士山有雪"而目睹富士山之后,才想起今早报纸上的照片。十之八九的人都不会那么细看报纸上富士初雪的图片。

倘若富士山的云果真如歌子所说昨天今天一个形状,那将使二郎对大自然产生一种恐慌感。

不过,即使歌子今早的确被富士初雪的照片打动过,也应该在同二郎上车后忘在脑后,这或许才是正常的。

同二郎乘电车去小田原这点,歌子今天一早就已知晓,因此她不是不可能记着报纸上的照片,以便在看到富士山时作为话题提起初雪。只是眼下她恐怕不会有此闲情逸致。

歌子七八年前同二郎恋爱过,而结婚却是同别的男人。近日离了婚,今天同二郎去箱根。要想的事很多。

"报纸说云在八合目[1]部位,那就是八合目吧……"歌子仍在说富士初雪,并觑了眼二郎的侧脸。

歌子觉得,二郎的声音在他愕然道出"富士有雪"时才第一次恢复了往日的生机。

从东京站开始,二郎同歌子应答的语声,在歌子听来,总好像疲软

---

[1] 富士山高度的大约百分之八十的位置。

无力，以致怀疑二郎大概心绪不佳。

二郎继续从车窗看富士山。

歌子已憔悴不堪，二郎很想细看她憔悴到什么地步。未必动机残忍，莫如说出于怜爱。可是二郎越是想看，越好像看不到歌子。

"刚才你说……"歌子开始丢开富士山，折回自己身上。

"说你和染谷？"

"嗯。"歌子略一沉吟，"作为现在的我，无论对什么都想尽可能宽容一点。"

"那是的。"

"怨恨染谷也解决不了自己的事。"

"那是，那是。"

"闹得和染谷分道扬镳一开始恐怕也怪我不好。也不只是一开始，扪心自问，自己确实不够好。"

"既然对别人宽容，对自己也应该宽容一点嘛，不是么？"

"是啊。提出宽容别人，大概也是因为想使自己得到温暖的安慰。"歌子微微一笑。少女时代的歌子，微笑起来是那样灿烂，如今则显得凄清而不自然。一侧嘴角有点神经质地痉挛着。"不过也不完全因为这个。累了，没有气力。累的时候对人宽容一点，怕是最有效的良药。"

"你和染谷，真是那么磕磕碰碰过来的？"

"是的。夫妻之间，一旦别扭起来，那是无可救药的。可总的来说，我还算能忍受的。在家里忍气吞声的总是女人……"

"不过同染谷分手还是不好受的吧？毕竟不同于和我分手那时候。"

"瞧你！时至如今再说那个可不够地道。那时什么都不懂嘛。也正因为有同你那次分别，这次才忍受得住。"

二郎默然。

"较之分手本身，分手之前的忍耐更叫人痛苦。"

二郎点头。

"还有孩子,是吧?"

"孩子的事儿,才刚已听你说了。"二郎把目光从富士山的初雪移回歌子脸上,"孩子的事嘛,这回的孩子即便不同你在一起不也是能长大成人么?和我分手的时候,孩子因为分手没命了。"一口气说罢,二郎又有些后悔。

歌子下眼睑和脸颊抽搐不已,指尖也颤颤发抖。

"那时什么都不懂,孩子的事也不懂的。"

二郎见歌子眼泪汪汪,说:

"那是的。都怪那场战争,我是这样认为的。"

歌子摇摇头:

"孩子生下来弄得我狼狈透了,简直昏天黑地。"歌子仍然噙着泪水。

但是,歌子根本就没想起她和二郎之间那个死去的孩子,眼前浮动的只是留在染谷家的两个子女。

"狼狈倒大有可能。毕竟因为有了孩子反倒不得不同我分手的……"二郎道。

歌子力图暂且忘掉染谷的子女,而回忆二郎那个孩子。

问题是二郎那个孩子一出生就离开了自己,去向都无从打听。

事情发生在战争结束那年。父母觉察出歌子怀孕,她同二郎的关系再也瞒不住了。于是歌子一家离开东京,疏散到偏僻的乡下。那里人地两生,只消说让出嫁的女儿在乡间分娩即可搪塞过去。

父亲因工作关系基本待在东京家里。歌子怀抱婴儿,跟母亲返回遭受空袭后的东京,以便将婴儿送人。她本想见见二郎,但婴儿给人的第二天便被打发回了乡下。

战争结束后,歌子才听说孩子已在领养的人家夭折了。

"难道那孩子真的死了?"歌子说。

二郎侧过脸去。

"活着也不一定,我有时想。"

"孩子确是死了的。"

"就算还活着,现在在哪里遇见我也不一定认得出了……"

"死了的孩子就别说了!"

不光是孩子,已然过往的其他事二郎也没心思同歌子详谈。

二

二郎见歌子眼泪未干,便从小田原站钻进出租汽车。歌子眼眶发红。虽说未到哭的地步,却俨然似哭了一般。想必是身心的交瘁反映到了眼睛上面。不管说什么,都像立刻要掉下泪来。

二郎想看歌子往日的形象。眼前憔悴的歌子令他目不忍视。如此既想从现在的歌子身上寻觅往日的歌子,又想对现在的歌子避而不见,自己的眼神怕也不知所措起来。

二郎觉得,从电车换乘小汽车大概更能使自己捕捉到歌子往昔的面影。就歌子来说,在电车中和在仅有两人的小汽车中也应该有所不同。

二郎心很细。也就是说,他是那样迫切地追索歌子往日的音容笑貌。

一度回荡过的声响,多年后若再次奏鸣,喜悦和悲哀都将汇成歌谣——一位诗人这样说过。可那歌谣将是怎样的歌谣呢?二郎感到不解。

车从小田原城遗址前驶过。二郎看林木时,歌子凑近身子低语:

"你可知道领养孩子那户人家?"

二郎有点迷惘:

"这话就别再提了!"

"哎哟,你知道?"歌子一惊,"怎么知道的?"

"你父亲告诉的,来信说孩子死了。"

"哦——"

"你父亲的用意,大概是说我们两个的纽带从此断掉了。不过也有可能战败使你父亲变得懦弱起来,感到过意不去才通知我的。我当时觉得。"

"父亲还告诉你了……"歌子难以置信似的重复说。

随即,轻轻靠在二郎身上。至于是出于某种亲密,还是因为力不胜支,二郎弄不清楚。

及至歌子感觉出二郎的体温,便似乎闭上了眼睛。

二郎原以为歌子会接着说下去,见她再不吭声,悄声道:

"就靠一靠吧。"

歌子点下头。但并未进一步靠紧,反而略微闪开肩膀,一动不动。

"就算父亲也通知了你,可还是不晓得那通知是真是假——和你这么待在一起,我有这样一种感觉。"歌子小声细气地缓缓说道。

很像是爱的低吟浅诉。歌子靠在二郎身上后,膝头瑟瑟发抖。为了控制自己,她说自己同二郎那个孩子时,尽可能在眼前推出留在染谷家的子女。

歌子知道二郎怜悯自己。这使得她不能把心交给二郎,宁肯自己一人吞食苦果。

"刚才也说了,那个通知是的的确确收到过。"二郎应道。他想起接到关于孩子夭折的那封信后,自己前去面见歌子的父亲,打听出领养孩子人家的地址,并到那里表示惋惜,但没有对歌子说。

"不过,我不后悔有过孩子。"蓦地,二郎重重说了一句。

歌子心里一震,稍微欠欠身子,又马上附和似的靠住。

"即使影响到你的婚姻生活……"

"没那回事。那是两回事。"歌子摇头,"不是因为那个。"

车驶出小田原,穿行在路旁长有樱花树的镇子上。

"染谷说不是因为那个。"歌子补充道,"要是那样,就不会这么跟二郎来了。"

驶过汤本温泉,二郎也没开口。

离开宫下,很快到了强罗。乘出租车意外的近。

"上次来时是坐电车,觉得很远。只是季节是夏天,每个车站都一丛丛盛开着八仙花,漂亮得很。"二郎说。

"回来时路旁开有石蒜花来着,可看到了?"歌子问。

战前的财阀别墅，战后往往变成旅馆——强罗便不在少数。其中一处，庭园里依稀保留着往日高原山林的情趣，房屋也不像是旅馆样式。

主人显然不忍砍去原生林遗木，两人下榻的房间也罩满绿荫。

两人坐下望着贴近檐廊的几棵树的基干。什么树倒不晓得，看上去很感释然。

"好地方，做梦似的。"歌子放松下来，看了眼二郎的脸，"或者更像从一场噩梦中醒来。日子过得真是不成样子。"

"是来到个好地方！"二郎也痛快地说道。

"好地方还是有啊！"歌子打量着园里众多的岩块，心想应该带孩子来一次。要让孩子在这样的地方尽情玩上一天再同孩子分别。

"我家房子在空袭中烧了，在武藏野一座乡下寺院租一间来住。一位谣曲先生也疏散来了，在院子对面一个仓房里铺上草席，时不时有打鼓吹笛的人出出入入。一听到那鼓声和笛声，我就想起歌子，难过得不行。"

歌子闪出欣喜的眼神：

"你妈妈也一起住了？"

"啊，母亲、妹妹，三个人。"

"妹妹什么时候结婚的？"

"差不多四年了。"

二郎什么时候结婚的呢？歌子没问。对二郎的妻子，歌子一句也不打算问。

"寺里的和尚也会唱谣曲，那谣曲先生怕是因此才来。一次我称赞和尚谣曲唱得好，和尚说还不行，总有一股念经味儿。"二郎继续道，"每当'砰砰'的鼓点随同'哟'一声'噢'一声唱腔传来，我胸口就一阵阵跳。失恋，再加上营养不良，身体弄垮了。在战况正吃紧的时候，有人坚持不懈击鼓吹笛，也真是令人佩服，不可思议。或许那些人除此别无他法……我俩却没有那种吹奏不止的不屈不挠的劲头。两人都在战败面前败下阵来。"

"我还是个孩子，什么都不懂。"歌子重复说，"可我也还是应该同你一起吹奏才对的。因为没有那样做，才落到这个地步。"

女佣又来劝两人入浴，第二次了。

"浴室看过了，请二位……"女佣说。

"谢谢。没带毛巾来……"

"呃，这就把毛巾送去浴室。"

女佣走出后，歌子红着脸说：

"不好意思。毛巾都没带来，还不给人家怀疑！"

两人原本没打算来箱根。

在银座碰了头，吃罢偏午的午饭，二郎把歌子送到新桥站。歌子买票的时间里，二郎抬头看着东海道线时刻表提议：

"这就去一下箱根如何？"

"今天？这就……"歌子身体似乎有点收紧。

其实二郎并没有足以使歌子收紧身子的不良用心。

歌子憔悴得厉害，活像惧怕什么似的战战兢兢，受过刺激的神经甚至从脸上也看得分明，二郎不忍心就此告别。

只是二郎担心一旦泡进温泉，那七八年婚姻遭遇给她带来的变化、损伤都将无可避免地整个暴露在自己眼前。

二郎起身去浴室时，歌子还没有换穿旅馆的浴衣，袜子也未脱。

三

因是硫黄温泉，二郎无意多泡。身体一度沉入水后，便茫然坐在浴池边上。水龙头流出的倒像是普通淡水，却又懒得借用旅馆浴皂。

"可以进去么？"歌子问。

"啊，请请。"二郎回答。

歌子把浴室门稍稍打开一点，扶门站着，说：

"正整理你的衬衣，女佣又跑来说由她来，催我快进浴室。真是的！"

歌子穿着浅褐色西式上衣，腋下挟着浴衣。

二郎没想到对方会不以为然地注视自己的裸体。

"温泉旅馆嘛，不洗温泉人家是不答应的。"

"倒也是啊。"歌子重新合上门，并不迟疑地滑下水来。

二郎只扫了一眼歌子的肤色便移开眼睛。肤色白皙，蛮好看的。

歌子一直浸到脖颈，凝然不动。

二郎也脸朝同一方向，从靠近浴室窗口的岩石后面看低垂的胡枝子穗。

"也真是不可思议，在染谷家时一次也没遇见过你。不料和染谷刚一分手就一下子碰上了。世上竟有这种事！大概有神人撮合吧。"歌子浮起肩，开朗地说，"而且你也就在东京。虽说东京大，七八年里也该在哪里相遇一次才是。"

"可是，也可能你在道的那边我在这边，相错走过没发现嘛。就算有一方发现了，另一方佯装不知或躲进小巷……"

"哎哟，一方，指哪一方……你？还是我？"

"倒不是说我们。"

"可我是很少出门的……有了小孩，女人很难动身。"歌子改口道。

歌子想起自己同染谷结婚那时候生怕撞见二郎。

二郎想起在战败拥挤的交通工具中，几次发现俨然歌子的背影或侧脸——尽管明知歌子已疏散到乡下时，心情是何等亢奋。

"想不到相见却是在那么不起眼的地方！我还以为应该在更神气的场所呢，如果能见到你的话。两人这么不期而遇，目睹的人怕是要发笑的——根本看不出是不情愿分手的人时隔七八年重逢。"歌子笑道。

两人是在新桥站碰上的。上楼梯的歌子发现正要上电车的一个男子很像二郎，便朝那个车门急步赶去。结果，同窗内的二郎打了个照面。二郎要下来，歌子要上去，两人在电车门口身体碰在一起，车门同时合上。

今天这第二次见面便是那天约定的。

"瘦了吧？都这个样子了！"歌子把手放在胸上面的突骨上，"这已经算好一点的了,回娘家以后。"

"是吗?"

如此下到水里,歌子曾是生过自己孩子的女人,那种不分彼此的亲昵也开始回到二郎身上。同时又觉得好像是在注视陌生女人的肌肤,有些不知所措。

"同你分手和孩子夭折的时候也消瘦来着,但没这么厉害。毕竟年轻。"

歌子往日的肢体,二郎既好像历历在目,又好像模模糊糊。

"年轻,又是那样的年代,我只觉得有一种负罪感,似乎坏事都是我一个人干的,就再不去考虑你我两人的事。是那样的。战争拆散了许许多多的情侣和夫妻。"

歌子也被征到兵工厂做工。有了身孕后仍早出晚归,不知蒙受了怎样的屈辱。现在回想起来真有点不敢相信。

"同染谷结婚也是战争的关系。一切都搞糊涂了。"歌子再次浮起泪花,"近来提起这个,胸口就跳得不行。在跟染谷吵嘴或被他打时,胸口也突突跳得难受,真以为会那么直接死掉。"歌子按着胸口爬出水,坐在冲洗处。

"我们的青春给战争糟蹋掉了。好在和你有那么一段往事,对我真是唯一的安慰。倒是苦了你……"

"不,那不是的。"

"不错,你是说要宽容别人来着。"

"是啊。回到娘家,知道自己虚弱得不成样子,不宽容别人自己也就没救了,我觉得。"

"我也很恨你来着,也自责过。后来发现在所有日本人都很艰辛的岁月里,自己的情况还算是幸运的。即使战争打得最凶的时候自己也有你这样一位情人。噢,是我整个迷上了你。"

"真高兴!"

两人并排站着擦身。

二郎忍不住想偷瞧歌子的后身。而歌子对二郎的躯体似乎没什么兴致，并无要看的意思。二郎有些费解。不知是女性特有的矜持所致，还是出于一如往昔的直率。

洗罢澡，歌子的亲昵传染给了二郎，晚饭吃得轻松愉快。

六叠房间旁边有一间三叠的。女佣把矮脚桌搬到三叠房间拾掇，两人早早躺下。

"聊个通宵！"歌子低语。

"别聊不痛快的哟！"

二郎拉过歌子的胳膊。

"近来睡觉可好？"

"累了，也就……"

二郎不清楚她是说因为累才睡得好，还是由于过累而睡不好。

"像过去那样抱我！"歌子一动不动。

"怎么抱的呢？"

歌子见二郎有点困惑，含笑道：

"瞧你，忘了？"

"过去你可老实着呢。"

"什么都不懂嘛。"

二郎闭目合眼，努力在眼前浮现空袭中烧焦的东京街景，浮现空袭惨死者的尸首。这是二郎遏制情欲的一个办法。

妻子身体不爽时，二郎使用此法成功地控制了自己。战后不久，二郎和朋友去了一次颇不光彩的场所。女郎讲起其家人死于空袭的事。二郎似听非听。女郎见二郎似不相信，便不厌其详地讲述死者身体的惨状。女郎亲眼所见这点倒可能不容怀疑，但未必是其家人。只是二郎也想起了自己见过的惨不忍睹的死尸。

"怎么回事？"女郎问。

"战争性障碍。"二郎信口应道。

而在像过去那样怀抱歌子的现在,这个办法也同样灵验。

歌子在昏暗中触摸二郎的脸颊,似在询问何以如此。

"想起什么了?"

"讨厌的战争。"

歌子怀疑二郎想起了妻。

二郎温柔地抚摸歌子的头发。

箱根这次不意之行也好,夜晚如此同床共衾也罢,二郎都觉得有约在先似的顺乎自然。歌子想必也并无疑虑。可是,歌子无疑筋疲力尽,无疑伤心至极。

"要是没那场战争,大概直到现在都这样和二郎在一起。"

"可是在那座工厂里相遇的哟!没有战争,歌子也不会来工厂。"

"即使不在工厂,也一定会在别的什么地方相遇,我想。"

二郎明显嗅出歌子的头发有一种不同于其他女子的气味儿。

往日那般老实的少女,结婚七八年,又生了两个孩子,将有怎样的变化呢?二郎固然感到嫉妒和冲动,但他还是将战火死尸塞进脑海。

带歌子到这里来,是因为歌子委实憔悴得使自己不忍分别。二郎在心中自语:对那憔悴自己也负有责任,并告诫自己,此行并非为了在歌子身上满足新的欲望。

而联想战火死尸的惨状,竟有几乎堪称奇迹的妙用,二郎对此生出一些恐惧。

歌子已把自己交给二郎,浑身软绵绵的。也是因为力正从她身体中排出。这点二郎的手心都已感觉到了。

就歌子来说,放心诚然放心,同时又有一种火熄般的怅惘。

在新桥,二郎突然提出去箱根,歌子曾惊得屏住呼吸,莫非那是幻觉不成?当时倏然掠过脑际的念头,是住下来后尽一切可能拒绝二郎。现在想来,实在不是滋味。

静静过了片刻,歌子开始抽泣,把脸贴住二郎。脸颊满是泪水。二郎吃惊地用手擦拭。

"我动不动就哭是吧?"歌子笑了笑,"娘家父母也觉得奇怪。"

"神经太亢奋了。离婚这东西,总是件大事。"

"不是的。刚才也说了,是离婚前的忍耐叫人受不住。由于太受不住了,一松开绳子,身体就像悬空了似的。"

"婚姻不如意,原因恐怕还在我身上。我是悄悄为你祝福来着,可这太浅薄了,应该更加自责才是。"

"不是你的责任。我倒是说不提不愉快的事儿。可还是想说离婚前同染谷过的是怎样的日子,好么?"歌子摸住二郎的手,"做梦也没想到会有一天叫你听这个,也没料到还能见到你。"

四

第二天早上,二郎睁眼醒来,歌子还在脸朝对面睡着。腿好像有点弯曲。

从背后看,睡姿很是撩人情思,二郎不由微微笑了,伸手轻摸歌子的头发。

歌子翻身转过脸来。二郎没想到歌子如此敏感,缩回手。但歌子并未睡醒。

外面的板窗没有空隙,房间若明若暗。二郎觑了一眼歌子的脸,重新涌起依依的温情。他觉得歌子面貌没有变。

他闭起眼睛,似乎再难入睡,便一个人爬起去了浴室。

洗完回来,歌子已睁开眼睛。

"洗澡回来了?也不叫醒我。"

"九点了。"

"九点?不好意思。从没睡得这么香。"

"那就好。昨晚不也是比我先睡的!十二点睡的吧?"

"九个小时。啊,好痛快……"

歌子好像还在贪图痛快,没马上起身。

"脸朝那边蜷缩着睡的。"

"真的?"

"怕是背对染谷睡惯了吧?"

"哦?"歌子爬起瞪着二郎。

歌子去了浴室。好久都不见返回。

女佣收拾房间的时间里,二郎去园里散步。

二郎靠着园里一棵大树,朝在梳妆台化妆的歌子搭话:

"这就去芦湖如何?"

"芦湖?"

"说不定富士山的初雪映在湖水里了,这么好的天气。"

"秋分了嘛。"

"听说从这儿乘电缆车出去,坐公共汽车到湖尻,从那里上游船就可以了。"

"是么?"歌子从镜里抽出脸,"这就去?我不想动,想在这儿好好待会儿。"

"那就算了吧。"二郎走进房间,"洗的时间够长的了。"

"泡在水里看山蛮好玩的,看出神了。要是过去,那时候和你来这儿会怎么样呢?就想象起了果真和你来时的情景。"

"是吗?"二郎点下头,"过去可不是和女孩子洗温泉的时代啊!"

"现在就只剩下让人犒劳、让人安慰了?"

二郎未能回答。

"不过也好。时期不同,人最需要的东西也不一样。眼下我最需要的,还是犒劳和安慰。"

两人心情沉静下来,开始吃早餐。

女佣离开后,歌子给二郎盛饭,亲切而又自然,二郎很觉不可思议。

歌子刚才的话令二郎颇受感动。昨夜那样度过，既非由于对歌子憔悴的失望，也不是因为怕给日后留下麻烦，很难断定是这样或不是这样。

如果同初次接触的女子前来而像昨晚那样度过，今早很可能觉得别别扭扭，不至于有同歌子这样的亲切感。

但这种话很难对歌子出口，便说："过去分别的时候，我很绝望，认为一切都完了。好在两人之间还有宝贵的东西存留下来，就让我们把宝贵的东西当宝贝珍惜下去吧。"

"活像让人猜谜。"

"是像谜。"

"解不开的谜……解得开的谜……"歌子自我询问似的歪起脖子。

"往日各奔东西的两个人，重逢时没有相互怨恨——这不是再幸福不过的么！"

"的确。"

两人乘下午两点多的公共汽车在小田原站下来。

随后透过同昨天方向相反的开往东京的电车窗口，远望富士山的初雪。

"没有云，一直看到山脚。"

"没有云絮缭绕，山顶上那点雪就没有什么韵味了。"

"是么？"歌子不经意地碰了碰二郎的手，"是因为昨天看过了吧？富士山老看就没什么意思了。"

二郎明白歌子感觉出了分别在即。

"让你领来一见，太谢谢了。这回大概可以打起精神了！"

听歌子说得这么可怜而诚恳，二郎蹙起眉头。

"不骗你的！"歌子强调一句，把二郎的手放在自己两手之间。

二郎仍眼望富士的初雪。

（1952年）

林少华 译

离合

说是想跟人家的女儿结婚,而前来造访她隐居在远地的父亲,这或许也算得是当代一个难得的好青年吧。一见之下,福岛就对这位名叫津田长雄的小伙子产生了好感。长雄还说要到她母亲那里去征得同意。

"不,她妈妈那里就不必去了。"福岛露出了一点惶惑的神情,"大概听久子说过吧,妻子跟我离了婚。"

"哦。"

"要跟我女儿久子结婚,你用不着千里跋涉嘛。"

"到这儿来看望您,我是乘飞机到大阪的,一天打个来回都成。"

"是坐飞机来的呀。"

东京至大阪的机票要花多少,福岛对此即便并不确切地知道,也会想到这大概是一位富裕而忙碌的青年。

"要说,到我内人那里去,也通火车呀,下车就到,比这儿方便多了。"说着,福岛把眸光转向校门,看看这位青年是否让小卧车等在那里。

"在走廊里站着说话,有点礼貌不周呀,天气好的话,倒是可以在那一带边走边谈的……"

"不过,老师您不是还得上课吗?"

"不,十分钟二十分钟的,就是让学生们等一等也没什么;只要安排他们自习,我也就抽得出身来。"

中学生们好奇心强,望到福岛先生站在走廊尽头同人谈话,也有的人当是发生了不寻常的事情,连打旁边走过都要避开一些。

"要是教员室也成的话,那就请进……类似接待室的房间倒是有的。"

"是。"

看到青年有些迟疑的样子，福岛接着说："你是要急着回去吗？"

"不，一来因为我不晓得老师您会不会立刻同意……"青年露出明朗的表情，"您要是同意的话，那我还有话要跟您说呢。"

"是久子让你到这儿来的？"

"是的。"

"那就跟我刚才说的一样，只要久子觉得合适就成。这是久子的自由嘛，我这儿离她住的东京较远，只是殷切地希望久子不要做错了这个自由的选择。假如发现选错了，我也许会提出忠告的。尽管我是她的父亲，但从我的处境来说，也感谢你特意到这儿来。"

"是我应该向您致谢。"

"不过，久子没说要跟你一块儿来吗？"

"说过这样的话，可那就不太……"

"不太起劲，是吗？是久子不想来吗？"

"不，是因为我们想到突然两个人一块儿来，会不会反而伤害老师您的感情。"

"有道理，久子要是先写封信来，就不会这么突然了……"说着，福岛稍停了一下，"这么说，久子也求你到她妈妈那里去看望喽？"

"久子就是没说，我也想见见她母亲，谈一谈，这对将来可能有好处。"

"说得真在理呀。那是久子的母亲，倒是千真万确的……最近，久子像是在跟她妈妈通信吧？"

"说是好几年没通信了。"

"是吗？祸从口出，有时候也会祸从信来嘛……信，会给将来留下证据。"

"老师，您下课以后，可以到府上拜访吗？"

"嗯，那就请你来吧。因为这机会恐怕不会再有……不是有句话说：'今天，不要放过今天嘛。'过了今天就不晓得什么时候再会了。还有两节课，我租了一家酒店的房子，独门独户，算不得'府上'，你能先回去等我吗？"

福岛画了一张方位图交给了长雄，然后瞧着脚底下被雨淋湿了的地方，走进了教员室。长雄望了望他那看上去不过五十二三岁，但却显得老态龙钟的背影，然后沿着河边走去。河水仿佛上涨了，在河床的岩石处激起了波浪；也许是山影倒映的缘故，看上去一片碧绿。路上洼处的积水中，也是山影憧憧。

这里是三面环山的沿河镇子。说是镇子却又不大像，看来仿佛只是左近几个村庄的集合体。

山中梅雨并不像城市那样令人郁闷。长雄已征得情人的父亲同意他们结婚，感到喜悦也许是理所当然；同时，这富有风情的梅雨也使他觉得新奇。

这天晚上，在酒店独门独户的房里，浅饮轻酌之后，福岛和长雄很早就躺下了。然而，熄灯以后，两人一时闭上双目，一时又在黑暗中茫然睁着眼睛，进行枕边夜谈。

这所独门独户的住处共有十六平方米和十二平方米两个房间，住了福岛一个人。这里虽也有些炊具，但伙食却是由上房的酒店供应。福岛的生活是简朴的。既然担任中学的数学教师，就还不能算是隐居，何况原本也不是显贵的身份。在东京当过电气技师，假若继续工作下去，如今也许会升到相当高的地位；可在战祸中工厂遭到破坏以后，回到乡下来就一直没动；战后心想权且临时当个教师，却一直干到今天。独生女儿久子到东京去，就职于一家制药公司的宣传部。父女俩互不补贴生活费，又没有什么要商量的事情，也就往往疏于音信。父亲的乡村生活一向没有变化，但随时都想象到女儿已该发生不大好同父亲商量的事情了。女儿一遇机会就催促父亲进京。犹如女儿时时劝父亲再婚而未实行一样，进京的事情也一直拖延下来。仿佛是要在这山中度过晚年了，也考虑到如果进京，将来会成为女儿的重负。然而，因为同妻子分手以后就跟女儿一起度日，至今还保持着父女的感情，同时女儿远远地离开自己，也感到有些寂寞。

前来要求同女儿结婚的这位青年，提出哪怕住上两三天呢，也要请他到东京去看看女儿。据说，久子殷切地恳求这位青年回京时把父亲带上，父亲高兴得几乎要流下热泪。可以晓得，久子似乎以为既然自己相信长雄，父亲也会对长雄寄以信任。

潺潺的流水声直通枕底，今宵水急，尽管不多也听得到几声蛙鸣。

"今天夜里也不会看到萤火虫。"福岛对长雄说，"朝河的窗户没安木板套窗，只镶了玻璃，连萤火虫都能望到呀。挂上窗帘似乎要好些，但我清晨起得早，心想没用，也就没挂。也许因为是乡村教师，生活就变得懒散了。山峦和原野花枝繁茂，可是城里人却在狭窄的庭院培植菊花或种上蔷薇。这些习性，我都没有。这么说，城里的人们，对于山里的花木和野草鲜花什么的，却是出人想象之外地知道得很少哩。这是因为没有见到过，这也是人们意料不到的嘛。我也是这样，原先住在东京，总以为只有那里是最有生活价值的，整天在公司的研究室和工厂之间来来往往；等到在乡村住下来，才觉察到也并非如此。话虽这么说，但还没像陶渊明那样感到幸福……"

"久子小姐总是为老师的技术惋惜呢。"

"战争期间变成了时代的落伍分子。战后又被时代丢在后面了。在这儿，不再读专门的书籍，打中学的图书馆里借出些别的书读，读得可真不少哇。在电学以外，真是还存在着各种各样的世界，对我来说，那可是新鲜的世界呢。说了这类话，你可能对久子的父亲感到失望吧，不过……"

"不，不会是那样的。"

"失望也好嘛。我这么说也许是扯谎。瞧，我大概是在想给你一个好印象了。刚才已经说过，感谢你前来看我。我本来以为久子多半要自由结婚的，或者已经做了类似结婚的事情。"

"我想，来这儿还是做对了。"

"我也是这么想。在我跟久子两个人一起生活的时候，心想这孩子结了婚，我恐怕会感到非常寂寞的。不过，说来也真是奇怪呢，你这么一来看我，情况就恰恰相反了：一直觉得离得我越来越远的久子，今天在这里仿佛忽然又向我走近了。这是一种怎样的心理呢。"

"您这么想，对我来说也是值得庆幸的。"

"你究竟是什么人呢。咱俩这样并枕而眠，可我今天才初次见到你。对我来说，直到今天以前，你不过是个毫不相干的人。如今咱们竟然会感到亲近，产生好感，睡在一个房间里。虽然，你或许已经对久子的母亲感到失望……"

"没有那样的事。我倒是在想，我没叫老师失望就好了。"

"阔别很久，我能到东京去看久子，也是沾了你的光啊。但是，假若没有久子，咱俩就连彼此都生活在人世上也都无从晓得，可能完全是路人呢。单从把你跟我结合起来这个意义上看，我就会感到宛若久子来到眼前了。"

"是啊。老师跟久子小姐打什么时候就没再见面呢？"

"嗯，有两年了吧。打从久子正月来到这山里，本来学校有长时间的假期，我可以到东京去，从前倒是去过。"福岛追索着记忆，"久子是个跟母亲的关系淡薄的孩子呀，不觉得她有点好强吗？不过，并非因为母亲是个坏女人，才离婚的，久子也没有从母亲身上受到任何坏的影响哩。"

"我也听久子小姐说过，是一位好母亲。"

"小时候就离开母亲，只留下了美好的记忆，也是理所当然吧，又是个女孩子……就拿我来说吧，这样分居两地，她也可能觉得我是个没有出息的人，会不会认为我是个坏爸爸呢？"

"我总听她谈到老师。我们还商量过，请老师也到东京来住呢。"

"不，我就算了吧。尽管在这样的山里，可一旦安然定居下来，这儿也就有我生活的意义了。"福岛说罢，用手来回地抚摸着唇边自然生长的胡须。离了婚的妻子，竟然以异乎寻常的鲜明形象浮现在记忆之中，使他感到惊讶。

从这类似乡村的镇子到火车站要走二里路。

翌日,福岛上完自己担负的课程,同长雄一起走过雨中的二里路,抵达大阪时,已经入夜了。

由于气候的关系,飞机起飞时间误了大约两小时。飞行在雨云之上,看上去,云海时而变成山峰,仿佛飞机就要冲撞过去,使福岛感到不安。

航空公司的大轿车把乘客送到银座,夜已深沉,福岛就在那里同长雄分手,跟前来迎接的女儿到她租赁的宿舍落脚。

久子由于长雄的关系,对父亲有点腼腆,乍一见面仿佛是难以启齿,却在兴冲冲的举动中蕴含着喜悦。

"这住处很干净啊。"福岛环视室内。

"爸爸来么,收拾了一下呀。您看这花——石竹贵些,平日也不买它呀。"

"嗯?因为妈妈不在,才买了白色的石竹花嘛。"

"瞧您说的,不是那么回事儿呀。我想天气郁闷,白色的更好些。要是为了妈妈,那么白色的石竹花,就该是妈妈离开人世的象征了。"

久子的眸子浮起了荫翳。

"是嘛。爸爸的镇子上没有卖石竹花的。你为爸爸买了这么名贵的花啊。花且不说,这屋子叫人感到清爽,也有着年轻姑娘的房间那种柔和气氛呀。这叫爸爸想起了同久子一块生活的情景啊。"

然后,福岛从皮包里取出一个报纸包来。

"可能太急着说了,这是爸爸能够送给久子的出嫁礼物,爸爸的全部存款。虽然少了一点儿……"

"啊,爸爸!"

"今天呀——说今天也就是到下午为止,简直不能想象是生活在那样的山里,可的确是今天啊。这钱,也是今天让长雄君从银行取出来的。看来长雄君也给那银行惊呆了。那是在一间地窖上开了个窗子,就办起来的银行分理处呀。"

久子把接过钱的手放在膝头，噙着泪水。

"本来是想买点东西的，可又觉得还是你跟长雄君一起去看着买点什么，更开心些吧。"

"真对不起您！不过，都给了我，爸爸该发生困难了。"

"爸爸不会有什么困难。一个月用一个月的工资，对付乡下的生活是够用的，暑假期间也发工资。"

久子流着眼泪，并排铺好两套被褥。

"这被褥挺讲究呀，怎么回事？"

"从长雄先生家里借来的，说是爸爸要来。"

"是吗？长雄君家里的人，对久子也都好吗？"

"是啊，待我都挺亲热的。"

"那可再好不过了，他家两位老人都在吗？"

"两位老人又结实，人又好。"久子把枕芯塞在套子里摇着说，"爸爸您累了吧？就睡吗？"

"睡吧，昨天夜里呀，跟长雄君同睡在我的房间里。这想来也不像是昨夜里的事情，都是坐了飞机的关系吧。"

"感觉怎么样啊，您是头一回坐……误了点，我在羽田机场可真担心，刚才不跟您说过嘛。"

"嗯，还没有说爸爸是怎样担心呢。打机窗向外望，前面的云海仿佛是一座座山峰，越想越像是要撞上去呢。要真的撞上，我嘛只是一咬牙，就是那么回事了。可一想到长雄君，就是说久子在要结婚的关头失去情人，那该是多么悲哀呀！也许会成为年轻人一生的悲剧。该怎样搭救长雄君呢？爸爸曾做过这样的空想：抱住来保护他……"

"瞧您！"

"只是空想吧，其实抱不抱都一样。再说，即便是做出保护的样子，抱住他一起摔下去，那也只不过是爸爸自己一刹那的恐怖表现罢了。可是，久子对于长雄和爸爸，更为谁担心呀？"

"为你们俩嘛。"

"不,刚才是说笑话。"

久子等福岛钻进被窝,把父亲的西服叠起来。

"爸爸您没带来换的衣服吧,给您借一身睡衣就好了,一马虎就忘了,对不起。"

"借外人的睡衣——那可太不客气了。"

"您来的时候也没发现忘记了带睡衣吧?您看久子的睡衣也成的话,就给您拿出来吧?"

"那就借来穿穿吧。"福岛蓦地爬起来,"穿着衬衫睡,总不得劲儿。"

久子看着父亲穿了自己的睡衣的模样,有趣地笑着,也钻进被窝里去。

今天夜里与昨天不同,没有熄灯,爷俩自然想接着说说话。父亲转向女儿那面,把上边那支胳膊伸出被子。睡衣的一只袖子的白地印染着一只大蜻蜓。

"昨天夜里,同长雄君并枕睡在一起,觉得有点奇怪哩。怎么说,还是头一回见面的人嘛。就这样,两个人没感到什么不安,而是怀着亲近的感情一起入睡。这样的邂逅在人生当中有倒是有,但像爸爸这样平凡的人,却是难得遇上几回。嗯,恐怕是头一回吧。想来,这也是因为有久子呀,尽管久子并不在场,却觉得久子仿佛也来到身边,而感到了幸福。我跟长雄君当面说过久子选中了一个好人呢。你说长雄君怎么着,跑到学校来就说想同久子结婚,爸爸可真没有想到呀。"

"加急电报说已得到爸爸同意,那是在飞机到达之前收到的,但是直到望见您打飞机上下来以前,还直担心哩!"

"为什么?"

"想爸爸您会不会生我的气……"

"是吗?爸爸常常想,即便不满意久子的结婚对象,也多半是闭上一只眼睛,尊重久子的自由。这回可好了。不过,久子,长雄君是你头一个爱的对象吗？"

久子严肃地屏住气息，在枕头上点了点头。

"那就更好。长雄君也幸福。不过，以前没有跟别的男人来往，收到过来信吗？"

久子红着脸有些犹豫的样子。

"收到过信。"

"那信就都烧了，今天晚上就烧。另外，还有什么能够叫你想起的东西……若有日记，连日记也……"福岛严厉地说。

"今天晚上就？……"

"今天晚上，也许是过激了。夜里弄得烟气腾腾的，邻人会觉得奇怪。那就做个让步：明天早上也成，早上可得早点烧呀，要在长雄君来到以前啊。久子明天不到公司上班？"

"不，上班。"

"能起得来吗？"

"一个晚上不睡也没什么，还一点儿不困呢。"

"是吗？那就再说一会儿话吧。"

"好的。"久子漫应着。她由于被父亲问到从前是否有过情人，看来似乎在搜寻着自己过去的某段经历，又像是想起了什么。

"你说长雄君的家是开油坊的……大吗？"

"大呀！现在好像不光是油坊，所以，他父亲为了继承家业，只上过中学，听说长雄先生是母亲疼爱的孩子。"

"是吗？久子出嫁的时候，也会希望妈妈能够在一旁吧，就是爸爸也这么想过。这么说，是因为跟久子一起生活的时候啊，久子虽说还是少女，但常常摆起做妈妈的样子来，爸爸就想对久子这位'小妈妈'也撒撒娇哩。当爸爸忽然意识到这种情况的时候，就觉得久子很可怜，心里很难受，自己也感到寂寞呀。后来，在乡下跟久子两地分居，还常常想起小久子跟爸爸装妈妈的神情来呢。"

"爸爸！"久子叫了一声，"我想见妈妈。"

"长雄君也说了，你们结婚，想去征求妈妈的同意呢……"

"我想，自作主张单独去见妈妈，对爸爸不好。"

"那也是久子的自由呀，就跟结婚是久子的自由一样啊。久子就是瞒着我去见妈妈，我也不知道，就是这么回事嘛。再说，结婚以前，久子想见妈妈的心情也是可以理解的。你不是也让爸爸到东京来了嘛。睡在久子的房间里，爸爸真高兴啊！"

"我没想瞒着爸爸去见啊。"

"不，结婚以前向妈妈去告别，那用不着顾虑呀。久子结婚，爸爸反而觉得这是同久子难得的会面，也许是惜别的感情吧。在久子的房间里这么一待，甚至会想久子立刻就见到妈妈才好呢。真奇怪呀。大概依然因为久子是爸爸跟妈妈一起生的孩子吧。"

"真想请妈妈也到我这个房间里来哩，趁爸爸也在这里的时候……爸爸，就让我这么办吧，这是久子的请求。"

"唔。"福岛无言可对，沉吟片刻。

"爸爸，求求您！"

虽然是自己的孩子，当女儿闪动着美丽的眸光时，福岛也望着久子的眼睛。

"就趁我在的时候吗？……可我想明天，不，就在今天吧——今天就回去。"

"不成呀，爸爸！您要等我把妈妈请来，我想跟爸爸一块儿见到妈妈。求求您！"

"嗯。"

"答应了，爸爸？……那我真高兴呀！可以给妈妈打电报、发快信吧？"

"不用发快信吧。接到电报，妈妈从家里起身了，快信才会到嘛。"

"光打电报，不会说得很清楚，妈妈也许不来呢。我这就写。"说着,久子唰地爬了起来,开始写信。

"不过呀,妈妈会不会还在姥姥家呢?若是又结了婚,兴许不会来呀。"福岛虽是这么说了,久子却像没有听见,继续写下去。

久子只睡了不到三个小时,却兴致勃勃地做着清晨的准备。福岛也不能再睡了。

久子上了班,福岛就倚着久子的小桌打起盹来。门扉被轻轻拉开,妻子明子悄悄地走了进来。半睡半醒之中,福岛还以为是在做梦,却清醒地睁开双眼望着妻子。

"收到电报就来了?快呀。"

"是啊。"

然而,收到久子的电报后再从信州赶到这里,无论怎么算,时间都不够。

"打哪儿来的?"

看来,这只能是久子事前就请她到东京来的了。

"亏了久子叫我来,才能见到您。"

"是嘛,女儿的热情不可违拒呀。明子也是打天空飞来的吧。我也是被拖着坐飞机来的。"福岛只说了这些,而未触及久子的弄虚作假,"是要跟久子结婚的小伙子来接我的呀。"

"是嘛。"

"久子要结婚,明子也知道了吗?"

"是的。"

久子的快信是不会到的。

"喂,别光站着,坐下吧。"

"哎,心情特别激动,真不晓得从何说起呀。"明子沉静地坐在离开一点儿的地方。

"这就是女儿的房间啊。女儿自己劳动,一个人这样生活,不觉得有点不可想象吗?"

明子颔首，福岛仔细地望着明子。

"都十年了吧。可是你不见老哇，真年轻啊！我就不成了，当了乡村教师，人全老了。"

"不是的，只是添了几根白发……可是，不管是脸还是手，都还年轻啊。"

"明子跟分手的时候，没有变嘛。"

"人死了也不会变成另外一个人的。您也丝毫没变呀。见了面觉得很想念……"

"你想念我吗？这也许会成为我老来的安慰呢。我好像今后也不会发生什么异常的变化……久子总是催我到东京来呀，让久子也过了孤独的生活。"

"可不是嘛。我给久子换尿布的时候，那孩子怎样蹬脚，腿在什么地方，细得可爱，等等，这些情景和别的各种事情，全都还记得呢……那孩子就是不喜欢洗澡……"

"是的。就是因为她不想自己洗身子呀，明子走了以后，一个时期是我给她洗的。后来那孩子自己洗了，我就想可能是因为妈妈不在了。"

"请不要说下去了……"

"但是，若不和明子分手，我兴许现在依然生活在东京呢。如果真像明子说的那样，人死了也不会变成另外一种人的话，也就可能不会发生同明子分手的事情了。我并非想要成为另外一种人呢。"

"您跟我说这样的话，我就是死了也甘心了！"明子眨着双眼低下头去。

"没再结婚吗？"

"是的。"

"有人提过媒吧。"

"有是有过，可我光想着什么时候总会见到您。即便不能重新和好，也总是想只要能见到您……如今，却在女儿的房间里，在女儿要结婚的时候……都是因为这孩子叫了我呀。"

"看上去这是间租价便宜的房子,可我打昨天夜里就心里感到温暖,能够宽心住下,真有点奇怪呀。"

"是这样啊,我们死了以后,久子一个人活着,我想依然是因为我们结过婚的呀。"

"啊?"福岛叮问着,"都说是黄泉路上无老少嘛。"

"我不喜欢那样。我依然是想在草叶底下守护着久子,您也要……"

"我吗?!"

"一切欲望都消失了,我也只在这个世界上留下个孩子呀。"

"是我把明子变成了这样的人吗?"

"是我自己变的,人都要变成这样的呀。"

"这么说,久子的青年对象为我到山里来,我毫无条件地表示感谢,也可能都是接近这种情况的表现吧。看着那枝白色的石竹花而想起母亲节,也好像是为我装点在这里的。不过,明子来了,也可以认为是献给明子的花呀。"

"真格的……"明子欣赏着鲜花,晃晃悠悠影子似的摇着双肩;若说是颤抖,那颤抖的样子也很奇特。

"真年轻啊!"福岛再次这么说,"也许是因为穿着往年我看熟了的衣裳啊。"

"是您在京都给我买的衣裳呀。那天逛了宇治,划了船……我已经不再需要新衣裳,这都是往年的哩。"

"我往年的衣物都在战争中烧掉了,什么都没了。明子身上的衣裳,竟然还留着往年的一点点影子,真觉得奇怪呢。噢噢,久子从前收到的男朋友的信件等等,今天早晨都叫她烧了,因为我有这方面的痛苦体验呢。"

"对不起您。"明子怯怯地说,"久子从前有过要好的人吗?"

"那不知道,也不是我而今该问的呀。反正烧了信什么的是事实。"

都烧了些什么,我没过问,兴许还有日记之类的东西吧。"

"连烧也烧不掉的东西也都……"

"你这是怎么说的。她跟你不一样啊。我们结婚以后,你还跟从前的情人通信,叫对方把信寄到娘家,等回娘家去读;还把信带回咱们家来,瞒着我。你妈妈不但不劝诫,毋宁说仿佛跟你站在一块儿,收到寄给你的信就保存起来。我可不能那样娇惯久子。"

"请您不要提我母亲……"明子像是在喊叫地说着,摇了摇短发,露出痛苦的神色;短发乱蓬蓬的,没有恢复原状。福岛打了个寒战。

"这已经是很远的事情了。不过,那些信也都成了同你分离的原因嘛。往往在电车站的台阶上突然想起这件事来,我就忽地两腿发软,上不去台阶了。同你分手已经是很远的过去。"

"您说很远,很远,究竟用什么来衡量远和近呢?我都觉得似乎很近呀,我居住的地方并不那么远,什么时候都是在您和久子的近处呀。"

"你住在哪儿?今天是从哪儿来的?"

"就是您住的地方嘛。"

"那么说,兴许是那样。有女儿的地方,就有母亲吧。母亲就在女儿的心里,在女儿的屋里呀。到了这把年纪,我不以为你的心依然跟着那个写情书的男人呀。久子夫妻跟你来往,我不会再干涉嘛。毋宁说,从现在起要使过去母女的淡薄缘分得到恢复才好。媳妇的婆婆不会那么干扰嘛。久子他们要是与津田家分居,兴许要你来照管他们的生活。"

"我已经做不到了。"明子悲凉地摇摇头,"只要那孩子幸福就成了,您也结结实实的……"

"咱们一块儿等久子回来,她该有什么表情呢?难为情的,兴许是咱俩呢……"

"不,我不能待下去。她回来之前我就离开。那孩子看见我跟您一起在这里,要扰乱她的心呀。"

"嗯?不是久子叫你来的吗?——她知道你就住在近处。"

"似乎是住在近处,但是……"

明子把头低了一会儿,晃晃悠悠地摇了摇双肩,忽然又静悄悄地走出门去。

两三个小时以后,福岛似乎还在睡眼蒙眬的时候,从信州的明子家拍来长长的加急电报。内容是:感谢好意。明子五年前逝世,久子的电报供于佛龛[1]。

福岛烧掉电报,心想,眼下先不把母亲逝世的消息告诉久子,就回山城去了。

(1954年)

李芒 译

---

1 供奉明子灵牌的地方。

弓浦市

女儿多枝传话说一位自称三十年前在九州弓浦市见过一面的妇人来访。香住庄介姑且把客人让进客厅。

小说家香住每天都要接待不速之客。此时也有三位客人在座。三人来路不同,说话则赶在一起。时间大约是午后两点,一个就十二月初来说堪称暖和的午后两点钟。

香住见第四位女客跪坐在走廊里,因顾虑先来的客人而开着纸糊隔窗不动,便说:

"请,请。"

"实在,实实在在是……"妇人语调似有些颤抖,"好久不见了!现在是姓村野,而见您时还姓田井那个娘家姓。您不记得了吧?"

香住看着妇人的脸。五十刚出头,看上去比实际年纪年轻些,白皙的脸颊微微泛着红晕。一双大眼睛能保留到这把年纪,想必是中年没有发胖的缘故。

"一点不错,到底是香住先生。"妇人盯视香住那闪着兴奋光彩的眼神,同香住努力发掘记忆的眼神,劲头显然不同。"模样没有变,从耳朵到下颏的形状,喏,就连眉毛那儿也一模一样……"妇人俨然相面先生一道来,使得香住既有些羞赧,又不无内疚:自己这方面竟全不记得。

夫人身披绣有家徽的黑色罩衫,和服和宽腰带都略显老气,且已穿得相当狼狈。但并未怎么透出家道中落的寒碜。个子不高,小头小脸,小拇指未戴戒指。

"大约三十年前,您去过弓浦那个地方吧?当时还光临过我的房间呢，已经忘记了？海港举行游乐活动那一天的傍晚……"

"哦？"

听对方说去过她自己——一个肯定很漂亮的少女——的房间，香住还是怎么也想不起来。若三十年前，香住二十四五，尚未结婚。

"同贵田弘先生和秋山久郎先生一同去的。是去九州地区旅行期间到的长崎。正好一家小报举行创办庆典，三位也应邀出席了。就是那时候。"

贵田弘和秋山久郎都已作古。两人都是小说家，比香住大十多岁。香住二十二三岁时得到过此二人的热情提携。在三十年前两人都属于活跃在创作第一线的作家，也的确有过长崎之行，香住至今仍记得其游记和轶事，对今天的读者也不陌生。

香住有些纳闷：当时初出茅庐的自己，能够在两位长辈的带领下同游长崎吗？如此追索记忆的时间里，贵田和秋山和蔼可亲的面容历历浮现出来，承蒙指点的种种场面也联翩而至，不觉沉浸在温馨的回想中，表情大概也发生了变化。

"可想起来了？"妇人的声音也为之一变，"那时，我刚刚剪过发，剪得很短，说自己很害羞，就像耳朵往后直发冷似的，加上正是秋末……镇上办了报纸，我也当了记者，却一咬牙剪得那么短。您目光一落到脖颈上，我就像怕针扎似的赶紧躲开，这点记得一清二楚，陪您回到我房间时，我马上打开发带盒让您看，是吧？就在两三天前还梳长发打发结来着，是想给您看看证据。您吃了一惊，说这么多，我说从小就喜欢打发结。"

先来的三位客人默不作声。事情已经谈完，但因说话有伴儿，便未告辞，只管谈天说地。按理自然把主人让给后来的客人，只是女客身上有一种令周围开口不得的氛围。这么着，三位先来的客人便不往女客和香住脸上看，似听非听地听着。

"报社庆典结束后，沿一条坡路径直下到海边，是吧？晚霞就像马上要燃烧起来似的。您说房顶瓦片都成了宝石红色，甚至我脖子也红了——我可没有忘。我答说，弓浦是看晚霞有名的地方。真的，弓浦的晚霞如今也未能忘怀。我就是在那一个晚霞如画的日子见到您的。弓浦是个好像在山脚海岸线雕刻出的弓形小港，所以叫作弓浦，而晚霞的光彩也都堆积在了港湾里。那天，空中也缀满鱼鳞状的火烧云。天空看上去要比别的地方低，水平线近得不可思议，云层中一群黑色的候鸟真切可见，是吧？好像不是天空颜色映在海里，倒像是天空把宝石红色一股脑儿倾泻在了这小小港湾的海面上。插旗的彩船又是敲鼓又是吹笛，小孩也在上面，您说要是在那小孩红衣服旁边擦一根火柴，大海和天空真可能忽地一下子燃起大火，不记得了？"

"啊……"

"我也同样，自从和现在的丈夫结婚以后，记忆力简直坏得提不起来，只有这个没忘，可见对我是多么幸福的事。您一切称心如意，又忙，想必没闲工夫回忆往日无谓的琐事，也没必要记在心头……而对于我，弓浦终生都是美好的地方。"

"在弓浦住了很久？"香住问。

"不是的。在弓浦见到您不出半年，就嫁到了沼津。子女嘛，老大大学毕业已经工作，下边的女儿也到了该订婚的年龄。我出生是在静冈，因同继母合不来，寄居在弓浦一个亲戚家里，不久就出于逆反心理去报社工作。父母知道后，马上把我叫回，打发出嫁。在弓浦，其实只有七个月左右。"

"您丈夫……"

"是沼津的神官。"

这种职业在香住听来有些意外，不由看了看女客的脸。女客长的是富士额[1]——如今这种说法已经过时，反而可能有损形象——好看的富士额吸引住了香住的目光。

"过去当神官生活还相当过得去。但战争开始以来，日子就一天比

---

1 富士山形的额头。在日本被视为美人条件之一。

一天紧张了。儿子女儿也都帮我说话，对父亲动不动就顶顶撞撞。"

香住觉察出女客家庭的不和。

"沼津的神社很大，弓浦那个逢年过节才热闹几天的神社根本不能相比。也正因为大，管理上就不够完善。丈夫把后院十多棵大杉树擅自卖了，前不久出了问题，我就逃到东京来。"

"……"

"记忆这东西真是难能可贵啊。人不管沦落到什么地步，都能记得往事，肯定是神明的恩赐。走在弓浦那条坡路上时，路旁正有热闹的神社聚着很多小孩子，您说就不往跟前去了。洗手处的旁边有一棵不大的山茶花树，上面缀着两三朵重瓣花儿，花瓣薄薄的，是看见了吧？直到今天我有时还想：栽那株山茶花的人，感情是多么细腻啊！"

毫无疑问，香住出现在女客一个回忆场面中。在女客话语的诱发下，香住脑海中也依稀浮现出那株山茶花树，那个弓形港湾的晚霞。但在这回想世界里，香住有一种无法和女客奔赴同一国度的焦躁，其间仿佛有着幽明之隔。就这一个年纪的人来说，香住的记忆力较一般人还要衰退。即使同面孔熟悉的人长时间交谈，也往往始终记不起对方的姓名。不安之余，还有一种惶恐感。眼下即是如此，虽然心里想让记忆复苏过来，脑袋却如坠云雾，且隐隐作痛。

"每当想起栽那株山茶花的人，我就后悔没能把自己的房间收拾得更好一点，致使您只是当时光临一次，之后整整三十年都没得相见。可当时也还是把房间装饰得多多少少带点闺房味儿来着……"

香住压根儿记不起那个房间。额头大概因此显出立纹，表情也不无严峻起来。

"贸然登门拜访……"女客于是开始寒暄道别，"多少年来一直想见您一面，今天见到实在太高兴了。呃——，以后再来拜访，多听您讲讲好么？"

"啊。"

香住似乎顾忌先来的客人而欲言又止。及至香住下走廊送客关好身后拉窗，女客顿时放松了身体。香住怀疑自己的眼睛：那是只有在抱过自己的男人面前才有的姿势。

"刚才那位可是千金？"

"是小女。"

"没见到您太太。"

香住没再应声，在前头往门口走去。女客在门口穿木屐时，他对其背影问道：

"在弓浦那个地方，我果真到过您房间？"

"到过。"女客先斜过肩头，"还问我能不能同您结婚来着，在我房间。"

"哦？"

"我当时解释说，已经同现在的丈夫订了婚……"

香住猛然一震。记忆何以坏到如此地步！连求婚大事也忘得一干二净，面对当时的少女竟至相逢不相识！较之震惊，他更对这样的自己感到骇然。香住青年时代便不是随便求婚之人。

"您很理解我的解释。"说着，女客一双大眼睛湿润起来，随即用颤抖的手指从手提袋里掏出一张照片："这是我儿子和女儿。终究时代不同，女儿比我高得多，但模样很像我年轻的时候。"

照片不大，少女两眼熠熠生辉，脸形也很娇美。香住不由看得出神：三十年前自己果真曾在旅途中碰见这样的姑娘并向其求婚不成？

"迟早把女儿领来，让您看一看那时候的我。"女客声音似也浸了泪水，"我总对两个儿女提起您，两人都很了解，也很感亲切。两次怀孕都反应得厉害，精神都好像有点不正常了。当情况稳定下来，胎儿开始在腹中动时，我奇异地猜想怀的可能是您的孩子。在厨房磨菜刀时……这事也对两个孩子说了。"

"怎么好……这可不好。"香住没再说下去。

总之，这位女客似因香住之故而陷入了异乎寻常的不幸，甚至累及全家……但也可能是关于香住的回忆为其异常不幸的岁月带来了慰藉，家人也因此少了几许凄寂……

问题是在弓浦那个地方邂逅香住的往事，虽然在女客身上历久弥新，而对于犯罪般的香住早已烟消云散。

"照片留下好么？"

听女客如此说，香住摇头说了声："不必了。"

小个子妇人碎步离开，背影消失在大门外。

香住从书架抱来详尽的日本地图和全国市町村名册折回客厅，请三位客人一同寻找叫作弓浦的市，但九州地区哪里都无此地名。

"奇怪。"香住抬起脸，闭目沉思，"战前好像没去过九州，是没去过啊。对了，冲绳战役正激烈时，我曾作为海军报道组的成员被用飞机送到陆屋基地，那是第一次到九州。第二次是去长崎看原子弹爆炸后的情形。是那时从长崎人口中听到三十年前贵田先生和秋山先生的长崎之行的。"

三位客人就刚才那位女客的幻想以至妄想各抒己见，谈笑风生。当然，结论为此人神经不正常。但香住不由觉得自己也可能脑袋出了问题，因为听女客话时半信半疑，并搜索记忆来着。在这种情况下，尽管弓浦市这一地名亦属子虚乌有，且香住本人也全无记忆，但别人记忆中有关香住的往事却不知有多少。就像今天这位女客，在香住死后，也将一口咬定香住曾在弓浦市向其求婚一样。

（1958年）

林少华 译